U0839564

需要浪漫

[韩]郑贤贞 [韩]吴承熙 著
凤凰天使TSKS韩剧社钟叔 译

華中科技大學出版社
http://www.hustp.com
中国·武汉

湖北省版权局著作权合同登记图字：17-2015-051号

图书在版编目（CIP）数据

需要浪漫/（韩）郑贤贞，（韩）吴承熙著；凤凰天使 TSKS 韩剧社钟叔译．
—武汉：华中科技大学出版社，2015.4
ISBN 978-7-5680-0819-8
Ⅰ.①需…　Ⅱ.①郑…　②吴…　③凤…　Ⅲ.①长篇小说-韩国-现代
Ⅳ.①I312.645

中国版本图书馆 CIP 数据核字（2015）第 083712 号

需要浪漫　［韩］郑贤贞［韩］吴承熙 著　凤凰天使 TSKS 韩剧社钟叔 译

策划编辑： 罗雅琴
责任编辑： 董　晗
装帧设计： 傅瑞学
责任校对： 九万里文字工作室
责任监印： 周治超
出版发行： 华中科技大学出版社（中国·武汉）
武汉喻家山　邮编：430074　电话：（027）81321913
录　　排： 北京楠竹文化发展有限公司
印　　刷： 北京科信印刷有限公司
开　　本： 880mm×1230mm　1/32
印　　张： 11.75
字　　数： 225 千字
版　　次： 2015 年 7 月第 1 版第 1 次印刷
定　　价： 36.00 元

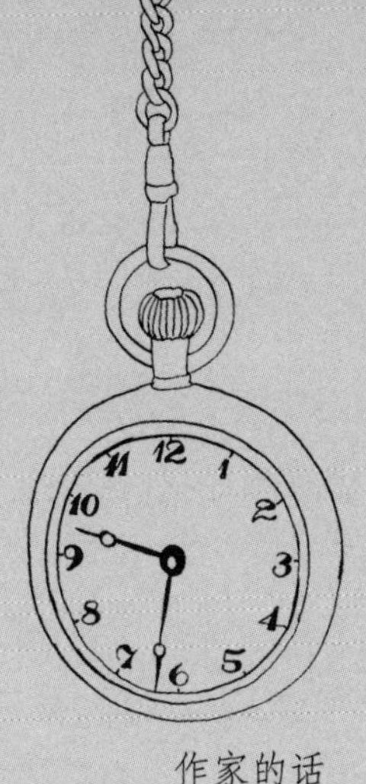

·目录·

·作家的话·

郑贤贞

我想写出一个“离别的过程”。

这是一个在每个时刻都很诚实的女人，以及一个错过了那个女人的男人的故事。

我很想将一段像一般的爱情那样输给“内心”、在“时间”面前变质的伤感过程淋漓尽致地描绘出来。但是硕贤和悦梅却并没有遵从我的想法。无论我如何费尽心力地想要拆散他们，他们紧握着的手始终都不肯松开。

我在和他们的拉锯战中，一起变得火热，一起感到心痛，一起得到了成长。最终我被这对无法被拆散的有情人说服了，并对他们的爱情给予了最真诚的祝福。

他们能够离开我，依靠自己的力量获得幸福，这让我感到一种无法言表的喜悦。

·序章·

男人的手温柔地在加冰威士忌的酒杯上打着转。和着柔和的萨克斯演奏声，男人的手如跳舞一般性感地移动着。女人没有错过男人的酒杯与嘴唇发生触碰的那一短暂时刻，还有他那性感的喉结轻轻一跳的动作。

桌上的蜡烛在女人的眼中晃动了起来。男人知道夜色加深了，女人的眼神也变得深邃了起来。女人每当喝酒时就会微微闭上双眼，长睫毛也在抖动。男人的所有感官随女人而动。在两人深情对望的眼神中，一股微妙的兴奋和激动一闪而过。萨克斯的演奏达到了高潮。

女人用慵懒的声音问了男人一句：

“你知道兔子是怎么动的吗？”

“这个嘛，一般我们都会说它是蹦蹦跳跳的吧？”

“我本来也以为是那样的，但是天啊！它竟然不是蹦蹦跳跳的，而是慢吞吞地，像这样移动的呢。慢吞吞……慢吞吞……”

女人的两根手指如跳动一般立了起来。它们在桌子上像走路一般前进了一段，然后在男人的手旁边停了下来。女人用诱惑的眼神看着男人。男人感到在女人的眼神里，有一种火热的东西正在逐渐充满。接着，男人的手指开始对女人的手摸索了起来。仿佛爱抚一般，它在女人的手背上慢慢地滑动了起来。

男人用火热的眼神看着女人。女人也没有躲避他的眼神。他们对彼此的渴望让周围的气氛紧张了起来。萨克斯演奏就在此时结束了。

“呃，结束了。看来他们要打烊了呢。”

听到女人的话，男人有些遗憾地抽回了自己的手。看到男人的手逐渐远去，女人发出了一声近似呻吟的叹息。在这一刻，男人读出了女人的心思。

“说实话，我觉得就这么分开比较遗憾。咱们去找个地方喝点咖啡，顺便解解酒如何？”

低着头的女人羞涩地笑了起来。对于那笑容的含义，男人一清二楚。两个人的视线再次火热地交织在了一起。

到了男人家的大门口，女人的脑海中立刻响起了快速的音乐。按压大门按钮的声音，在黑暗中摸索的声音。男人和女人跟着快速的音乐一起迅速地走进了屋里。原本克制着的某种东西已经崩塌，男人和女人的身体已经完全黏在了一起。双唇紧贴的两个人迅速地脱掉自己的衣服，被对方脱掉衣服，也帮对方脱掉衣服，同时不忘激烈地热吻。女人退一步则男人进一步，男人退一步则女人进一步，两个人再一次确认了他们是多么热切地渴望着对方。

“等一下，咱们对彼此还不是很了解呢。”

虽然嘴上是这么说，但女人的手却还在解着男人衬衫的纽扣。

“从现在开始了解就行了啊。”

男人一边脱着衣服一边回答道。女人再一次把男人轻轻地推开了。

“等一下。你连我喜欢什么、烦恼什么都不知道啊。”

“你喜欢什么呢？”

男人一边狂吻着女人的脸颊一边问道。

“……接吻。”

女人比刚才更积极地吻起了男人。

这回轮到男人将女人推开了。

“那烦恼的是什么呢？”

“环境污染、非洲的缺水问题、孩子们因为饥荒而死让我很心痛。还有世界和平、新自由主义和世界化、儿童虐待。”

“OK，我知道了。”

男人从腰部将女人抱了起来。女人的双腿温柔地环住了男人的耻骨。男人将女人放躺在床上，然后用嘴唇吻向了她美丽的锁骨。接着男人把手伸向了自己牛仔裤的纽扣，却被女人用手阻止住了。

“稍等一下。这个动作还是由我来做比较好。不知道为什么，这让人有一种激动的感觉呢。”

女人看着男人的眼睛，亲手解开了男人的裤腰带，然后拉下了拉链。

男人紧紧地闭上了双眼。预感着今晚会比自己期待的更加火热。

读到这里，我把硕贤写的剧本合了起来。

“天啊，竟然写我的故事？”我生气地冲正在院子里浇水的硕贤大吼了一声。

“你压根就没打算尊重我的隐私吗？非得要把经历都出卖掉吗？”

硕贤丢掉了喷头，一边慢悠悠地走过来一边说道：

“你凭什么觉得那就是你的故事呢？”

“男人是你，女人是我！你敢说不是吗？男人和女人相遇的萨克斯音乐酒吧，那就是咱们每天都去的文森特酒吧。假装是第一次见面的陌生人，然后一起过夜，这是咱们每次喝醉酒时都会干的事情啊。真正让人无法原谅的是最后这一段。亲手帮男人解开裤腰带的女人！这不就是我吗？天啊……你就不能将它埋藏在心底吗？”

这些都是真的。这也太过分了。对于一个跟自己谈了十二年恋爱的女人，这家伙竟然连一丁点礼仪都不讲。当然，我们的关系已经在三年前彻底结束了。

要不要偶尔到我房间来睡？

硕贤

我想起了和悦梅共度的无数个夜晚。接吻过后看着我的瞳仁，每当我的嘴唇触碰她的身体时她都会发出的细小叹息声和呻吟声，兴奋来袭时的慵懒身姿，帮我解开牛仔裤腰带时的动作和充满调皮的表情，触碰到我身体的湿润嘴唇，她那混杂着我俩汗味的香水味，高潮过后靠在我耳边如叹息般的低吟声“我爱你”的音调高低。

对于我来说，悦梅从来都不曾成为过去。无论是在三年前她因为我的一句不要结婚而离开我时，还是在如两朵花紧紧贴在一起一般住在彼此的隔壁、中间只隔着一道客厅门的现在，她一直都陪伴在我身边。

虽然她比我只小一岁，但每件事她都慢我一拍。不但学韩文时是这样，就连学会正确的穿鞋方法，学会骑自行车，学会用筷子时也是如此。每件事都是我手把手教会她的。比起那小我好几岁的妹妹奇贤，我跟她在一起的时间更久。我是从什么时候开始爱上她的呢？

自从我们一家人搬到悦梅家二楼的那天起，悦梅对我来说就是个异性。那个当我们一家人从卡车上下来时，在门口看着我们的小女孩。她那随风飘动的短发，还有橙色的T恤衫和背带裤映入了我的眼帘。吸引住我的眼球的是她那桀骜不驯的眼神。在那眼神中，我感受到了一种很难在五岁的女孩子眼中看到的傲气和坚韧。在与第一次见面的我对视时，她也没有避开视线，这一点很讨人喜欢。与她那显得有些顽固的下巴完全不相配的，充满了调皮的嘴唇也很让人喜欢。虽然我从来都没亲口对她说过，但我对她真的是一见钟情。当时我才六岁。

“交往了五次，然后又分手了五次的女人要去相亲，你怎么还能那么淡定呢？”

悦梅在外婆的强迫下正准备出门去相亲，看到我像平时一样送她出门，她便停下了穿鞋的动作，开始对我一阵责问。

“你因为我表现得很淡定就感到难过了吗？你，已经三十三岁了。根本没时间对一个已经是过去时的男人恋恋不舍。世上的男人有很多，而你也非常有魅力，所以还是趁早去把你的那个真命天子找出来吧！”

悦梅瞪着我，将车钥匙从我手里夺了过去。光是看着她快速走出院子的背影，我也能知道她现在已经生气了。我很喜欢她这种无法掩饰自己感情的性格。我之所以能心里装着悦梅却还装出一副若无其事的样子，也正是因为她总是会像这样先表现出自己的感情。

我开始替出去相亲的悦梅打扫起了卫生。在将她的内衣洗净后晾起来时，我不自觉地笑了起来。她把今天要相亲的约定忘了个一干二净。这一事实让我感到了一种莫名的安心。她现在肯定正在车里用湿巾擦着自己的脸。还把卷发球随便地卷在头发上，并在红灯时把车停在斑马线后面，瞅准空档飞快地换穿衣服。她今天会遇到一个怎样的男人呢？不管那个男人是谁，她都不会轻易地爱上他吧。

悦梅

“听说你是个音乐总监？”男人用轻松的语气问道。虽然已经知道了，但却装出了一副不知道的样子。在互通了姓名之后，男人拽过椅子坐了下来。这个男人表现出了一种对人的关爱，而且外表整洁而干练。就在我仔细观察坐在我面前的这个男人时，开胃菜已经被摆上了餐桌。

突然，我开始考虑起男女在相亲时第一眼就产生好感的概率会有多少。看着男人那郑重而充满生气的目光，我觉得那种概率应该是百分之百。不知何时，我已经在用自己的全身诉说起了“我是个不错的女人”。略显羞涩地低头微笑，拼命地表现着经过计算的小可爱。

“喂，朱悦梅。”

但那一切都只在那个男人喊出我的名字之前才有效。

“可能是因为已经三十多了吧，你装相的本事见长啊？要是换个今天头一次见你的男人，估计都要被你骗过去了呢。”

男人仿佛忍无可忍一般地笑了出来。我无法掩饰自己的惊慌失措，只得一个劲儿地盯着男人的脸看个不停。

“不记得了吗？我啊，金汉燮啊。韩国大学经济系九七级的。还想不起来吗？”

刚回到家，我就开始大口大口地喝起了水。这事不管怎么想都实在是让人难以置信，害得我口干舌燥的。智希和在景坐在客厅的沙发上，用难以置信的目光看着我。好啦，我明白你们的心情！

“明明都接过吻了，你怎么还会不记得那个男人呢？”

听到智希的话，我又开始大口大口地灌起了水。嗓子眼里真的是烟熏火燎啊。

“又不是擦身而过的男人，而是接过吻的男人啊，你真的不记得？”

“该不会是那个人记错了吧？”

听到智希和在景挨个地问我，我没有回答，而是反问了一句：

“所以我才要抓狂了啊。现在说的这些，真的是我的事情吗？你们在我的恋爱史当中听到过金汉燮这个名字吗？”

“在你的恋爱史里，重要的男人只有尹硕贤一个啊。”

在景用下巴指了指硕贤所在的推拉门方向。

“听他说我们是在我刚进大学时通过联谊认识的呢。他把我那时候去过的咖啡店、电影院，还有我家门前的小巷子挨着个地描述了一遍，还说我是个急性子加坏脾气，跟我完全符合啊。

听说有一次因为他迟到了十分钟，结果我把背包砸在了他后背上呢。”

就在那时。我突然想起了自己跟金汉燮接吻的经历。当时是在乐队活动室里，我们俩发生了一次生涩而粗暴的接吻。吻过之后，我的下嘴唇还肿了一大块。

陷入震惊的人不止我一个。智希在数跟自己接过吻的男人时也漏了两个。别的女人会是怎样呢？大多数三十岁女性会记得自己嘴唇上的历史吗？智希和我在震惊中看着在景。我们需要精明的在景来安慰。

“数字有什么重要的呢？到了三十三岁，吻过的男人超过十人就算放荡，不到十人就算贤淑吗？人们也真够搞笑的。人家经历得比自己多就骂人家放荡，经历得比自己少就说人家跟时代脱节，不达标。无论何时都只有自己才算贤淑啊！”

赞一个！真不愧是宣在景啊。听完在景的话，我们在感到震惊之余，一阵寂寥萧索之感又油然而生。

我记不起来的吻会有多少次呢？而且，明明跟那么多男人亲过嘴了，我为什么到现在还是孤身一人呢？

就在这时，在景从手提包里取出了一样东西。接着，一盒印着“防治艾滋病”宣传语的安全套被放在了桌子上。

“现在可是个能在大街上分发这种东西的时代呢，想做什么就尽情地去做吧。不管是接吻还是别的什么。记得又如何，不记得又如何呢？我根本就不会去记过去发生了什么。”

在景用“谁要”的眼神看看我又看看智希。

“我最近正在努力怀孕呢。”

“这种东西应该由男人准备啊。”

在景先发动一击，智希又紧跟着补了一刀。这两个讨厌的丫头。你们都有男人了，是吧？

“行吧，那这东西就归我了。总有一天会用上的。谢了啊，你们这两个坏丫头。”

手里握着安全套盒，我调皮地白了一眼智希和在景。

“来啦？悦梅啊，给我来杯咖啡。”

硕贤拉开推拉门走了进来。我对着在景和智希做了个“嘘”的动作，然后跟着硕贤进了厨房。

“这儿有曼特宁和肯尼亚。”

“曼特宁。”

硕贤简短地回答了我一句。我从冰箱里取出了咖啡豆，然后把手里握着的安全套盒放了进去。在等待咖啡机加热的时候，硕贤没说什么话。我偷偷看着他的侧影。高大的身材搭配着大长腿，长而纤细的手，深邃而温柔的目光。当我的视线扫过这一切，最终落在他的嘴唇上时，我突然明白了。因为我最爱这个男人，所以虽然和那么多男人接过吻却还是孤身一人。

那是一个白色情人节。我十八岁，硕贤十九岁。我们俩都穿着校服，正走在熟悉的放学路上。我手里拿着一个他近乎是丢给我的糖果篮子。

“你为什么那么想做那个啊？”

那是个就算说出“初吻”一词也会感到害羞的年纪。硕贤在路上一直央求着我做“那个”。虽然装作毫不在意地走在硕贤前面，但我的注意力全都集中在了他的回答上。

“我很想知道啊。你就没有好奇心吗？”

天啊，竟然说什么好奇心！

“哥，你的初吻就是为了好奇心吗？如果你只是想知道那是什么样的感觉，就是为了满足自己的好奇心才想接吻的话，那就跟别的女人吻去吧。”

我无法掩饰心中充满着的失望，轻轻地推了一下他的胸膛。

“当然不只是出于好奇心啊。绝对不只是为了好奇心，我说真的。”

看到我转身要走，硕贤一把抓住了我，眼神中带着与刚才截然不同的真挚。“总得先说句你喜欢我再吻啊”，听到我自言自语地嘀咕了一句，原本一直在点头表示赞同的硕贤立刻犹豫了起来。我满怀着期待，望着他的脸庞。有些难为情的硕贤狠狠地抓了一下自己的背包带，然后说了一句：

“……我爱你。”

他吞吞吐吐地说出了那短短的一句，一种十九岁少年的羞涩从他的脸上一闪而过，这一切都被我看在了眼里。心里想着“如果我的脸没有变红就好了”。

“现在可以做了吗？”

当硕贤慢慢走到我面前时，我很违心地将他推开了。因为害羞，我打算三十六计走为上。我躲避着硕贤，在巷子里跑了起来。可能是看透了我的心思，硕贤也笑着跟我跑了起来。

当跑到一堵爬满常春藤的围墙下面时，我们最终还是停了下来，互相看着对方，急促地呼吸着。不要避开他即将靠过来的嘴唇，不能忘记今天。下着这样的决心，我此生第一次感受到了自己的心脏可以跳得有多快。硕贤看着我的眼睛。当他的手在我的耳际停留的那一刻，我看到了他眼中的那个十八岁的我。接着他的嘴唇就贴住了我的嘴唇。

"刚才那个只能算亲亲，对吧？"

当他挪开嘴唇问我时，我无法睁开双眼。我感到自己所有的感觉都停留在嘴唇上。缓缓地，但绝不缓慢地，温柔地，却绝不微弱地，他再一次撬开了我的嘴唇。集中于嘴唇的感觉迅速地扩散到了全身。脚趾头感到一阵酥痒和滚烫，然后我的全身都变得火热起来。那一天我第一次明白了，"这就是接吻啊"。

"为什么不回答我？"

拿着咖啡杯的硕贤轻轻地碰了我的胳膊一下。我一下子回过神来。

"跟你相亲的那个男人，你们打算再见面吗。"

我下意识地"嗯"了一声，点了点头。硕贤带着"原来如此"的表情看了我一会儿，然后举了举手里的马克杯以示感谢。他会记得我们的初吻吗？

硕贤

相亲的男人是以前接过吻的男人吗？当三个女人的聊天内容通过推拉门传到我的耳朵里时，我一下子不淡定了。我若无其事地走进了悦梅的客厅，但最终还是将想对她说的话倾倒了出来。

“还有我不知道的男人吗？你怎么能连跟你接过吻的男人都忘掉呢？你们也那样吗？等等……如果是大学刚入学的时候，当时不是在跟我交往吗？难道说，你脚踩两条船？”

三个女人的表情一起愣住了。在我暗觉不妙，赶紧止住了话头的时候，悦梅又开始说了起来：

“你根本就没有良心。对于一个跟你接过五万多次吻的女人，你就没有一点责任感吗？”

听到她这句带刺的话，我也不甘示弱地回敬了一句。

“就算十二年来一天一次，那也不够五万次啊。”

“咱们当年不也有过一天十次的时候么？”

“所以你的嘴唇都磨坏了么？”

“是啊，磨坏了。你打算怎么负责？”

“既然你的嘴唇都磨坏了，我的嘴唇还能安然无恙么？”

当我觉得自己不够男人，臊得满脸通红时，我已经穿过推拉门回到了自己家。

悦梅二楼工作室的电灯泡坏了。当我换完灯泡，从椅子上下来时，正在扶着椅子的悦梅穿着的袜子进入了我的视野。那是一双跟我穿的一模一样的条纹袜。在短暂的一瞬间，我和悦梅相互看着自己和对方的袜子。

一阵微风吹拂着我的耳朵，唤起了我遥远的记忆。一个细小的物件在时间的旋涡中将一个巨大的记忆给唤醒了。就这样在一个出人意料的瞬间。

十二年前，在一家咖啡店里。当时距离一次剧本征集赛的截稿日子已经只剩下十天了，所以学校里的功课被我抛到了脑后。我的脑海中只剩下了要抚养已经去了乡下的妈妈和奇贤的想法。账户里的余额越来越少，但毕业却遥遥无期。一想到一定要在服兵役前赚一大笔钱，我整夜难以入睡。就在某一天，当我正在图书馆里写剧本，结果突然接到了悦梅的电话。不管有多忙，我都特别想见她一面。因为只要有她在身边，我写剧本就会很高效。

“哥，你看看这个，条纹袜。在来的路上我买了十双，一双才五百韩元呢。超级便宜吧？这跟我穿的袜子一模一样呢。”

走进咖啡店后刚在我面前坐下，她就开始从黑塑料袋里一双一双地往外拿袜子。当时我正在写一个非常重要的片段，我的全部注意力都集中在了笔记本电脑的屏幕上。可能是对我的反应感到了不满，她撅了一会儿小嘴，然后看起了杂志。看来她今天会陪在我的身边啊。一想到这里，就算不跟她说什么，我的心情也是无比舒畅。在写完一幕的时候，写着介绍语构思剧情的时候，我偶尔会抬起头看看对面的她。看着她正在翻杂志时的表情，以及沾有她口红的咖啡杯，自己在跟电脑角力时感受到的人生之幻灭正在逐渐转变成力量。

“今天可是咱们初吻后的第一千天。你知道吗？”

当时我就应该停下手头的工作，牵一次她的手。

“我，要走了。我，走了。”

当时我就应该读出她的声音中承载着的难过并合上电脑。但当时我正在解决一个折磨了我一个月的片段，所以无法从专注中抽出身来。

最终，走出了咖啡店的她敲了敲我身旁的窗户。当我转头看过去时，只见她的鼻子抽动了一下。正是她表示“你等着瞧”时的表情。我刚明白“她很生气啊”，只见她一脚就踢向了我的小摩托。

那辆小摩托是我在当时第一次让自己享受到的一点“奢侈”。在因为学校的功课和剧本而缺少睡眠的某一天，我看到了那辆在阳光下闪着光的小摩托。我觉得它才是唯一能将我的人生带出“现在”的东西。我斥巨资买下这辆摩托也正是出于这个原因。但是现在，她却在用脚踢那辆摩托。就在一周前，我刚给它安上了好不容易弄来的德国产后视镜。

就在我跑出去时，她已经失去了理性。

“把人叫到跟前来，自己竟然对着电脑盯了四个小时。喂，你这个作家就那么了不起么。看你整天写的那破玩意一点意思也没有。写完了又能怎样啊？每次拿去参赛都落选。”

就在我努力保持冷静的时候，她终究还是又说了一句：

“在当作家之前先学会做人吧。你小子今天写的那玩意要是能在比赛中获奖，我就是你闺女。”

在破碎的后视镜中，我和她正愤怒地对视着。

“……咱们分手吧。结束了！”

在她终于说出那句话时，我已经彻底冷成了一块寒冰。我忘记了。在发火的时候，她会变得越来越火热，而我却会变得越来越冰冷。

“你再说一遍。”

“咱们分手。”

“我给你十秒钟，你重新考虑一下。”

“咱们分手啊！”

我看着她那因为怒气而不断抽着气的模样。能阻止悦梅的人永远只有悦梅一个。我很清楚，就这样说下去一点用都没有。

“好啊，分就分。走好不送。”

虽然后脑勺上感受到了悦梅那锐利的目光，但我终究还是没有回头看。走进咖啡店并在电脑前坐下后，我把自己辛苦了一个月的剧本给删掉了。这时我才看到了悦梅写在玻璃窗上的字迹。

尹硕贤❤悦梅 1000DAYS。

她和我的名字之间画着一颗红心。

“这袜子真够结实的，是吧？”

悦梅似乎也想起了那天的事情，满脸都是茫然的表情。

“是啊，估计还能再穿五年呢。”

本想说一句“那天真是对不起”，但终究还是没开口。我只得一阵傻笑。

为了掩饰自己的难为情，我轻轻地刮了一下悦梅的鼻子。一瞬间，我在悦梅的表情中看到了某样东西。在悦梅的那种一不留神就会被错过的，不，应该说是若不是我就绝对无法发现的眼神中，充满了一种紧张和兴奋。

“这是一种刺激的快感瞬间扩散全身的感觉。”

当我开始爱抚时她一定会习惯性地说出的那句话突然在此刻浮现在了我的脑海中。她正带着说那句话时的表情，用手指抚摸着我的手指刚刚划过的地方。

悦梅的那个表情每时每刻都充斥着我的脑海。到了晚上，我就站在推拉门前面犹豫着要不要到她的空间中去。但我最终还是只在门前徘徊了几步，然后选择转身回去。

悦梅

我开始对三十三岁女人的身体进行思考。明明只是碰了一下鼻子，为什么全身都开始变得滚烫了呢?

进入初中后，我认识了在景和智希。当时她们俩都已经穿上了文胸，但我却瘦弱无比，胸部那里一点消息也没有。就算在妈妈给我买来了最小号的文胸并给我穿上时，我也只感到文胸在我的胸口晃来晃去。在我的乳房开始隆起时，一种酥痒的痛感也随之而来。

“我的胸口就算碰一下也会很疼呢。但它跟一般的疼还不一样。疼痛中带一点酸麻的感觉。估计疼着疼着就大了呢。”

当时正在上学的路上。身体上的变化本应该是和妈妈或者女性朋友一起分享的，但我却在大大咧咧对尹硕贤倾诉着。硕贤用胳膊环住我的肩膀回答道。

"朱悦梅，你可在十四岁时对我说过这句话哦，可别忘了。"

我怎么可能忘记呢。现在想想还满脸滚烫呢。第一次去买卫生巾时也是跟硕贤一起。该如何泰然自若地把这东西放在收款台上呢？我们俩一边合计着一边在超市里转了好几圈。

尹硕贤，这个男人绝对不会成为我的过去。他让我明白了我那干涸的身体可以变得有多火热，并让我知道了很多我自己都不知道的身体感觉。而且他还用一根手指唤醒了我隐藏着的感官。

那件事发生之后，我每天晚上都会做梦。梦中的我知道自己在做梦。但是梦中的硕贤却如现实一般栩栩如生。他用嘴唇吻着我的脖颈，用爱抚让我的全身感到酥痒，在深吻过后变得大汗淋漓。接着，我用手抚摸起了他的肩膀。最终，现实中的我翻了个身，发出了一阵呻吟。就好像用全身接纳他一般，一阵不自觉地发出的叹息声把我吵醒了。我被自己因为梦中的性爱而发出的呻吟声吓得浑身冷战。

"你到底是有多想要啊。"

听完我说的话，在景开玩笑似地看着我。

"那可不对。就算不做那事，生活也没那么痛苦啊。"

我双眼盯着皮鞋回答道。在景设计的皮鞋在咖啡店的照明下显得华丽而耀眼。

“你肯定是想那么认为吧。但是身体却在说不是啊。”

“遗憾倒是挺遗憾的。反正都是做梦，干脆直接到高潮呗。刚刚接过吻，好戏正要开场呢，结果梦就醒了。”

“明明不想跟尹硕贤破镜重圆，但却会做春梦啊？而且他只是轻轻碰了一下你的鼻子，你就浑身战栗？就这样你还说不想跟他重新和好？那该怎么办啊？”

智希耸了耸肩膀嘟囔道。清凉的风从咖啡店的窗外吹了进来。

“答案已经出来了啊，你还犹豫什么。你跟尹硕贤只上床就行了。”

听到在景的回答，智希把嘴张得老大。当然，我也跟智希一样，感到非常无语。

“你就对前辈实话实说吧。”

“就说我想念他的身体，连春梦都做了？”

“要是那么直话直说，男人们会被吓到的。尹硕贤还能例外么？你不适合用太色情的表达方式，所以就像开玩笑一样说出来吧。‘你偶尔到我房间里来睡吧’，就像这样，简单而爽快。你们俩不是经常在院子里玩传接球吗？你就当那是传接球，跟他简单地一说：‘要不要来一局？’就像这样，说得轻松点。怎么样？”

在景碰了碰我的胳膊问道。

“你偶尔到我房间里来睡吧。”

我碰了碰智希的胳膊，学着在景说了一遍。我们一起咯咯地笑了起来。

如果性爱可以像传接球一样，以“要不要来一局”的方式进行提议该多好啊。在景曾经说过。因为心存幻想，所以性爱才会变得复杂。如果还要复杂地考虑到底由谁来先提议，那么这事儿就已经不再是爱情了，而是政治。但是我却无法赞同在景的想法。因为对我来说，性爱的本质就是和心爱的人一起进行心灵上的沟通。

我从洗碗台上面的隔板上取下了意大利面，然后在烧开的水里撒了点盐。

“要不要我帮忙啊？”

不知何时已经站在我身旁的尹硕贤问道。与此同时，脖子上传来的一阵陌生的触感让我的动作和呼吸同时停了下来。那是硕贤的手。

“头发不觉得不舒服吗？在厨房里把头发扎起来吧。看的人都觉得不舒服了。”

他用一只手抓住了我的头发，然后用另一只手从洗碗台的抽屉里取出了橡皮筋。他随意地帮我扎头发的动作轻巧而充满暖意。意大利面无力地从我的手中滑落，掉了一地。难道继鼻子之后，连头发也变成性感带了吗？说不定连脚趾甲也变成性感带了呢。肯定是因为我已经太久没有碰过男人了，我这样想着。看着尹硕贤正在洗蘑菇的侧影，我再次回到了过去。回到了我们第一次分手的那一天。

就在我用脚踢了小摩托，将后视镜摔碎的那一天，我替他将小摩托送到了维修店。凭我的经济条件，根本买不起他之前安上的那对昂贵的后视镜。我给它安上了一万韩元的便宜货后视镜，然后给他发了条短信：

“我会把小摩托修好的。”

他没有回答我。就在第二天早晨，在教室里，我看到了他坐在远处的背影。

“看到我修好的小摩托了吗？”

他看完短信后立刻合上了手机，这一切都被我看在眼里。自那天以后，他就算在家里也没有再跟我说过一句话。他要在图书馆写剧本到很晚的事情还是通过在景才知道的。

在社团活动室里练完吉他后，我去图书馆见到了他。他敲了一会儿电脑，然后抬头看了我一眼，但立刻又面无表情地把视线转向了电脑屏幕。虽然我心里想着“只要他再看我一眼，我就坐到他身边去”，但他却没有再抬起头。我在他的身旁徘徊了一个小时。当我走出来时，外面已经下起了雨。那是一场春雨。我没有带雨伞，只得用无比寂寥的心情站在大门口，看着一对对情侣相互抱在一起，撑着伞消失在雨中。

当他站到我的身旁，然后撑开雨伞时，我以为他起码会转过头来看我一眼。但是尹硕贤却独自走进了雨中。想到自己一直都只是看着他的背影，我突然想要流泪。从他的背影来看，他似乎永远不会再回头看我了。正当我泪水盈眶，打算直接大哭一场时，他回来了。他大步流星地走向我，无言地将雨伞递给我，然后立刻跑进了雨中。一瞬间，我毫不犹豫地向他跑了过去。我把伞撑在了他的头顶，雨珠一滴滴地落在了我的脸上。他转过身来看着我湿漉漉的脸。“已经三个月了”，从我手中夺过雨伞的他这才说出话来。

“你，那么轻易地就能说出要分手的话吗？你下次还要一气之下就口无遮拦吗？”

这下成了。我要下个台阶，回到他的身边。他肯定会再冲我笑的。我满怀确信地抓住了他的手。他没有把我的手甩开。听到我向他道歉，保证今后再也不那样了，他终于露出了一丝微笑。

“你就不想我吗？说说看，你很想我吧？”

他手里拿着雨伞，我挎着他的胳膊问道。虽然他嘴上回答“随你怎么想”，但他的眼角却出现了一丝松动。

那一切就像昨天发生的事情一样历历在目。被雨淋湿的我俩回家后一起洗了个澡。可能是因为分开的时间太久了，他比任何时候都更加火热。虽然他没有说出想念我的话，但我可以懂得他的心意。他也一直在思念着我。

我再一次偷瞄了一眼正在洗蘑菇的硕贤。他那将衣服撑起的肌肉在今天显得格外壮硕。“你有什么话要说吗？”听到硕贤无心地问了这么一句，我给出了否定的回答。但就在那一刻，我其实很想对他说。我的身体已经因为你而起了反应。在景的那句“就像开玩笑一样，爽快而简单地对他说想跟他一起睡吧”从我的心中一闪而过。不知不觉间，他已经抬起头看着我。

“那什么，尹硕贤。你，要不要偶尔到我房间来睡？”

“那什么，尹硕贤。你，要不要偶尔到我房间来睡？”我做梦也没想到悦梅竟然会说出这种话。她是个每时每刻都在沸腾了又冷却，快要冷却时又像活火山一样喷涌而出的女人。她那不知何时会变成什么样的感情让我无法消受，但我却又总要面对她那种让人欲罢不能的率直。我轻巧地回了她一句：

“放着我自己的房间不睡，去你房间干吗？”

悦梅的脸上闪过了一丝失望。如果没有为了找冷盘虾而打开冰箱门，结果发现那盒避孕套，我说不定会答应她。

“你现在为什么会需要这个？”

“这是我的私生活。你买应急药物就是为了马上吃么？”

悦梅没有显露出一丝的羞涩。更让人无语的是，她竟然厚颜无耻地说当初她是通过我才知道了避孕套的。真是让人气得说不出话来。

十年前，在学校门口的超市里。悦梅走到收款台前，将要买的东西放在了我的身旁，然后一溜小跑出了超市。满脸稚气的女职员拿起了一瓶扁桃仁，下面的一盒安全套露了出来。我慌了。我到那时候为止还没亲手买过那东西呢。

“这个也要一起结账吗？”

满脸稚气的女职员对着不知所措的我笑了笑说道。我简短地回答了一句“结吧”，只见在窗外看着我的悦梅也笑着对我挥了挥手。

“真不知道是谁的脸皮更厚。这东西我当初可是通过你才知道的。”

悦梅一边洗着餐具一边白了我一眼。不同于我的记忆，悦梅记起的是十年前在江原道旌善的某间民宿里发生的事情。

“咱俩分开睡吧。哥哥我可是真诚而单纯的人。今天晚上，绝对不会发生任何事情。”

铺好了两床被子之后，我让悦梅选一边来睡。虽然我说了“要是过线了，我可不负责啊”，但悦梅却丝毫不在意，用一条腿盖住了两床被子。“我过了哦”，悦梅那调皮的表情仿佛这样诉说着。

我刚准备去浴室洗漱，又回过头来让她帮我把包里的牙刷递给我。看到悦梅的手正在打开背包前面的口袋，我吓得一路跑到了屋里，但那一盒安全套却还是出现在了悦梅的手里。悦梅的表情从“这是什么”变成了“这个，难道是，那个吗”。

“你真可笑啊，尹硕贤同学。也就是说你已经提前准备好了是吧？说说看！”

我默默地将安全套盒子装回了包里，但不知何时悦梅已经把脸凑到了我的跟前。

“你这家伙可真够阴险的。都这样了还说什么？过了这条线就不负责了吗？就你还算真诚而单纯的人吗？”

就在这时，我一把抓住了悦梅的手，将她扑倒在了被子上。悦梅在我的怀里瞪大了眼睛，抬眼看着我。我俩之间出现了一种与刚才截然不同的气氛。

“我说过别这样吧？这样我可不负责啊。”

虽然悦梅无比地紧张，但她却并没有颤抖，也没有拒绝我。她仿佛期待已久一般，就那样接受了我。我们俩度过了温柔而自然的初夜。

“那天终究还是用了那个啊，也就是所谓的初夜，在江原道旌善的民宿里！”

悦梅一边把用水冲洗过的餐具递给我一边说道。我避开了悦梅的视线，用抹布擦着餐具。我的内心感到一阵难以遏制的憋闷。那天晚上，我曾对自己暗暗发誓，此生要永远陪着这个女人。

“你的脑子是不是出毛病了啊？咱们俩的初夜怎么会是在江原道的旌善呢？应该是我在服兵役的时候啊。抱川，那家旅馆的名字我都没忘呢。Ever Green 旅馆。”

我知道初夜的记忆对于女人来说有多宝贵。我的话肯定会让悦梅受伤的。我没有对她说我也从没忘记过那一天，而是在愁眉不展的悦梅鼻子上又轻轻地刮了一下。那天的表情猛然间一闪而过。看着温柔的颤抖再次出现在悦梅的脸上，我产生到了一阵无比沉重的罪责感。就在这时，大门的铃声响了起来，我得以从那罪责感中脱身而出。

智希若有似无地打着招呼，一屁股坐在了沙发上。

“出什么事了？智希你今天不是要招待浩俊吗？他没去你

家吗？”

听到悦梅的问话，智希没有回答，而是叹了口气。我之前听悦梅说起过，智希和在去年年末的跨年派对上认识的医生姜浩俊好上了。

“前辈，你跟悦梅第一次上床时感觉如何？”

悦梅的视线不知何时已经转向了我。“好啊，因为我们是相爱的。”我没有躲避悦梅的视线，尽可能淡定地回答道。

“那么，你呢？”

智希这回问的是悦梅。

“这个嘛，不太记得了……”

悦梅含混不清地说道。

“你当时也很爽呢。”

我白了悦梅一眼说道。然后，我们一起回想起了那个温柔的夜晚。那环绕住我背部的两条腿，被汗湿透的大腿的触感，每当我的手触碰到她身体时都会颤抖的长睫毛。那天晚上，我用我的嘴唇在她的身上各处画下了地图。

“是吧？觉得爽才对吧？但是我跟浩俊却一点意思也没有。开头，接吻的时候气氛还挺浪漫的呢。他用嘴唇吻我的肩膀时也很好。他的嘴唇渐渐下移，就到那时候为止！从那时起我就清醒过来了。然后连高潮都没有就结束了。既没有乐趣也没有感动，虎头蛇尾的悲惨结局。”

智希喝了口啤酒，把头深深地埋了下去。

“你也没多少经验啊！”

我扑哧一笑，对智希说道。

“前辈，虽然我没什么经验，但我确实可以感受到浩俊不行啊。其他的方面都跟我很配呢。他又温柔，长得又帅，而且还是医生啊。真是太让人伤心了。其他方面都好，怎么就这个方面不合拍啊？”

悦梅和我不知道该说什么，只好摆弄起手里的啤酒罐。

“前辈，你怎么看啊？说说你作为男人的想法吧。”

“要是那方面不合拍就麻烦了。别的不好说，起码那方面得合拍才行。”

我带着难堪的表情点了点头，然后和同样在点头的悦梅四目相对。其实我们俩实在是合拍得宛如天作之合。悦梅现在说不定也有着跟我一样的想法。毕竟当我们还相爱的时候，还是用身体来进行对话的情况比较多。每当想要时就会肌肤相亲。在进行激烈的对话时，悦梅给予了我别人无法给予的没顶快感。而且我们俩从来都是一起达到高潮的。

想到这里，我变得无比骄傲。啤酒罐触碰到我的嘴唇时悦梅看向我的眼神也被我尽收眼底。我抚摸自己耳朵的手也被她收入了眼中。对于她有多么喜欢我的身体，以及我的手和我的嘴唇，我比任何人都更清楚。看到她的脸变红了，我逗了逗她：

“干吗那么盯着我看啊？”

我若无其事地问道。

“眼睛长在我身上，看哪儿还不随我便？”

虽然嘴上是那么说的，但悦梅那急忙避开的眼神却依旧在我的身上徘徊着。我的直觉是这样告诉我的。

那天夜里，我敲响了她的卧室门。我想象了好几百遍。门打开后，我要吻她。她肯定也不会拒绝我。在不短的时间里，我们的感情总是在彼此错过。我以为那个吻可以让我们越过那三年的时间，重新像以前一样每天早上接吻，在一个空间里感受着彼此的体温入睡。

直到我发现她正在为第二天的相亲准备衣服。

悦梅

我急急忙忙地走进了酒店里的咖啡厅。被黑暗笼罩着的全玻璃结构咖啡厅一下子映入了眼帘。刚踏出一步，裤子口袋里的手机就响了起来。果然不出我所料，伴随着来电号码显示，外婆的那张脸也出现在了手机屏幕上。

“既然嫁人那么好，那外婆你去嫁好了！”

对着手机中的外婆说了几句，接着我立刻改变了自己的想法。没错，我确实是因为敌不过外婆的纠缠才来参加相亲的。但是浪漫的机会却会不分时间场合地来临。一份像样的感情会不会再次降临到我头上呢。但我立刻可对着窗户上反射出的自己的模样自言自语了一句：

“好啦，干脆还是不要期待了吧。”

就在这时，相亲经理人急忙地走出了酒店的入口。我们在门口处撞到，这才认出了彼此。她的语气中充满了焦急：

“不好意思，我接到电话说我爸病危了。现在得先过去一趟……你来之前看过男方的资料了吧？他就坐在窗边。祝你们谈得愉快。”

看到我点了点头，她风风火火地消失了。在工作室里录着音的我也是急急忙忙赶过来的。其实我还没来得及查看对方的资料。

坐在窗边的男人只有两名。我对着坐在两个桌子旁边的男人分别瞧了瞧。第一个男人，长得太丑了。就在我正打算转身离去的时候，正在看书的第二个男人抬起了头。而且他还认出了我，对我点头致意。那是个一眼望过去身高起码一米八，体型苗条，留着短短的半卷发，而且连不容易穿出味道的深蓝色套装也能轻松驾驭的男人。

“不好意思，我来晚了。路上比较堵。”

我坐下之后刚开口，他就带着一种难以捉摸的表情看着我：

“如果是从录音室过来的，应该不太堵啊？我也是从那边过来的呢，交通状况挺不错的啊。”

说完男人便重新打开书看了起来。这个男人搞什么名堂？竟然在相亲时看书？而且还是当着我的面！我强压着喷薄欲出的怒火，轻轻地敲了敲桌子，又对他说了一句。

“我说。你对我就没什么想问的吗？”

男人茫然地摇了摇头。“虽然知道他不是我的真命天子，但怎么就遇上这么个家伙了呢”，我心里这么想着，尽可能地保持了郑重的态度。不能因为一次失误就错过自己的真命天子。

"虽然我迟到了，但在这种场合做出这种没礼貌的行为应该不合礼仪吧。"

男人有些无奈地笑着问道：

"这种场合是什么场合呢？"

"相亲的场合啊。你是被硬逼来的吗？"

"你觉得我是需要相亲才能结婚的人吗？"

瞧瞧这家伙。竟然敢挑衅我？那我可不能退缩。

"哎哟，难道我看起来就是需要相亲才能结婚的人吗？虽然喜欢我的男人也排起了长队，但我还是被外婆硬逼来了这里。可我起码还能尽我所能地保持基本礼貌啊。你怎么能这么赤裸裸地看不起人呢？"

"朱悦梅小姐，你认错人了。"

男人用下巴指了指后面。我真正的相亲对象正愣愣地站在那里，小声地嘀咕着"我去了趟洗手间……"。再怎么看都像一个带着俩孩子的大叔。等我回家之后，一定要先给相亲经理人打个电话，让她别因为我已经三十三了就随便乱点鸳鸯谱。

身穿深蓝色套装的男人似乎正在悠闲地享受着那个时刻。说了一声"对不起"，我赶紧低着头站起身来，走向了相亲对象的桌子。但是我立刻又偏过了头。"话说这个男人，他怎么会知道我的名字？而且还知道我们录音室的位置啊。总觉得有些面熟。是谁呢？"我再次回到深蓝套装男的桌旁问了一句：

"不好意思，请问你高姓大名？"

"我叫申智勋。"

不管怎么想，我都记不起这个名字。

“你是怎么认识我的啊？”

听到我的问话，男人有些无奈地笑了起来。

“你笑什么？真让人不爽。笑得真让人不爽啊。既然你认识我，肯定也知道我是个急性子加坏脾气吧。你是怎么知道我的名字的？”

“你竟然想不起来了，真让人难过呢。”

男人的态度一如既往地悠闲。“不像话”，“难道说”，“该不会”等词语不停地在我嘴里打着转。上次相亲对象的噩梦再次浮现了出来。

“你以前跟我交往过吗？我跟你交往得很深吗？也就是说……”

如果我真的跟这个男人接过吻，那就不用给相亲经理人打电话了，我直接找个地方撞死得了！

“我跟你还接过吻吗？”

男人微微一笑回答道：

“接吻吗？嗯……可能，有过吧？”

难道我真的跟这个男人接过吻？

我用手摇磨豆机磨碎了印度尼西亚的托拉雅咖啡豆。我今天选择的咖啡豆散发着浓郁的烟熏味。当我倒下热水时，咖啡豆的泡沫一瞬间就涌了上来。

“如果泡沫涌上来，那就先等大概三十秒钟，然后从中间开始按照顺时针的方向……”

申智勋的手按在了我拿着水壶的手上。重叠在一起的两只手在咖啡机上方缓缓地画着圆圈，而我的注意力则全部集中在了即将和我的脸发生接触的申智勋的侧脸上。

“你不记得你上个星期报名参加了咖啡学习班吗？”

那天在酒店的咖啡厅里，申智勋反而问了我一句。Coffee King，阿勋的咖啡学习班，而且还强调是趣味学习班。也就是说别提什么接吻了，我俩压根就没交往过是吧？就在我一阵干笑的时候，申智勋靠在沙发上望着我。他的眼神仿佛在诉说着“你可真是个奇怪而有趣的女人啊”，而我不可能觉察不到。

“跟那个男人谈得还顺利吗？”

智勋随口问了一句。这句话就像“下次一起吃顿饭吧”一样当不得真，而我也已经到了对此心知肚明的年龄。自从过了三十岁之后，我总是会变得狠心。二十多岁时会让我害羞得转过头避开的事情，现在对我来说已经是浮云了。没关系。这种程度的丢脸对我来说已经是毛毛雨了。

“都那副德行了，怎么可能谈得顺利啊。”

看着咖啡的泡沫，我简短地回答了一句。看到智勋笑了起来，我立刻抬起头对他说道。

“你笑什么？看到别人出丑，你就那么高兴吗？”

“不是啊，不是那样的。你嘴边沾上咖啡粉末了，而且还是一大堆。”

智勋指了指我的嘴边。他拿着纸巾，把胳膊伸向了我。我以为他会用手里的纸巾帮我擦掉咖啡粉，于是我不自觉地闭上了双眼。

“你自己擦。”

将纸巾递给我的智勋从我身旁走了过去。三十三岁就是这样一个年龄。嘴角边沾了东西就只能自己擦干净的年龄。擦了一会儿嘴，对着他的背影嘀咕了一句。碰一下我的脸，你的手就会烂掉么？当然，我在这时一点也不感到害羞。我现在已经到了对害羞这件事感到害羞的年龄。用撒娇来掩饰害羞的年龄已经过去了。

当我再一次遇到申智勋时，我们正在一个二手唱片店里。听到老板打来电话说《偷窥课程》的电影原声唱片到货了，我便立刻跑了过来。

“没有那个呢。”

店员翻了一下收款台后面单独存放的唱片，然后摇了摇头。“你能打电话问问你们老板吗？”正说着，旁边的某个人就把《偷窥课程》的唱片放在了收款台上。转过头一看，竟然是申智勋!

我一把抢过了他手里的唱片并抱在了怀里。怎么办？我焦急地向他央求了起来。

“这东西真的是我从以前开始就拜托老板弄来的呢。你能不能让给我啊？还有 CD 版的专辑呢，你买那个吧，智勋。”

“朱悦梅啊，你就是个大骗子嘛。CD 上的音乐可不如这上面的全啊。我喜欢的曲子全都落下了。明知如此你还想骗我吗？”

智勋扑哧笑着回答道。“被发现了！”就在我这么想着的时候，智勋已经结完了账，从我怀中夺过唱片走出了店门。

我跟上了正大步流星向前走的智勋。我需要某种全新的战略。对，撒娇！像我这么漂亮的女人如此恳切地拜托他，他肯定会让给我吧。听到他问我“还有话要说吗”，我便尽可能地掺杂着娇态回答道：

“嗯……智勋啊，你这是去咖啡店吧？咱们一起去吧，反正顺路。”

“我要吃了饭再去。”

智勋径直向前走着回答道。我看准了时机，立刻笑嘻嘻地再次问道：

“哎哟，我也正要去吃饭呢，正好啊。咱们一起吃饭好吗？我请你。”

“也就是说，我现在需要的就是《偷窥课程》原声唱片中的这两首曲子。倒不是现在正在做的电影里需要，而是想在将来的某一天用它们来创作一部作品。我之所以有了做电影音乐的想法，都是因为一位名叫弗朗西斯·莱的音乐总监呢。我妈妈特别喜欢一部叫《爱情故事》的电影。但是比起电影本身，我会想起的是里面的音乐。”

我看了看坐在桌子对面的智勋的反应。他到现在才点了点头，表示可以接受。只要我再努力一点，说不定他就会半推半就地答应我了呢。

“你是不是还在找那位总监创作的《再见了夏天》的原声音

轨呢？”

但就在这时，智勋丢给了我一个意料之外的问题。

硕贤

申智勋，这是从悦梅的口中说出的陌生男人的名字。在整个吃饭的过程中，悦梅一直在叽叽喳喳地叙述着白天发生过的事情。我早就知道她喜欢弗朗西斯·莱了。但是朱悦梅啊，你难道因为区区几张黑胶唱片就跟着一个陌生男人去他家吗？

“你这家伙怎么能跟一个不熟悉的男人去他家呢？”

悦梅似乎兴致正高。对于我的责怪，她丝毫没有放在心上。

“他家里的稀有专辑可真多呢。我问他那些都是从哪儿弄来的，他说那些都是他父亲的遗物呢。他家不但有唱机转盘，还有唱机台，真空管以及扬声器呢。以前他不懂事时曾因为缺零花钱而卖掉了许多唱片，现在好像正在看着父亲留下的名单手册重新补全呢。”

“所以那个《偷窥课程》的唱片呢？”

“他说只要我想听，随时都可以去他家。白天自己去听也可以。”

说到最后，悦梅轻轻地笑了一下。看到悦梅的眼中闪过一丝发亮的东西，我突然放下筷子看着她。我感到内心深处有一样东西突然沉了下来。也不知道悦梅是否懂得我的心情，她用更加兴奋的声音向我问道：

“我爸怎么不给我留点这种东西啊。你不觉得羡慕吗？想爸爸的时候就可以听听音乐。对吧？”

看到我无言地点了点头，悦梅又问了一句：

“哥你觉得怎么样？就没有想念爸爸或者奇贤的时候吗？”

我一边拿起碗筷站起身来一边回答道：

“我干吗要对你说那种话啊？说了只会让自己变得心软。我可不想说那种话呢。”

悦梅带着不满的表情嘟囔了一句：

“所以你不行啊。人应该偶尔说一些心软的话才对。”

我看了看站在我身旁一起洗碗的悦梅。“聊那种话有什么好处呢？”看到我淡淡地问了一句，悦梅瞪大了眼睛说道：

“不说出来，憋在心里，这样多难受啊。你就不觉得孤单吗？”

“完全不会。”

听到我的回答，悦梅的嘴张得老大。悦梅一边摇着头一边白了我一眼。“你这家伙怎么连自己是否孤单都不知道啊。所以在你身边的我也会感到孤单啊！也是，你不可能会知道。你的心可是用钢铁做的！”

这话倒是很符合悦梅的性格。悦梅那翻白眼的小模样显得很可爱，我扑哧一声笑了出来，然后又努力地掩饰起了在那笑声中变得复杂的内心。

第二天晚上，悦梅跟朋友们一起回到了家。

“一定得带回家里才行吗？”

我在取红酒杯的时候回头看了看正坐在院子里的在景和智希。

“在景说要来的。才不是我带回来的呢。”

悦梅的心情看起来很不寻常。问她发生了什么，她就强压着怒火把刚才发生的事情一五一十地说了出来。

悦梅说她在本打算跟朋友们见面的餐厅里见到了在景的丈夫，李长宇。在他的身旁是一个跟他眉来眼去的女人，让人打眼一看就觉得两个人关系不正常。就算在悦梅过去打招呼时，李长宇也依然保持着一副泰然自若的态度。当悦梅被智希拽着走出餐厅时，正在外面等待的在景似乎已经知道自己的丈夫在那家餐厅里了。李长宇的黑色轿车就停在她的身旁。

当我倒好红酒走进去时，正坐在在景和智希之间满脸怒容的悦梅一下子进入了我的视野。悦梅那足以传到客厅里的声音充满了火药味：

“你开玩笑呢？这可不是应该睁一只眼闭一只眼的事情。你丈夫，他正在搞外遇啊。宣在景！”

她正在努力地维持着最后一点理性，这一点我比任何人都更清楚。当感情涌上来时，她的眼里容不下别的东西。她那一旦置身其中便会勇往直前的性格与滚沸的开水毫无二致。

最终悦梅还是抬高了嗓门。与爆发出来的悦梅不同的是，在景却反而显得淡定无比。要不了多久悦梅就会感到后悔了，因为此时此刻她的感情表现得过头了。

悦梅

有的时候，身边的人会变得很陌生。今天的在景就好像一个存在于别的时空中的人一般，让我觉得自己完全不认识她了。我对她有多少了解呢？在朋友们都走了之后，我才明白了一个事实。我今天对在景有些过分了。

“你在别的方面都很好，但在真正重要的时候记得考虑一下别人的感受。”

硕贤一边递过来一个新的红酒杯一边说道。

“我难道还要听尹硕贤你唠叨这些话吗？你这个从来都只考虑自己的家伙。”

“是吗？”硕贤笑了笑，然后立刻收起笑容看着我。

“朱悦梅，不是有这样一种道理嘛。一般人都觉得自己的人生最重要，自己的感情也当然最重要。但是在人生中，不但有平常时期，还有非常时期。在没发生什么事情的时候，自己的感情固然最重要，但在朋友处于如晴天霹雳一般的非常时期时，你必须学会克制住自己的感情。这种时候就应该迁就一下朋友的感情啊。你总是做不到这一点，明白吗？”

“我现在就处于非常时期。”

“知道，所以我现在就在迁就你啊。”

温柔的笑容和含着红酒的嘴唇，还有他那从嘴缝中渗出的平静嗓音，让我的内心发出了低低的颤音。我静静地看着硕贤。

这个让我感到最遥远最陌生的男人，往往会像这样比任何人都更亲近地靠近我。我很喜欢这个男人的这一点。之所以分手了五次还愿意与他复合，也正是因为我最爱这个男人的这一点。

硕贤刮了一下我的鼻子。我发出了“啊”的声音，然后抚摸着鼻子突然对着他笑了起来。硕贤用疑惑的眼神看着我。没什么，就是因为突然喜欢你了。就在我们俩彼此交换着陌生而微妙的眼神时，音响的CD开始播放起了下一首曲子。

我喜欢的音乐，愉快的哼唱声，轻快而干净的嗓音。不知道是因为红酒，还是因为想要躲避尴尬的想法，我拿着红酒杯开始了随性的舞动。硕贤看着我那装模作样的舞姿笑了起来。然后，我看到硕贤看我的眼神变得深邃了。过了三十岁，我就已经很了解自己了。我知道自己的模样正在魅惑着男人。而且如果跟一个人交往了很久，就会在某个时刻对对方的想法了如指掌。现在的硕贤肯定觉得我很可爱，毫无疑问。

我伸出手来，让硕贤学我一起跳。在他跟着我的节拍舞动时，我喊出了他的名字“尹硕贤”。虽然我对这个男人喜爱到了无法自已的程度，但我看着他等待我下一句话的样子，最终还是下意识地摇了摇头，表示没什么。我不想让他发现我的心意。硕贤看着我笑了起来：

“朱悦梅。”

尹硕贤喊出了我的名字。当我的手被拖拽到他的脸旁边时，我已经被他抱在怀里了。

“你，要不要偶尔到我房间来睡？不一定非得是你的房间啊。偶尔到我房间里来。怎么样？”

不平凡的第六次恋爱

悦梅

阳光透过窗户照射到我的脸上，硕贤那熟悉的味道飘了过来。我闭着眼睛，把头埋在了硕贤的枕头里。我回想起了昨天晚上和他接吻时的情景。他那件宽大而柔软的衬衫贴着我的皮肤，告诉我这一切都不是在做梦。尹硕贤起来了吗？应该还没起来吧？一边这样想着，我一边将手伸到了将我自己卷裹在中间的被子外面，试图寻找硕贤那应该位于床上某处的温热。就像我们以前一直做的那样。

每当一起过了夜之后的第二天早上，我喜欢找到他的怀抱，紧紧地贴在他身上。他会在半梦半醒之间轻轻地拍我，还会在听到我调皮地学猫叫后，闭着眼睛露出幸福的笑脸。当我听着他学的猫叫声，从美梦中醒来时，他从背后拥抱我时的那股温热会久久地伴随着我。从眉毛到鼻梁，从额头到耳朵，从嘴唇到脖颈，他会接连吻得我浑身发痒。这就是专属于我俩的早起必修课。

我在床上摸索的半径变大了。我最终还是从床边上掉了下去，然后才抬眼环视了一下房间。他已经不见了踪影。家里根本就看不到他的痕迹。这可是我们三年来头一次一起过夜。我坐在沙发上心情郁闷地对着钟表盯了三十分钟，最终还是给他打了电话。

"有一部电影我特别想看，所以就出来了。我今天有很多事情要做，你就别管我了，忙你的吧。"

话筒里传来他冰冷而漫不经心的声音。这让我不禁怀疑起他还是不是昨晚那个用爱怜的眼神看着我，陪我一起跳舞的人。

雾气渐渐地消散了。上班高峰已过，汉江上的几座大桥显得悠然而闲散。沿着散步小路慢跑的人只有在景和智希以及我。

"我该如何接受这一事实呢？我可特别喜欢一觉醒来时跟他抱在一起的感觉啊。"

我看看在景，又看看智希，说道。一个年轻男人从对面的散步小路上跑了过来。呼的一声，一阵清凉的风吹过。

"既然不是在交往，你俩这回就只是像玩传接球一样轻松地过了一夜啊，不是吗？"

"一起过了夜之后，第二天早上他就把你独自留在了床上，自己看电影去了。还需要再说什么呢？"

在景和智希挨着个地说道。她们俩降低了跑步速度，一前一后地跑着。

"不是啊，他昨晚确实有一种被我深深吸引了的感觉啊。"

我想起了硕贤跳舞时的目光，所以嘟囔了一句"我说真的啊”。

“时隔三年一起过夜，结果还把你独自丢在床上，那这就算是前辈的回答了。男人的话语、目光、笑容、约定什么的，一样也信不得。男人的内心必须通过行动来解读。他对我都做了什么，男人的内心必须通过那个来判断。”

在景没有在意我那已经变得茫然的眼神，自顾自地说道。

“我也很确信。”

智希也点了点头。

“这不也是你所期望的吗？跟他只是上床。”

“虽说我的身体确实被他吸引了，但我并不想只跟尹硕贤上床。”

“所以你现在打算怎么办？”听到在景这句意料之外的问话，我顿时语塞。

“重要的是你的决定。尹硕贤和你的关系要由你自己来规定。不要把决定权交给前辈。”

就在我认真思考的时候，智希和在景已经跑出去了老远。

到了家门口，我忽然停住了脚步。一下子有太多的想法在脑海中旋转了起来，而尹硕贤就站在那些想法的尽头。我想跟他走到哪一步呢？而我想要去的地方又会是那里呢？我到底想要什么呢？三年前，他很明确地对我说过，他从来都没想过要跟我结婚。

有人敲了敲我的肩膀。回头一看，硕贤正在摇晃着手里的便当袋子，灿烂地笑着。他用身体打开了大门，示意我一起进去。

他的想法跟三年前相比会不会有些变化呢？我悄悄地松开了硕贤的手，脑海中满是想法。

硕贤将装寿司的饭盒放在了客厅的茶几上，然后把筷子放到了我的手里。仿佛从来没有把我独自丢下一般，硕贤还是一贯的开朗模样。每当这种时候，我实在是无法明白他在想什么，以及他的内心是怎样的。然后他又夹起一块寿司递给了我，这让我更加糊涂了。可以明确的一点是，我不想再被他左右了。

“你今天明明可以不去看电影的啊。”

等到话已出口，我在心里又加了一句“明明可以跟我一起去看啊”。

“你又在不满什么啊？”

硕贤放下了筷子，带着冰冷的眼神问了我一句。

“咱们之间到底算怎么回事啊？也就是说，咱们俩到底是什么关系。”

我很想用“关系”一词来好好确认一下昨晚发生的事情。

“有必要非得规定得那么清楚吗？”

我抬起头看着硕贤。寂静的空气在我们视线上方凝住。这句话我已经不是第一次听他说了。也就是说，他的意思是，我俩的关系跟三年前相比毫无变化。

“现在是这样的关系，今后会成为这样的关系。我可没想过那些。你希望咱们之间是什么样的关系？不管我想要什么关系，你都愿意按我说的来吗？”

在硕贤再次问我的那一刻，我下定了决心。我不会将这段关系的决定权交给他。我不想再在他的引领下搞得满心伤痕。我扬起了下巴，用带有攻击性的语气说道：

“我想要一种简单的、明确的、没有后遗症的关系。”

硕贤

简单的、明确的、没有后遗症的关系？没想到悦梅的嘴里竟然会说出那种话。

“只上床的关系。”

悦梅带着毅然决然的表情对我们的关系进行了简单的说明。

在去电影院的路上，我一直在想昨晚的事情。我无法若无其事地面对她，就好像昨晚什么事都没发生过一样。我之所以对着面容疲倦地睡着的悦梅看了一会儿，然后走出家门，也正是出于这样一个原因。重要的是昨晚真的很美妙，而且我预感到我们的夜晚将不会只有这一次。不需要什么豪言壮语，我只想把我此时此刻的心意就这样传达给她。但是她从来都不会给我留可以让我传达真心的机会。

“行吧，就那么办吧。既然你想要那样的话。”

“既然说到这里了，那我希望咱们可以规定得详细一点。”

悦梅用纸巾擦了擦嘴角并站起身来。她转身离去的脚步声中充满了怒火。上了二楼的悦梅拿着录音机走了回来。

“每周做一次。第一周和第三周在我房间里，第二周和第四周在你房间里。”

刚按下录音键，悦梅就清清楚楚地将每个词都用力地说了出来。一周一次？而且还分单双周，每次都换房间？我那紧张的肩膀到这时才放松了下来，笑眯眯地用轻松淡然的口吻回答了她的话：

“那事可没法定得这么死。什么时候双方想要了就什么时候做吧。”

“每当想要时都得说出来吗？”

所以我们定了一个暗号。她想要的时候就把在景设计的皮鞋放在我家门口，我想要的时候就把她家客厅落地柜上的一对猫玩偶贴在一起。当然，我们也都有权利拒绝对方。我拒绝时会把她的皮鞋摆成X形，她拒绝时则把玩偶分开。

“每周不能超过一次。”

还说要规定得详细一点呢，原来就这样啊？还真是个挑剔而细致的条件呢。每周一次？把我当成什么了？一想到这里，我的傲气就上来了：

“说什么呢？只要相互愿意，一夜十次也得做啊！”

仿佛等待已久一般，悦梅对我的话嗤之以鼻：

“既然明知道不可为就不要逞强了吧！”

“什么叫逞强！要我今晚证明一下这不是在逞强吗？”

“你得协助我避孕。”

“什么时候还没避过孕么？”

“你要发挥开拓进取的精神，每天都要开发出新大陆。”

“我开发出的新大陆可不止一两处呢，那些还不够满足你的么？”

我调皮地用手指碰了一下悦梅的身体。第一次听到她说“只上床的关系”时的那种震惊已经消失不见，这件事变成了一个游戏。我用无比肉麻的眼神看着她，想象着如果我立刻将那对猫玩偶贴在一起，她的表情会变成什么样子。

“除了牵手以及把手放在肩膀上之外，其他的上床之外的亲密举动都要禁止。”

她的话还没说完，我又问了一句：

“接吻如何？”

一瞬间，她的肩膀僵住了。

“不吻也没事。”

我之所以没有说出“你昨晚的举动不就已经证明你的这句话不是真心的了吗”，是因为我早就已经知道她有多喜欢我的亲吻了。我自信满满地看着她说道：

“我会吻你的，因为我喜欢跟你接吻。”

她无可奈何地转移了话题。

“唠叨也不行。表面上是忠告，实际上是卖弄的行为也禁止。也别像哥哥一样照顾我，你就比我大一岁而已。不管我做什么，或者去见谁，你都不许干涉。”

“当然了，咱们可是只上床的关系！”

“别忘了，如果对方有了别人，这段关系也就自动结束了。”

“关系必须公平才行。如果我有了别的女人也是一样，你也别忘了。”

话说完之后，她按下了录音机的结束按钮。

就这样，我们的关系明确了。没有感情上的爱恋，只是上床的关系。关系的有效期到对方有恋爱对象时为止。朱悦梅和我不平凡的第六段恋爱就这样开始了。

浪漫比性爱更重要！

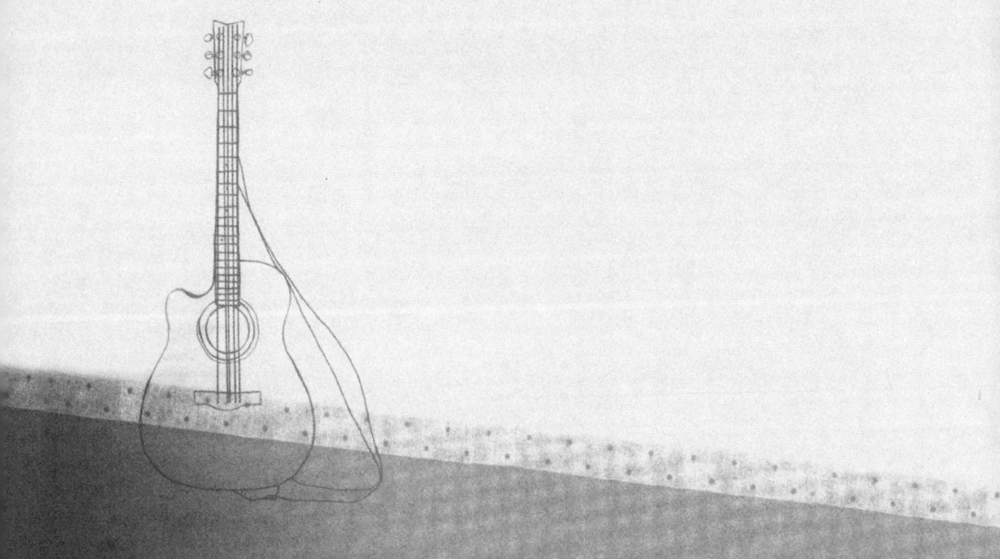

悦

梅　“尹硕贤！”我打开门，冲着正在院子里修剪草坪的硕贤大喊了一声。看到他回过头来，我冲着他晃了晃在景设计的皮鞋。他满脸带笑地走了过来，嘴里冒出一句近乎唱歌的话：

“小姐，什么地方比较好啊？”

我尽量装出一副若无其事而高傲的样子，用下巴指了指上面回答道。

“十分钟后，在我的房间。”

我扑进了飞奔上二楼的硕贤怀里，跟他吻了起来。正当我挂在他身上感受他的舌尖时，他原本在脱上衣的手一下子握住了我的胸部。我好不容易才把嘴唇分离开，在他的耳边低吟了一声“不要，咱们去浴室吧。”话没说完就发出了呻吟声，并且不知何时已经牢牢抓住了他的身体。

站在淋浴喷头的前面，我将硕贤的身体拉入了我的怀中。

“摸我的头。”

他依次摸了摸我的头部和脸颊，接着低下头吻住了我的嘴唇。我站在他的脚背上，感受着他那结实的大腿。沐浴液的泡沫从两人的身上流淌下来。

“再吻一会儿。”

接着是一阵深深的吻。温暖的水流冲刷着我俩的全身，他那柔软的舌头让我的浑身上下都充满了滑腻的感觉。

我与尹硕贤的第六次恋爱之所以平淡而强烈，是因为我们比任何时候都更加清晰地知道自己想从对方身上得到什么。无须摸索的爱抚让此时此刻的我们变得更加兴奋了。

因为耳朵和脸被硕贤弄得很痒，我将他的脸推开了。他将我抱了起来，我在他的怀中咯咯直笑，然后突然看着正在笑着的硕贤。那清澈而灿烂的笑容一瞬间深入了我的内心，让我不自觉地握住了他的手。再一次，我喜欢上了这个男人。

“我差点就说出我又爱上他了呢。你们也别忘了。”

我强调了一下“尹硕贤跟我是只上床的关系”，然后对智希和在景抬了抬手。在离开了干燥机的手上，刚刚变干的酒红色指甲油正在闪着光。

“问题出在哪儿啊？”

智希开了口。

“既然喜欢上了，那你俩直接相爱就好了啊。”

正在智希的身旁看杂志的在景抬起头看着我。

“跟尹硕贤上床！是啊，感觉很好。跟他亲嘴的感觉也很好，上床的感觉也很好，醒来时拥抱在一起的感觉也很好。但是我有一种失落感，因为我们没有未来。”

说完，我回想起了三年前的某一天。那天我最后一次听尹硕贤说起了他对于结婚的想法。

当时为了避暑，我们走进了一家咖啡店。我们对着一对正在外面拍婚纱照的准夫妇看了好一会儿。没过多时，我已经带着气得无语的表情在责问着硕贤：

“什么叫不愿意结婚？那是什么意思？”

那句话宛如晴天霹雳。

硕贤反而对我的反应感到很意外，问道：

“我好像没跟你做过结婚的约定吧？”

“喂，尹硕贤，既然交往了十二年，那咱们不是理所当然应该结婚的吗？”我正无奈地在心里嘀咕着，硕贤再一次看着外面说道：

“你就那么想结婚吗？看看你的周围吧。结了婚之后依然相爱的情侣，你见过吗？没见过吧。”

即便如此，难道说咱们到老了还只谈恋爱不结婚吗？我瞪着眼睛平复着自己的呼吸。

“咱们现在这样就挺好的啊。”

他用双手拽着我的脸笑道。

我一边拨开硕贤的手一边回答道：

“不要。我想结婚。”

我是真心的。而硕贤也同样无法掩饰自己的真心。

“我从来都没考虑过要结婚。我还以为你也是那样的呢。”

他脸上的笑意不知不觉间已经消失得无影无踪了。

“话说前辈说他不想跟你结婚的话是真心的吗？”

智希看着从干燥机里抽出的手说道。她说“毕竟明天还要上班”，所以选择了近乎透明的淡粉色指甲油。

“还是只考虑现在吧。别因为还没到来的未来而制造不幸。想要摸他时就摸他，想要睡他时就睡他吧。”

听到在景的结论，我点了点头。虽然对于智希的问题，我只能回答一句“是真心的”。

虽然很老套，但我很想拥有那个名为“家庭”的藩篱。刚出生时爸爸就不在了，十八岁时妈妈又去世了。虽然硕贤从小就守在我身旁，但我的亲人就只剩下一个外婆了。我从很早开始就想生一个长得像他的孩子，并和他一起将孩子养大了。三年前他说不愿意结婚之后，我之所以一直等待并努力说服他，是因为比起一起度过的十二年，我更相信我们拥有着可以共度的未来。

“你不知道订下婚约之后分手的情侣有多少吗？就这样你还那么想结婚吗？看看我吧。”

在走出美甲店时，在景对我说道。到了三十三岁左右，谁都会明白，在景的话说得确实一点错都没有。

在到达录音室时，手机响了起来。是硕贤。照片里的暗号玩偶正互相看着对方，短信上显示着“马上就到了”。

硕贤　　刚在录音室前停下车，悦梅就坐了上来。我们没有确定目的地，漫无目的地出发了。偶尔跟悦梅一起去兜风时，我们会定好一个方向，但却依然有着不知前路在何方的愉悦。我们在风力发电机之间转了弯，然后跑了好一会儿。在一片一望无际的绿色原野上，我一把拽过了她的脖子。就在我们粗暴而激烈地拥吻着时，低空中的白色薄云从风力发电机的柱子之间飘了过去。

我枕着悦梅的膝盖躺在原野上，感受着温暖的微风拂过我的脸颊。

"咱们得重新树立原则了。"

原本在抚摸我头部的悦梅低下头看着我。当我睁开眼睛向上看过去时，悦梅避开了我的视线，低声地嗫嚅道：

"原本说好不做的事情，咱们现在一直都在做着啊。"

"什么样的事情？"

悦梅从我手中抽走了自己的手，给了我一个"就是这种事情"的眼神。

"说好了不牵手的，结果还是牵了手；说好了不上床时不做亲密举动的，结果还是做了。"

我直起身子，跟她面对面地坐了起来。

"所以……你不喜欢吗？"

"咱们得明确彼此的关系啊，你不是也同意了么。"

说完，她顿了顿，平复了一下呼吸。她的身上产生了一种让人难以捉摸的气场。规定我俩是只上床关系的人不是别人，正是悦梅。但在那一刻，我通过她的眼睛一下子就明白了，在“同意”这个词当中隐藏着她怎样的心意。她的视线中饱含着不愿意再受伤害的恐惧。

“我觉得现在这样就挺好的。没必要再更进一步。”

我看着悦梅的眼睛，轻轻地捧起了她的双颊。那种难以名状的憋闷感消失后，我努力地用笑容填补着它的空位。她没有躲避我的亲吻。我那已经倾斜的上半身一瞬间压在她的身上。被推倒的悦梅说自己很痒痒，把头埋在了我的颈项之间。

悦梅

“我是作家姜娜弦。”我打破了尴尬的寂静氛围，将咖啡杯放在了女人面前的茶几上。

“怎么能将悬疑剧变成爱情喜剧呢？作为同样的作家，我很想来问一问你。我的剧本到底有什么问题？”

我踮着脚尖正准备转身离开，但最终还是决定再观察一会儿这让人产生浓厚兴趣的一幕。我透过一条缝隙伸出脑袋，对着硕贤的客厅一阵张望，只见他露出了一副仿佛一瞬间被人打了一下的僵硬表情。

“问题在于缺少商业性。”

那是他开始变得无比冷酷时就会露出的表情，对此我比任何人都更加清楚。“商业性”，女人的嘀咕声里充满了疑问。

“既不是电影公司的人，也不是投资方。你身为一个作家，竟然跟我说什么商业性。你还是作家吗？”

听到女人的自言自语，硕贤的眼神一瞬间就变了。

“你！”

硕贤的一声大喝斩断了女人的话头。

“我可是在这个圈子里工作了十年的前辈。”

女人对硕贤的话给予了回击：

“既然是前辈就要有个前辈的样子。这可是在征集赛中获奖的作品。对于一个已经经受了检验的作品，你怎么能毫无良心地乱改，把它损毁成一坨垃圾呢？”

“你这是单纯啊，还是愚蠢啊？要不然难道是疯了吗？敢不敢别那么业余啊。你跟我是共同作者吗？我从电影公司那里拿到了剧本，人家让我把它改得尽可能商业化一些，然后我就那么改了。对于我的原稿，姜导演也表示了认同！你已经拿到了奖金，那样就算结束了。还有什么问题？”

被“垃圾”一词激得心头火起的硕贤用冷静的语气说道。这是一种不显露出表情的淡定说话法。这个态度表明他真的已经生气了。

“问题出在体制上啊。”

“那就找体制评理去！”

听到硕贤的话，女人的背影颤抖了一下。

“又不是别人，你可是作家啊。既然在这个圈子里工作了十年，那就应该努力改善一下不合理的地方啊。就算是要润色，怎么能写出这种完全不把写初稿的作家的意图放在眼里的剧本，又怎能用这种剧本拍出电影呢？同样身为作家，你怎能如此自然地接受这种体制呢？”

“要是觉得冤枉，觉得愤怒，那你下次就写个畅销的作品，让人一个字也改不了吧。要不然你来当导演。”

我一边想着“我就知道你尹硕贤肯定是这副德行”，一边摇了摇头，然后看着那个女人。她用手紧紧地抓着粉红色女式衬衫的边角，脸上努力地维持着冷静的表情。虽然打扮得很端庄，但很明显是个年轻的姑娘。她强压着上涌的眼泪，对着硕贤问道：

“你在这个圈子里就没遭遇过什么冤枉事吗？”

硕贤轻轻地耸了耸肩膀。

“我从一开始就很受欢迎。二十二岁时在映振剧本征集赛中获了奖，同一年在黄龙剧本征集赛中获了奖。在那之后我也是一路凯歌。你也知道，我在电影节上也拿过三次奖。”

“呵！疯子”正当我在心中嘀咕着这一句时，女人忍不住了，一串泪水沿着她的侧脸滑落下来。她快速地把眼泪擦干了。

“我以前从来都没被人看不起过，但十年来就有一次被人看不起。就在今天！如果在一分钟之内不从我眼前消失，我就叫警察了！竟敢放肆地找到我家里来。”

硕贤带着毫无同情心的表情从座位上站了起来。正当那个女人用气愤的眼神看着他时，我一把抓住了她的胳膊。

“你还不老实点？竟然敢掺和进来！”

看着他的脸色，我把女人扶了起来。当我把无力地被我带出门的女人送走之后，硕贤的矛头一下子就指向了我。我的那句“有话可以好好说嘛”不可能对他有任何作用。

“你这是在帮谁说话？”

说完，原本在用冰冷的目光看着我的硕贤转过了身。他粗暴地关上了房门，接着是一阵锁门的声音。

“喂，尹硕贤，开门啊。你这毛病又出来了！真的不开门吗？”

我用手掌敲了好几下紧锁的房门，最终还是作罢了。我知道在他消气前是绝对不可能开门的。只要像那样锁上了门，最少也要等个三天两夜。因为他的那种毛病，我们曾经迎来我们的第二次离别。

十年前，在一夜之间隐藏了踪迹的他没跟我商量一句就休学了，而且也无声无息地消失掉了。我没日没夜地寻找着他，手机从来没有离过手。“喂，尹硕贤，你这个疯子，你丫就是一精神病。你敢不敢别活成那样。你讨厌我吗？你想跟我分手吗？讨厌我了你就说啊。要不然就先跟我分了手再玩失踪啊！”越是给他那已经关机的手机发短信，我就越是因为生气和委屈而哭个不停，那副样子也就越显得孤单和凄惨。最终我还是找到了硕贤所在的位于全罗南道和顺郡的一家民宿，并站在了他的面前。看到他平安无事后产生的安心感和如潮水般涌来的委屈感让我对他发起了脾气。

“我真是无语了！我对你来说到底算什么啊？你知道我有多担心你吗？我一直在想着你今天会不会联系我，明天会不会回来啊。”

“你……到底是怎么找到这里的？”

“你的电影黄了，那能怪我吗？是我让你的电影黄掉的吗？你要去哪里，为什么那么做，起码应该告诉我一声啊！”

“要是说了呢？如果我说我要休学，你能答应吗？我说我要到这里来搞一年的创作，你能同意吗？”

我劝说他跟我一起回去，他却劝我自己回去。他一边说着“末班车马上就要到了”，一边要把我拉走，结果被我甩开了。

“没那个必要了，今后我不会再见你了。”

“悦梅啊……你就不能别管我吗？”

“……我能把你……煮了吃……还是烤了吃啊？”

他让我别管他的话实在是太让人委屈了，我每吐出一个字都要深呼吸一次。

“你就别管我了。让我写出点东西再回去吧！”

“我最后说一遍，赶紧拿着行李出来。”

硕贤仿佛要发疯一般一边叹气一边挠头。他在民宿外铺满碎石的院子里一阵狂踢，让我的内心也轰然崩塌了。

“……都是因为奇贤啊。工作只是借口……不是吗？”

奇贤，一听到这个名字，他的眼神一下子就变了。无论何时，只要一说到家人，就算只是提一下名字，硕贤也会立刻变得尖锐。他看着我的眼神中充满了寒气，让我一瞬间就冻住了。虽然从外婆那里听说了奇贤生病的事情，但由于硕贤什么都不肯告诉我，所以我的责问也只是出于我的猜测。但从感觉上我已经明白了，他肯定遭遇了什么困难的事情。

“感到吃力的时候就不能靠在我身上吗？你就不能在我身边哭一场吗？你也为我考虑一下啊。我怎么能把你留下，自己一个人回去啊。一起回去吧，好吗？”

不管我再怎么苦苦央求也无济于事。说了一句“回去的路上小心”，硕贤就给我留下了一个背影。

“你，要是不在十分钟之内收拾行李出来，你跟我就算彻底结束了。”

硕贤那大踏步走进院子的背影让我难以承受。

“对于你来说，除你之外的所有人都是外人吧？连我也是外人吧？”

我独自瘫坐在一片黑暗之中哭了好久。我买了两张去首尔的汽车票，然后坐在和顺汽车站等他。回头看着已经关了灯的入口，我最终还是回想起了那个不愿意说起奇贤的他。每当难过时都不会靠在我身上，心痛时都不会对我倾诉的他实在是太可恶又太可怜了。与其说是窝火，我的心里更多的是委屈。在爱情的名义之下，我很孤单，他也很孤单。他不知道要跟我一起克服困难，也不知道应该跟我一起渡过难关，就这样也能叫爱情吗？

夜风吹得我好痛。就连从我旁边擦身而过的时间也让我好痛。他应该会因为我独自回去而很在意吧，这会儿应该会改变心意，跑过来抓着我的手说对不起吧。我无法消除对他的这种期待，这让我痛得难以忍受。喷涌而下的泪水流个不停。那一天，直到末班车发车时，尹硕贤也没有出现。

今天天气很好，我晾了一院子的衣服。阳光洒满了我的全身，一阵微风吹得我心旷神怡。我坐在门廊上当了一会儿向日葵，然后透过对面硕贤工作室的窗户看了过去。房门依旧紧闭着。

十年前，我以为他的那种举动就是他不爱我的证据。虽然那时的我单纯而美丽，但我不想再变回去了。如果我当时就知道了我现在知道的一切，我们说不定就能谈一段不一样的恋爱，这一点让我感到无比的遗憾。现在我明白了，那扇门后面就是一个洞穴，而他就是一只躲进黑漆漆的洞穴里冬眠的熊。

“多吃点大蒜，赶紧变成人出来吧，好吗？”（译者注：朝鲜族传说中“熊女”就是吃了大蒜后变成人的。）

就在我小声嘀咕的时候，硕贤的房门终于被打开了。

硕贤

当时隔四日从房间里走出来时，我透过窗户看到悦梅正靠在门廊上。在晾衣服的院子上方回响着轻轻的哼唱声。正在感受着微风的悦梅用平静的表情看着我。

“今天太阳太好了，所以我连你的衣服也一起洗了。天气真好啊，是吧？要不要一起去买香草啊？”

悦梅指着放在门廊上的几盆香草问道。我笑着点了点头，表示同意。

在香草农场，正当她四处摸香草时，我抓住了她的手。她那只原本在香草叶片上方徘徊的手一下子被我抓在了怀里。悦梅俏皮地白了我一眼，然后想要把手抽回去。

“就这么牵着吧。”

说完，我更加用力地抓住了悦梅的手。当我那年轻的后辈来找我，触动了我的自尊心时，悦梅没有再提起那件事，而是保护了我的自尊心。她明白了，在决定性的时刻要保持沉默，给予我理解。

当我想要单独静一静时，悦梅没有再敲响我的房门，也没有一边哭喊着一边劝我。当我打开房门走出来时，她会以相同的温柔模样等在原地迎接我。这份心意让我无比感激，使我觉得现在的悦梅比以前更可爱了。

在我们看着彼此的眼神中，一股安详而温暖的寂静在流淌。她好像也读出了我的心思，将十指紧扣的手举了起来，冲我笑了笑。从她那只可以被我一手握住的小手中，我感受到了一股潺潺的暖流。她肯定不知道这双紧握着的手对我来说是多么大的慰藉。

“呃，哥啊，把车停一下。”

在回家的路上，正在看窗外风景的悦梅突然摇晃起了我俩牵着的手。我一边打开停车灯一边把车子停在了路边，然后抬头看着她的方向。我们俩十年前一起去过的 Ever Green 旅馆伫立在那里。仿佛流逝的岁月毫无作用一般，整栋楼的外观没有发生丝毫的变化。如果走进了那里，我们就能变回十年前的模样吗？

楼体的内部已经彻底地变样了。我一边从变化了的内部装潢和家具位置中寻找着过去的影子，一边跟随着记忆缓缓地环视着房间。连同我跟她在化妆台上的肌肤相亲，还有她在我耳畔的呼吸声，一切都很鲜明地浮现了出来。

看来悦梅也跟我一样。看着正琢磨着以前家具摆放位置的悦梅，我忍不住扑哧一声笑了出来。我觉得我应该对能将这一切都记下来的她说一声“谢谢”。其实我也从未忘记与她共同经历过的事情，以及与她共度过的时光。

“你说得没错，咱们的初夜不是在这里过的，而是在旌善的民宿。土豆丸子汤面我也想起来了。”

“才想起来啊？”

“喂，话说这里也太亮了，是吧？”

看到悦梅撅起了嘴，我为了掩饰自己心中的难为情，赶紧转移了话题。在我们共度的时光里，她肯定也感受到了，我也记得与她共同经历过的一切。悦梅大步走到了窗边，转过身来对着我说道：

“那要不要让我把这里变成黑夜？”

看到我用疑问的目光看着她，悦梅一把拉上了窗帘，让房间里瞬间变暗了。

“搞什么啊，你这也太老练了吧。就像高手一样啊，朱悦梅。”

悦梅笑着凑到了我跟前。

“嗯，因为咱们是没必要装模作样的关系。”

听到她的话，我一下子停住了靠近她的脚步。没必要装模作样的关系？当初拿着录音机说我俩是只上床的关系时，她是真心的吗？即便如此也无所谓。因为在此时此刻，我们的身体已经渐渐变得滚烫了。

我拽过她的腰部将她放躺在了床上，接着我的嘴唇便打开了她的小嘴。她用双手抱住了我的上半身，而她的身体已经变得火热异常了。在经历了一阵高潮迭起之后，我们又抱了一会儿，然后才走出了旅馆。

悦梅

第二天早晨，当我睁开双眼时，硕贤还躺在我的身旁。“过夜前又没使用暗号，他怎么会还在这里呢？”我想了一下，然后抬起手摸了摸他的肩膀。这样的关系也能被称为恋爱吗？我陷入了沉思，沿着他的眉毛和鼻子滑下来的手在他的嘴唇和颈项间徘徊了很久。跟他在一起肌肤相亲时，一切都很美妙。但我越是喜欢他，我就越是明白了自己想要拥有的不是他的肉体，而是他的灵魂。“要是他的内心也像这样在我触手可及的地方，可以让我摸一摸就好了”，我心里如此想道。

我慢慢地脱离了他的怀抱，伴随着轻轻的叹息躺正了身子。如果去看熟睡的硕贤，我的内心就会被难以承受的孤单所填满。我很想得到他的爱，但我并不想去乞求他。我闭上眼睛，用想象填补了那种渴望。

硕贤学的猫叫声在我的耳畔响起时，我蜷了蜷身体，他的手则抚摸起了我脸上的每一寸肌肤。那充满爱意的抚摸搞得我浑身发痒，让我闭着眼睛微微地笑了笑。硕贤又用嘴唇从我的嘴到脸颊，再到脖颈，挨着个地吻了个遍。这让我感到更痒了，于是我把头探进他的怀里躲了起来。

在想象之中，一切都是完美的。想象之中的我们就好像从来都没有分手过一般，浑身上下都是爱的气息。当我睁开眼睛看着睡着的硕贤时，不同于想象的现实就躺在我的身边。

在那一刻，我明白了。不是火热，而是依恋。我想要的不是和尹硕贤肉体上的缠绵，而是与他共享精神上的浪漫。

“起来了？”

醒来的硕贤把脸埋在枕头里，抓住了我的手。

“你为什么在我的房间里睡啊？”

我坐了起来，悄悄地看着硕贤和我紧紧握在一起的两只手。

“呃……昨天喝了酒之后……对哦，怎么就跑到这个房间里来了呢？”

硕贤满不在乎地说完就枕着我的膝盖躺了下来。看着他慵懒平静的脸，我突然不再想只是用想象来填补自己的渴望，而是想将其付诸现实。就在这时，我喊了硕贤一声“哥”：

“表现出一副爱我的样子吧。”

硕贤用莫名其妙的表情抬头看着我。

“让你表现出一副爱我的样子啊。”

我又说了一遍，并将躺着的他扶了起来，让他坐在了我的对面。

“那个要怎么做啊？”

“刚开始相爱时，男人的眼中不是会流露出某种东西吗？那种激动的眼神……体贴、温暖、闪闪发光的眼神……为了能讨好女人而发出的那种……多情的眼神啊。”

“干吗突然要……”

他没有把话说完，但他的那张脸今天却显得格外温柔。

“哥，你知道你用那种眼神看女人时真的很帅吗？”

“本来就是为了要帅才那么做的嘛。”

“试试看，用那种眼神看看我吧。”

看着他逐渐变得深邃的眼眸，我笑了起来，想着那句“爱我的样子”中隐藏着的真心。就算在时间的裂缝中，他也一直陪伴在我的身旁。我好想摆脱那种日常生活，在此时此刻相信他确实还爱着我。他的那个眼神是真心的，是饱含真情的，而且也是真实的。

“这么一看，咱们俩好像还在相爱着呢。”

我已经眼角湿润了，但却依然在对着他笑着。当我如晕倒般躺在床上倾泻出自己的泪水时，硕贤已经回去了。

一个女人闯入了他和我的空间。一个年轻的、漂亮的，后来发现还非常活泼开朗的女人——姜娜弦。每当从硕贤的口中听到那个几天前去他家的作家的名字时，我就不得不面对在内心深处汹涌而起的恐惧和不安。

“那天加上昨天和今天，虽然我只和她见过三天，对她还不是很了解，但她是个比我预想的更容易亲近的人。那天好像是心里怨气比较大，所以显得放肆了一些。其实她是个开朗而健康的孩子。”

和我站在一起洗着碗的硕贤一边看着洗碗池一边说道。

“你才见过她几次啊，竟然就说这种话。”

我带着凝固的表情看着他说道。

“说啊。”

“我为什么要说啊？”

“她从明天开始就会到这里来了，你对别人向来都很刻薄啊。”

“你对我就不刻薄么？”

“知道，我也很刻薄。”

“就算你俩是共同作者，但你都不了解她是个怎样的人，怎么能跟她一起生活呢？这个房子里还住着一个我呢。就算隔着一道墙，咱们不还总是互相串门么。”

我感到一股热流涌了上来，不得不停下了话头。我就像个傻瓜一样。对于一个才见过两次面的小女孩，我竟然产生了嫉妒。在那一刻，我真的很讨厌我自己。那个重新爱上了却不能坦白说出来的我自己，对结婚太过执着的我自己，无法爽快地跟他只是上床的我自己，总是贪得无厌的我自己……眼泪涌了上来，我再也忍不住了。

我解下围裙放在了台子上，然后转身离开了。他则用眼睛一直注视着我。

“碗才洗了一半，你这是要去哪儿啊？”

当我被餐桌旁的椅子绊到，大声地摔倒时，原本忍着的眼泪最终还是落了下来。

“你还好吗？”

他抓着我的脚腕问了一句，我吼了一声“别碰我”，然后赶紧避开了。他伸出手打算再次查看我的脚腕，却被我一声大吼“让你别碰我”，然后推开了。我不想被他发现我的这副模样。

“我还好，真的还好。”

看到他用紧张的眼神看着我，我低着头说了一句，最终还是哭了出来：

“不，我不好。”

我无法遏制住因为悲伤而突然喷涌而出的泪水。

“你怎么了，伤到哪儿了？脚腕吗？”

“真是的……我已经遍体鳞伤了。快要痛死了。”

看到我悲伤地抽泣了起来，硕贤有些尴尬地对着我看了好一会儿。

当硕贤在客厅里给我抹软膏时，我没有避开。“真的不怎么疼啦，我好端端的呢。”我这么说着，而他则像刚才一样一直看着我。

“出什么事了吧？你怎么突然变成这样了？”

“以前……不也这样吗？”

“你得告诉我出了什么事情啊。”

他那慈爱的目光一直盯着我，让我说出来。面对着那每次都会让我产生动摇的目光，我反而下定了决心，一定不要把真心说出来。如果尹硕贤不先靠近我，我就绝对不主动走近他。

“就算你那么看我，我也绝对不说。”

“为什么啊。”

“因为我不想再被你伤害了。”

他收回了视线，什么话都没有再说。他就是这样一个男人，一个从来不会追问那句话是什么意思的男人，一个不会反问的男人。当我说要分手时也从来不会挽留我的男人。他本来就是那样的男人。我并不是不知道。我并不是不知道自己越是靠近他，他就越是会把我推开，但我的内心却一直在向他靠近。

在一个晴朗的白天，我脚腕上贴着膏药，一瘸一拐地推着吸尘器。我一边收拾着硕贤的客厅沙发上散落着的东西，一边很自然地走向了他的卧室。吸尘器吸头抵在了硕贤的床边，一对女人的脚腕映入了我的眼帘，让我一瞬间突然停了下来。我关掉了吸尘器，然后慢慢地，小心翼翼地走过去掀起了床上的被子，手指尖已经带上了一丝颤抖。从被子下面逐渐露出身形的女人，正是身穿女式短袖衬衫，留着长头发的娜弦。实在是难以置信。

我带着紧张的心情在沙发上坐了一会儿，突然看到了硕贤的暗号玩偶。硕贤曾让我别忘了，我们俩是只上床的关系，如果他或者我有了新欢，这段关系就自动结束了。这些话会是真心的吗？这么看来，自从姜娜弦来了之后，我就再也没用过在景设计的皮鞋，落地柜上的玩偶也从那时候起没有再挪动过半寸。

“打扫卫生了啊？”

硕贤拉开推拉门走了进来，晃了晃手中刚从超市买回来的一塑料袋东西。

“你这个禽兽。”

对着他正在走向厨房的背影，我把玩偶用力地扔了过去。后背被挨了一下的硕贤转过身来，以忍无可忍的语气大声吼道：

“啊，真是要疯了。搞什么？又有什么问题啊！”

掉落在厨房台阶上的食材被硕贤的脚踩得四处乱蹦。

“去死吧你。你还是赶紧死掉比较好。”在那一刻，我对他的愤怒和蔑视已经彻底地蒙蔽了我的双眼，让我什么也看不见了。

硕贤

我们商谈了一会儿，结果睡着了。醒过来时已经是凌晨四点。我给正躺在对面沙发上的娜弦盖上了毯子，然后走向了卧室。当我脱下上衣，在床上躺下后，一阵开门的声音传了过来。当我下意识地转头看过去时，只见闭着眼睛的娜弦正一边脱着上衣一边走进来，吓得我一下子从床上蹦了起来。从我身旁摸索着被子钻进来躺下的娜弦把裤子丢了出来。

假设一个男人闯进女人房间里做出了这种事情。无论意图为何，那个男人都会被当成潜在的强奸犯。在这种时候，就算我老实地待着，第二天早上被人诟病的也肯定是男方，对此我心知肚明。我猛地屏住了呼吸，而娜弦却发出了一阵阵安详的呼吸声。当我安静地拿着衣服走出来时，我对自己的举动感到一阵庆幸。起码在我把从超市买回来的一袋子东西展示给悦梅看之前，我觉得自己已经算得上是一个在伦理上和道德上毫无瑕疵的绅士了。

但即便如此，我还是被悦梅扔出的玩偶砸到，最终成了个禽兽。

我是个禽兽？赶紧死掉比较好？你到底在想什么，竟然说出这种胡话？我在那种情况下应该怎么做才对啊？

最近悦梅的感情显得非常不稳定。动不动就哭或者发脾气，然后立刻像没事人一样恢复平静，如此反复多次。虽然我能承受住她那仿佛坐过山车一般起伏的感情，但这着实是费劲儿啊。

“对不起。我错了。”

在门廊上，悦梅抓住了我那只不停地推着她额头的手。

“但是我无法理解。她当时真的处于半梦半醒的状态吗？真的一点也记不起来了吗？”

听到悦梅的话，我皱着眉头用眼神指了指屋里。

“难道说那个小丫头还会诱惑我不成？”

悦梅最终还是摇着头自言自语道：

“虽然不是那样，但她又没有梦游症，怎么会是那样啊？”

看到娜弦拿着洗好的衣服走到门廊来，我碰了碰悦梅的胳膊：

“既然那么好奇，干脆直接问她好了。”

但是朱悦梅，她就好像刚才的对话没有发生过一般，也没有把我的问话当回事儿，而是换上了一副笑脸，问娜弦昨晚睡得好不好。瞧瞧这家伙。

“还不错。不过前辈啊，凌晨的时候是你把我送进房间里的吗？”

“怎么什么都是男人的错啊。我哪能把你抱过去啊？我可是个孱弱而单纯的男人！”

我那原本望着悦梅的无奈眼神，现在变成了一会儿看看悦梅，一会儿看看娜弦。娜弦偏着脑袋嘟囔道：

“但是我怎么会在前辈的房间里……”

“你用自己的脚走了进来，用自己的手脱了衣服！你要是再上一次我的床，到时候你就立刻给我走人。给我记住了！”

“……不是啊，我不太记得了……”

“那张床可不是谁都能上去睡的！想睡就去二楼睡。听见没？”

我就知道我说这些的时候，悦梅肯定会很暗爽加幸灾乐祸地看着娜弦。娜弦走到院子里，将自己的T恤衫和裤子，还有内裤以及文胸晾了起来。我愣愣地盯住了娜弦晾的内衣，当然也没错过悦梅那嘴巴大张着的表情。

“看什么呢？”

悦梅瞪了我一眼。虽然她在努力地掩饰着满脸的嫉妒，但要是能掩饰得住，她就不是朱悦梅了。

“你直勾勾地瞪什么呢。头一次看女人的内衣吗？”

我把视线转向了内衣的对面，故意假惺惺地说了一句：

“喂，院子里的草该剪一下了吧？”

“少扯淡了。你就是在看姜娜弦的内衣啊。”

听到悦梅的话，我摸了摸后脖颈。我的那句“我没看啊”，悦梅是不可能相信的。

“你就是看了啊。还想抵赖么？我可看到你的目光在什么角度停下来了。”

“是啊，我看了一眼！”

“看的时候都想什么了？我看你的眼神都痴迷了。”

“我想的是娜弦的胸原来不是假的啊。行了么？”

说完，我看了看悦梅那气恼的表情。悦梅的那副模样真是太可爱了，让我在回屋的时候不自觉地笑了一路。

第二天早晨，我跟娜弦一起在外面淋着雨慢跑。虽然是在娜弦的苦劝之下不得已跟出去的，但全身被雨水淋湿的感觉却出人意外地舒爽。当我回到家，冲完澡走出来时，悦梅和娜弦正面对面地坐在餐桌旁，二人的声音透过推拉门传了过来。

“我吧，总是会感到好奇呢，关于尹作家这个人。这个男人会是个怎样的男人呢，他喜欢什么，又讨厌什么呢。还有，他会喜欢什么样的女人呢？尹作家现在没有交往的对象吧？”

就在娜弦羞涩地斟酌着用词时，悦梅的声音传了过来：

“呃……这个嘛……”

“我好像喜欢上尹作家了呢。”

“你认识他也没多久啊。”

“他很像个大人，有一种比我超出一大截的感觉。我只要跟着他的脚步就可以了。他真的很帅呢，而且很有魅力……而且，他还很性感呢。”

透过推拉门的门缝，我看到了正哭丧着脸点着头的悦梅。但没过多久，悦梅立刻打起了精神，看着我家这边悄悄地说道：

“等等。我认识你还没多久，所以给你这种忠告可能会显得有些多管闲事。但是尹硕贤吧，他可不是什么好男人呢。绝对不是！我认识那个男人都快三十年了。作为恋人，他就是个混蛋。男人的性感可不是来源于肌肉的，而是来源于感性。尹硕贤是个一点感性也没有的男人。我敢打包票！他不是个浑身长满肌肉，而是个内心长满肌肉的男人！”

听到我跨过推拉门的声音，悦梅吓了一跳，赶紧闭上了嘴。

悦梅

我思考着自己的感情波动。在做音乐的时候我明白了一点，那就是如果活得像个胆小鬼，做出来的歌就会变成一团糟。如果不能坦白地面对自己的人生，我的音乐也就无法变得坦白。最近，我的音乐乱得一塌糊涂。

“今天的心情如何？”

站在唱片陈列架前面的智勋突然转过身来问了我一句。

“嗯，忧郁而讨厌我自己。总想谈一段不一样的恋爱。”

智勋对我的回答点了点头，然后把邓丽君的唱片放在了转盘上。

“你在谈恋爱吗？”

我摇摇头表示否定，然后自言自语地嘀咕了一句“是《甜蜜蜜》啊”。

“是《月亮代表我的心》。它的意思是‘月光替我传达真心’。这是我非常喜欢的一首曲子。”

智勋在我身旁坐下，一边喝着咖啡一边笑着说道。

这世间真的存在命运吗？我很想知道世间是否真的存在如电影《甜蜜蜜》里演的那般，无论两个人历尽怎样的千回百转，最终还是会相见的情况。

“是不是命中注定，必须得走到最后才能知道。”

智勋如是说道。他还说两个人某一天偶然见面，然后那种偶然不断地重复，最终在某一天被贴上了“命运”这个名字，人就接受了它就是命运的事实。看到我很茫然地没弄懂这段话的意思，智勋为我讲述起了他五年前见到一个女人时的经历。

对于那个女人，他想总有一天一定要再见上一面。那个当年在吉他培训班见过的女人，智勋在五年后刚好又见到了。

“我当时就想……有个奇怪的女人总是来我的咖啡店，我希望她不要再来了。”

坐在咖啡店里看着咖啡培训班的申请书时，智勋的视线停留在了一个很特殊的女人名字上。那确实是当年吉他培训班里那个女人的名字。

“所以什么时候能说到命运啊？”

我的声音变得急促起来，催促智勋快点说下去。

“当偶然不断重叠时，我就明白了，看来我跟她确实是有缘啊。”

“是命运啊，命运。一定不要错过那个女人，要牢牢地抓住她。”

说完，我就拿起智勋那把放在书柜旁的吉他抱在了怀里。

“呃，音都调好了啊。你经常弹吗？”

“也就偶尔吧。”

听到智勋的回答，我说了一句“把手给我看看”，然后伸出了胳膊。看到他疑惑的表情，我把他的手拽了过来，继续说道：

“再怎么说我也是作曲家啊。我一看手就能知道呢。”

智勋觉得很有意思，就这样看着我。

“嗯？都起老茧了呢，看来你经常弹啊。”

“随便哪个男人的手，你都这么上来就摸吗？”

智勋笑着把手抽了回去。

我回想起了在酒店的咖啡厅里，以及在二手唱片店里见到智勋时的情景。这么看来，他从来都是孤身一人。

“也就是说申智勋啊，你只喜欢独自享受的兴趣爱好啊。我就知道是这样。肯定是因为性格不怎么样吧。因为太过挑剔，而且总是充满了秘密，所以很难跟别人一起相处呗。所以说……”

“……干吗对我说半语（非敬语）啊？你跟我很熟吗？”

听到那句话，我突然吓了一跳，然后尴尬地避开了智勋的视线。

“不是啦，我就是自言自语……不是跟你说半语。”

智勋的声音里掺杂着一丝调皮：

“你现在那句话也是半语啊。”

到了这时我才问了智勋的年龄。当我得知他三十三岁，跟我同岁的时候，我轻巧地回应了他一句：

“所以怎么了？直接当朋友就行了啊。咱也甭说敬语了。”

他露出了笑容，仿佛在说“真是个有意思的女人”。然后他问了我一句：

“那朱悦梅，为了纪念咱们成为朋友，明天要不要跟我一起去个地方？”

硕

贤　　要去保育院？悦梅下了车之后，一个男人出现在了我的后视镜里。一个看上去很不错的男人正在冲着她笑。他就是我耳闻已久的申智勋。

到昨天晚上为止，不，是到刚才为止，悦梅还在对我说，如果我对她去见申智勋感到在意就说出来。

“过度打扮到露骨的程度会不会显得太幼稚啊？哇，连香水都喷了吗？你干吗突然这样啊？跟我交往的时候你哪做过这种事情啊？”

我之所以会在车里那样说，是因为我很清楚悦梅的那种态度的善变在恋爱中也是如出一辙。一会儿说喜欢，一会儿说讨厌，一会儿推开，一会儿抱紧，一会儿让走开，一会儿又让过来。虽然她现在花了很大的心思，因为去见某个人而感到兴奋不已，但最终肯定也会做出和跟我在一起时一样的举动。话说回来，悦梅知道申智勋的目光中充满了好感和激动吗？

“那个男人，挺不错的。好好相处吧。”

我给悦梅发了短信，但是她没有回复。

“姐姐怎么还不来啊？”

在电影快开始的时候，坐在我身旁的娜弦小声地问了一句。

我们说好了一起看这部电影的。

“看来约会挺有意思的嘛。”

我打开手机，看了看时间。

“姐姐去约会了吗？”

我没回答，只是一会儿看看放映厅入口，一会儿看看大屏幕。

直到放映厅的灯灭了，悦梅才在座位上坐了下来。虽然我只是假装漫不经心地看了看她的侧脸，但她此刻坐在我身旁这一事实让我感到了一种微妙的安心感。

悦梅

“等会儿去吃晚饭的时候，姐你回避一下吧。我今天要跟前辈表白，说我喜欢他。”

娜弦在我耳畔低语了几句，对着我眨眼一笑，然后望着前方。当我进入电影院，在黑暗中摸索着找到自己的座位号码时，发现我的位置已经被姜娜弦给坐了。那是硕贤身旁的位置。

银幕中上演着孩子们欢笑着在运动场上奔跑的情景。看着那个场面，刚才在保育院的运动场上，孩子们一个个地扑进智勋的怀里，用全身来问候他的情景浮现在了我的脑海之中。孩子们和智勋似乎已经见过不止一次两次了，他们之间流淌着一种相互熟识的温情。

据说在智勋上初中的三年里，他是在那家保育院里长大的。当时他的爸爸去世了，而妈妈再婚了。看着他用笑脸讲述这段艰辛而悲伤的故事，我想起了尹硕贤。一个绝对不和别人分享自己痛苦经历的男人。一个无论发生什么都不会向别人袒露内心的男人。智勋则与他不同。对于过去的事情，他宽容而坦率。看着硕贤那张被银幕的反光照亮的侧脸，我想起了他刚才发给我的短信。那些话是真心的吗？

看完电影走出来的时候，娜弦拉住了硕贤的胳膊。

“前辈，咱们去吃好吃的吧。找个气氛好的地方。”

硕贤对我问了一句：“吃什么？”

“找个可以吃饭，顺便喝杯小酒的地方吧。”

我看着正在撇嘴的娜弦回答道，然后径自走在了前面。

在烤猪皮的时候我没有说话，只是一个劲儿地灌酒。硕贤帮我倒着酒，脸上满是担心的神色。拿起酒杯正喝着的时候，我跟正在用“让你回避一下啊”的表情看着我的娜弦四目相对。

“你对我有什么不满么？”

娜弦轻轻地耸了耸肩膀。

“倒不至于说是不满。”

“你可真是幸福啊。又年轻又漂亮，而且还自信满满的。”

“……你们俩发生什么事情了吗？”

感觉到气氛不对的硕贤问了一句，接着我便怒不可遏地冲他发起了脾气：

“尹硕贤，你觉得现在这种情况很有意思么？”

硕贤带着迷茫的表情呆呆地望着我。

“我不喜欢现在这样，照这样下去可不行。”

娜弦似乎觉得我的话很奇怪，看看我又看看硕贤。

“不好意思，姜娜弦。今天你得回避一下了。我有必要跟你这帅气逼人的前辈来一场深入对话了。”

硕贤有些得意地送走了娜弦后，立刻向我问道：

“你跟娜弦发生什么事情了吗？”

“我现在是在嫉妒啊。因为不想看到姜娜弦对你心存好感的那副德行。”

我往杯子里倒酒。酒还没倒满，我就抬起头看着硕贤。他正在静静地听着，而我也没有躲避他的眼神，继续说道：

“怎么了？我不能嫉妒吗？嫉妒了就显得小心眼了吗？我不觉得嫉妒是一件幼稚的事情。嫉妒是这世上最坦率的表白。像你这种不会嫉妒的家伙才是不健康的。”

一小块猪皮弹到了我的脸上，我刚擦掉，另一块猪皮又弹到了我另一侧的脸上。

“怎么光往你脸上弹啊。”

说着，硕贤用纸巾为我把两侧的脸擦干净了。

“连猪皮也看不起我……”

我那被他的手捧住的脸上不知何时已经挂满了泪水。

“算了吧，尹硕贤。那种关系……还是算了吧。不是爱情的话我就不要了。只上床的关系还是到此为止吧。”

面对盯着我看的硕贤，在此时此刻，我不得不说出自己的真心话。我不想再隐瞒或者忍耐了。

“我不能再这样下去了。我想要更多，我想要更明确的关系。我讨厌那些在你面前晃悠的女人，也讨厌明知如此却还显得津津有味的你。我讨厌明明嫉妒却说不出来的我自己，所以不行了。我喜欢你，尹硕贤。仔细想来，我从来就没有过不喜欢你的时候。我整天被你推开，被你隔开一段距离，不知道你的真心到底是怎样的，所以真的很吃力很辛苦……但我还是喜欢你。我真的是疯了。”

他表情复杂地给自己倒着酒，而我实在是看不透他的内心。每到这时，他那让人难以捉摸的表情总会让我感到一阵害怕，一阵恐惧。

“但是你……现在可以拒绝我。我不要假惺惺的。”

虽然话是那么说的，但在那一刻，我却很恳切地渴望着，渴望着爱情能站在我这边一次。起码在今天，求你了，今天就从了我吧。

硕贤

我将暗号玩偶面对面地贴在了一起，然后在它们面前徘徊了好一会儿。我有时候会想，“如果给我另一段人生，它会从哪里开始呢？”但我依然身在此处，而悦梅永远在这儿的中心。

悦梅打开浴室门走了出来。她那看向玩偶和我的目光不一会儿就停留在了我的身上。我把玩偶放回了原来的位置，然后走到了悦梅面前。她却突然用紧张的神色看着我，还伴随着一阵轻微的颤抖。

我用一只手抚摸起悦梅的脸颊。我面带怜惜和哀伤的模样出现在了她的眼眸中。我从来都只考虑当下，但悦梅却会期待着每个举动都能代表一个更加确切的未来和约定。不管从什么意义上出发，我都不愿意去伤害悦梅。我不想给予她一个不确定的未来和不靠谱的希望。因为我一直坚信着，这就是我能为她做的最佳选择。

“今晚，咱们在一起吧？”

我看着她的眼睛，满含依恋地笑着问道。在悦梅的目光中，真心被隐藏了起来，努力忍耐着的心痛却在那一刻凸显，这让她显得更可爱了。

那一刻，我们不得不接吻。我的唇停留在悦梅的唇上，比任何时候都更加温暖。

悦梅

虽然醒了过来，但是我无法睁开双眼。我怕自己会再次面对那个他离开后变得空荡荡的房间。我闭着眼睛，把探到被子外面的手伸向了床的上方。我小心翼翼地在床的上方摸索了一阵，然后马上把手收了回来。睁开眼睛之后，看着硕贤那空荡荡的位置，我明白了一个道理。我被独自留下了。

我带着满心的痛楚正要躺回去时，一阵开门的声音传了过来。当我转过头去，只见硕贤正端着摆满了早餐的床上托盘，对着我微笑。我带着紧张的心情坐了起来。这个正在看着我的家伙，不管我怎么看他，都无法彻底地搞清楚他的心意。“这是什么意思呢？”正想着，只见硕贤一边学着猫叫一边把牛奶杯递了过来。到这时候我才安下心来，从硕贤手里接过牛奶喝了起来。

他用那温暖的目光久久地看着我。他帮我擦了擦嘴角的奶渍，那动作温柔得让我差点哭出来。他的嘴唇轻轻地碰了碰我的嘴唇。一个淡淡的吻。

那个吻真的很好。比初吻还好。比倾诉爱意的甜言蜜语更好。

非得一条路走到黑吗?

一首有些凄美的情歌。在耀眼的阳光下，充满了整个工作室的旋律和我的声音重叠在了一起。当沉浸在歌声中的我抬起头时，只见不知何时已经站在了门前的硕贤正在看着我。

听到我的声音有了一丝颤抖，他微笑着抬手，示意我继续。硕贤靠在门边用温暖的目光看着我，那模样让我感到一阵激动，害得我不得不刻意避开了他的视线。我最终还是向他说出了我喜欢他。表白过后，一切都变得尴尬了。

“站在那儿干吗？”

我满怀着羞涩停止了歌唱并关掉了音乐。

“干吗啊，挺好的嘛……”

坐在扩音器上看着我的硕贤脸上依旧挂着微笑。

“你这是起床了吗？”

“还没睡呢。图书馆开门之后，我打算去找点东西。要不要一起去？路上咱们吃点三明治吧。”

“好啊”，我含糊地回答道。我仿佛被表白了一般，脸变得通红，害得我赶紧用双手遮了起来。

在图书馆里走来走去的时候，我的注意力也一直集中在了站在诗集区的硕贤身上。他那从书架中间隐约可见的嘴唇，还有往笔记本上抄写着什么的动作，让我在旁边呆呆地看了半晌。虽然一切都看似无心之举，但我的所有感官都指向他，而他看起来似乎也是如此。

从睡梦中醒来时，硕贤早已经来到了我的身边。他正靠在我的身上熟睡着，而我则满含依恋地看着他的脸，然后小心翼翼地握住了他的手。虽然对于我的表白，他还没有给予任何的答复，但凭借着那一刻的感觉我知道，他已经接受了我的心意。他和我的第七次恋爱已经开始了。

“他本来就是个不擅长表达爱意的男人嘛。”

我一边羞涩地说着，一边把脚放进了盛着热水的足浴桶里。

“你不是不喜欢这样么？不是说感到不安么？之前还那么说呢，现在怎么又这样啊？”

靠在椅子上的在景把身子转向了我并白了我一眼。

“不是啦。你不是说过嘛。男人的心意不能用语言来判断，而应该用行动来判断。”

“但是对于有的男人，他们的语言比行动更重要。无法通过行动来判断的尹硕贤更是如此。”

在景摇着头说道。在那一刻，我回想起了他一边学着猫叫一边把牛奶杯递给我的模样。那分明是一种若非深爱就无法出现的眼神。我享受着那种眼神，确信着我们那无法用语言表达的爱情是存在的。

“我和尹硕贤，我俩的爱情已经超越了语言。”

换上了按摩袍走过来的智希听到我的话后，双眼瞪得溜圆：

“怎么回事？你们俩又好上了吗？”

看到我点头表示肯定，在景咂着嘴回了一句：

“真拿你没办法。这样下去又该被尹硕贤狠狠地伤一次了。”

一年之中的大部分日子都很平淡无奇。命运般的事情只存在于电影之中，而必然发生的事情只会在电视剧中发生。在景的预料从来都没出过错，但那一天却不太一样。被狠狠伤到的人不是我，而是在景自己。

当我们听到在景出交通事故的消息，急急忙忙赶到急救室时，她已经去拍 X 光片了。硕贤和我跟正在急救室的护士站里等待着的智希，她也走进了 X 光室。奇怪的是，我们在那里还见到了身穿着患者服的正民。

韩正民，他是跟在景在同一家公司里工作的同事。在跟李长宇结婚之前，在景和他还是一对交往了很久的恋人。正当智希走过去问他到底发生了什么事情时，在景刚好从 X 光室里走了出来。这时，硕贤扶着正民走进了 X 光室。

“怎么回事啊？”

在景的回答冷静而简单：

“嗯，那里有一家我俩常去的旅馆。”

常去的旅馆？智希呆呆地回味着这句话，然后面带寒霜地问在景：

“是正民吗？你那个出轨的对象……是韩正民吗？你是在开玩笑吧？”

仿佛在诉说着“事情已经发生了，你让我怎么办”，在景的眼神也逐渐变得冰冷了。

“我也玩得很疯。”

坐在我家院子里喝红酒的那天晚上，在景曾经说过。

结婚之后，李长宇碰过的女人估计可以装满一卡车，而她却可以做得天衣无缝，不至于像他一样被发现，所以我们不必为她担心。当时的她笑得非常得意。但是她此刻的状况却来了个 180 度大转变。虽然宣在景天不怕地不怕，但她肯定也曾因为丈夫出轨而难受无比。但是在此时此刻，她竟然还说想得到我们的支持，这让我实在是感到无法理解。

“宣在景小姐。”

突然，有人喊着她的名字走了过来。当我们回头看去时，照相机的闪光顿时在我们脸上开了花。记者们来了。无暇考虑这到底是怎么一回事了，智希和我立刻用身体将在景挡了起来。

硕贤

电视里一整天都在播和在景的交通事故有关的内容。有一家有线电视台已经播了一个小时的交通事故特辑，并强调着有个身份不明的男人与她坐在同一辆车里，而且发生事故的区域周围有很多家旅馆。

我换了一个频道，看到李长宇在下班回家的路上被记者们团团围住，正在接受着采访。

“这么说跟宣在景小姐一起坐在车里的男人是她的情夫吗？”

拿着麦克风追赶着李长宇的记者问道。

“什么叫情夫？你觉得那种浅薄的词适合用来形容我的妻子吗？我的妻子……我的妻子她……是真心爱着那个男人的。通奸这个词……当然，我很受伤。如果听到自己的妻子说她爱上了别的男人，天底下有哪个男人会不震惊啊！”

说到这里，画面中的李长宇带着痛苦的表情低下了头，没有继续说下去。并排坐在沙发上的悦梅、智希以及在景都很安静，只是呆呆地望着他。

当我低着头发动车子时，看到智希和悦梅正走出院子。智希脖子上围着护颈带，脸上戴着口罩，头上扣着帽子，那模样任谁看都跟在景一模一样。悦梅扶着假扮成在景的智希，用身体挡住了蜂拥而至的记者。悦梅没有理会那些提问，坚强地保护着智希，把记者们引到了离我的车比较远的地方。看到记者们抓着自己的胳膊不肯撒手，智希这才摘下了自己的口罩。

“宣在景在那儿！”

一个记者发现在景坐上了副驾驶座，赶忙在远处喊了一声。

记者们突然朝我们的方向涌了过来，但我们的车早已经开出了巷口。

我们在接头地点见到了智希和悦梅，两个人赶紧坐进了后排座。

“咱们接下来该怎么办啊？”

智希一边将护颈带递给在景一边有气无力地问道。

“咱们干脆直接去坐游轮吧。”

悦梅和朋友们之前就一起计划了这次旅行。在这个节骨眼上竟然还能想起游轮之旅，果然不愧是朱悦梅。

“糟糕，护照！”

智希的护照在家里，而在景的护照则在办公室里。如果能从头到尾都做到天衣无缝，那她就不是朱悦梅了。我说了一句“我来解决”。思忖间，正坐在后座上的智希和悦梅再加上在景，通过后视镜三个女人映入了我的眼帘。

我突然对三个女人的男人们进行了一番思考。宣在景的丈夫，李长宇。虽然被称为国民播音员，却活在与自身形象完全不一样的现实之中，还将宣在景的生活打入了谷底。禹智希的男朋友姜浩俊。这家伙明明是自己能力不行，却先对智希说他跟智希的性生活很没意思。这两个男人都属于没有发现自身问题的类型。那么身为朱悦梅的男友……哦不，是前任男友的我呢？

交往了很久却不肯结婚的男人。在十二年里不肯给予她确信的男人。不肯表露真心的卑怯男人。这样一个男人就是我。说不定对于悦梅来说，我是个跟那两个男人没什么区别的“傻缺”男人。想到这里，我感到心里重重地沉了一下。

“怎么办，是姜浩俊。他一直拿我跟在景是朋友的事情跟我嚷嚷呢！”

智希带着哭腔大呼小叫地把手机递给了悦梅。我感到一阵血气上涌。我必须在这个女人面前表现出我与他们的不同。

“拿给我接。”

悦梅从后座伸过胳膊，把手机放在了我的耳边。三个女人脸上突然闪过一丝讶异的神情。

“喂，你是姜浩俊吗？我能是谁啊，当然是禹智希的男朋友了。听说你觉得跟我家智希做很没意思？我可觉得超级有意思呢。你是因为自己能力不行才会觉得没意思啊，小子。哥哥我看你可怜，给你一句忠告吧。如果觉得没意思，错肯定在男人，而不在女人。你小子别再看毛片了，多读点诗吧。那可不是技巧的问题，而是感性的问题。明白了吗？”

悦梅挂断电话后，智希和悦梅同时叫喊着笑了起来。在一旁津津有味地听着的在景看着我扑哧笑了出来。在变得轻松愉快的气氛中，我们最终还是决定去坐游轮。

当我们到达仁川港时，娜弦已经在我们要坐的游轮前面等着了。

“这个也是进行共同创作的作家分内的工作吗？”

娜弦一边把护照递给在景和智希，一边撅起了嘴。

“有没有什么想要的东西？说说看，我给你买一个。”

看到我笑着问她，娜弦想了一会儿。

“嗯……那么，我要石头。”

“石头？”

“石头不会变啊。其他的东西要么会被磨坏，要么会消失掉呢。”

“知道了，我给你捡一块。”

在一步之外，悦梅回过头看着正在微微笑着的娜弦。悦梅那无法掩饰的目光正在注意着娜弦。说不定比起宣在景和禹智希的男人们对她们造成的伤害，我对悦梅造成的伤害更大。在我的内心深处，一股无以名状的歉意充满了我的内心。与此同时，一股刺痛袭来，让我不得不收回了自己的眼神。

悦梅

“在景说她不想出去。”

看到已经换上西装的硕贤从房间里走了出来，智希用充满担心的声音说道。

“总得吃了饭才能吃药啊。”

硕贤从口袋里取出了在景的药袋。

“我不是不想出去，而是出不去了。”

坐在沙发上呆望着远方的在景面色阴沉而不安。虽然我们已经认识了很多年，但还是头一次看到她的这副样子。可能是觉得这样下去不是办法，硕贤坐到了在景的对面。

“好，宣在景。我给你十分钟的时间。想说什么就说吧。等过了这十分钟，无论发生什么我都要把你从客厅里带出去。”

在景只是盯着药袋看却没有作答，硕贤又问了一句：

“觉得又窝火又委屈吗？”

“不，我是在生我自己的气。我错过了时机，所以就输给了李长宇。我没什么好委屈的。毕竟李长宇对我做的那些事情都是我本来打算对他做的。我真是恨他恨得想把他给宰了。我想把他彻底毁掉，让他再也无法复原。我想跟他离婚，将李长宇践踏得再也不能翻身，而我则以被害者的身份接受人们的激励和支持……但是那个机会被李长宇抢先抓住了。”

“那家伙已经被彻底毁掉了。他连自己被毁成什么样了都不知道。你就当他可怜，把他忘掉吧。李长宇因为做了那件事而变成了人渣，而你则因为幸好没做而免于变成人渣。不管世人说什么，我们都知道李长宇是个人渣，我们也知道你不是人渣……我们知道啊。”

听到硕贤的话，紧贴在在景两侧的我和智希也点了点头。

“如果我做了那种事情……你们肯定就不理我了吧？”

在景看看我又看看智希，眼神比刚才多了一份释然。“当然不理啊，永远不理”我回答道，“但我知道你肯定不会那么做”智希也回答了一句。

“……我……还能东山再起吗？怎么样？你们觉得我还有希望吗？”

在景的眼角不知不觉间变得湿润了。她刻意掩饰着自己声音中的颤抖，看着我们问道。

"当然了！你肯定能厚着脸皮狠毒地东山再起！"

听到智希的话，我也笑着表示了赞同。

"我能相信你们吗？"

硕贤也轻轻地点点头说道。

"肯定会很痛苦的。人们会把你当成婊子，公司也会变得更加困难。你会很受伤，你的家人也会很受伤。但是你肯定能东山再起。因为对于你来说，被人指责比被人同情更容易承受。"

在景点了点头。智希站起身来，提议一起去吃饭。正当我准备跟着智希一起走出去时，我突然回过头来，看到硕贤用温柔的表情向在景伸出了手。

"前辈，我……就信你一回，跟你出去了。"

说着，在景就抓住了硕贤的手。

"好啊，信我一回吧。你一笑起来多漂亮啊。"

硕贤笑着用手帮在景擦干了她脸上的泪水。

就在那时，一阵凉气穿过了我的内心，让我看着硕贤的脸呆立在了原地。他那闪闪发光的笑容和无比温柔的眼神，跟看我的时候一模一样。

在餐厅里吃饭的时候，一直在小心地看着四周的在景小声地对硕贤说道：

"前辈，我感觉人们总是在看我。"

硕贤站起身来，去了每一张被在景认为正在谈论自己的餐桌旁进行确认，结果得到的都是否定的答案。

“没有人会在意你的。发生在你身上的事情也就对你自己比较特别，对别人来说只不过是指责一次就过去的事情。你还不明白吗？”

我悄悄地看着正在四处张望着的硕贤。如果把现在的在景换成我，我肯定又会产生错觉。我会以为他的所有举动都是因为爱我而做出的。

我独自站在甲板上看着黑暗的大海陷入了沉思。如果那天早晨在工作室里唱歌的人是智希，情况也会是一样的吗？如果在图书馆里睡着的人不是我而是在景，他也会那么做吗？如果在他无比爱怜地抚摸我脸颊的那天晚上，陪在他身边的人不是我而是别人，尹硕贤也会觉得无所谓吗？

我以为硕贤之所以不对我的表白给予答复，只是因为他的那种不善于表达爱意的性格。在我那已经冷冻成冰的内心里，突然响起了一个声音：

“对于我的表白，他还没有给予答复。难道他果然是要拒绝我吗？”

一想到事情说不定真的是如此，我感到内心都快要爆裂开了。说不定我对他来说根本就不是什么特别的存在。但是我不能下这种结论。因为那天早晨他帮我擦拭奶渍后吻我时的眼神，以及躺着的那天他那种似乎忍无可忍的急切动作都在诉说着他的爱意。我在甲板上徘徊了好一会儿，然后突然停住了脚步。我真是太傻了，竟然自己在这里烦恼着。他到底爱不爱我，我必须亲自找尹硕贤去确认一下。一想到这里，我立刻跑向了客舱。

深夜，游泳池里只有硕贤一个人。明亮的灯光下水面荡漾着，硕贤正在里面游泳。他发现了我，笑着对我招了招手。

“没睡吗？游泳衣呢？你不是来游泳的吗？”

硕贤已经游到了泳池边上，抬头看着我问道。

“就是……我问了智希，她说你在这儿。”

硕贤拉着我的脚，把我拽进了水里。我沉了下去，然后浮了上来，接着对他甩了些水。“哟呵，想跟我比划比划么？”说着，他跟我打起了水仗。若换成平时，我们肯定能玩上好半天，但今天不是那种日子。我没有理会他，直接出了水，他也跟着上来了。

“怎么了？又跟在景吵架了吗？怎么自己来了？她们都睡了吗？”

硕贤立刻用若无其事的表情看了看我。为了确认他的心意，我可是一路小跑过来的。是不是到此为止比较好呢？但是我根本无法停止。

“……你还没回答我啊，我说……我又喜欢上你了，你却没回答……你打算不回答了吗？”

看到他只是用冷静而凝固的表情看着我，我无法就此作罢。

“你打算像那样卑鄙地活到什么时候啊？把嘴紧紧地闭上，让我摸不着头脑……不管我胡思乱想些什么，你都打算不管不问吗？”

看到他将视线转向了别处，我不难明白，他是不会说出来的。我用尽可能镇静而平淡的语气继续说了下去：

“就算你要拒绝，我也不希望是以这种方式。你就不能清楚地告诉我吗？你又不说话了。”

一种让人无法忍受的寂静在他和我之间流淌着。我等了一会儿硕贤的回答，然后走到水边回头看着他。

“尹硕贤，你知道一般人能在水里憋气几秒吗？听说可以憋三十五秒左右呢。但是我大概能坚持四十秒。我要潜到水里憋气。如果你不回答我，我就不出来了。”

我转过身，扑通一声跳进了水里。我向游泳池的边缘游去，而我脑海中的节拍器摆针正在以一秒钟一下的速度摆动着。我可以准确地计出六十秒钟。要点在于将一秒钟分成两次来数。在开始学音乐之后，我跟节拍器变得亲近了。我将速度调成六十，然后依次练习了二连音，四连音，八连音，三连音，六连音。除了三连音之外，将一拍分成两次来数便是要领所在。三十五秒，我快憋不住了。三十七秒。三十八秒。三十九秒。四十秒。尹硕贤还没有回答我。我再也憋不住了！

当我蹿出水面时，我看到尹硕贤正在逐渐远去。不像话。竟然就这么走了！我赶紧上了岸，一溜小跑追了上去。

“尹硕贤！”

不管我怎么喊他，他都不肯回头。我只好跟上去把他拽住了。

“所以我讨厌你啊！”

他那爆发而出的声音让我的身体和心灵同时冻住了。

“所以我才会讨厌你啊！非得走到谷底才甘心吗？非得一条路走到黑吗？如果我不开口，你就不能等等我吗？”

他那锋利而凶狠的话语深深地划过了我的内心。想到自己已经遭到了拒绝，我的眼睛顿时被泪水充满了。

“你不是那种……犹豫不决的人啊。”

“从出生至今，我第一次变得犹豫不决了！你问为什么？因为我怕犯错误！我怕你受到伤害！因为我死也不愿意让你受到伤害！”

“就算受到了伤害，那也是我的问题……”

“你！又开始自以为是了！你这种态度我也非常讨厌。你非得这样吗？非得像这样冲动地把人逼到悬崖边上去吗？”

“你为什么要想那么多？难道你不明白自己的心意，所以要那么慎重地考虑吗？这是思考了就能想出答案的问题吗？”

“如果你就这么逼我，那么能从我嘴里说出来的话只有一句！我根本就不想变回以前那样！”

在听到那句话的一刻，我好恨我自己。我走到这一步可不是为了听这句话啊。

“我不想回到以前那样。刚才你跳进水里时，我就已经下定了决心！我不要！今天，咱们的关系彻底结束了！”

我感到自己被锤子砸了一下。我仿佛疲劳过度一般变得浑身难受，连话也说不下去了。原本与我四目相对的硕贤就那样从我身边走开了。

“坏人。”

我呆呆地站在原地，小声地嘀咕了一句。我不能因为他没有给出我想要的答案而说他是坏人。但是我还是说出来了，而且以后也会这么说。我转过身来，对着他渐渐远去的背影又嘟囔了一句："坏家伙。"我想得到他的爱，我想让他爱我，但是这些话我说不出口，所以我只能那么说。

一股凉意渗透到了全身。我蹲在水边，用手摸了摸水。这一次我本来期待着可以拥有和他共度的未来。我以为他对我做出的每一个举动都会有和以前不一样的意义。然而所有的期待都化成了泡影，我到现在才明白了他的真心。无论是以前还是现在，我跟他都没有未来。这一事实让我感到了无法忍受的空虚。我们的底线就到这里为止。这一事实又让我感到了无法承受的孤寂。我开始大哭起来。我试着止住泪水，但越是试图止住它，我的呼吸就变得越困难，心中就越是会涌起一阵哀伤。

一大早，我正要走出浴室，刚好听到硕贤说他要自己下船出去一趟。在他出去之后，我瘫坐在浴室的地板上哭了好一会儿。我的心疼得根本无法动弹。

在冷静下来之后，我才能够和朋友们说起我和他的事情。在景和智希似乎都陷入了沉思，面对面坐在客厅里沉默不语。

我以为到了三十岁之后，一切都会好起来。情绪上的幸福状态会让我的日常生活变得平稳，而我经历过的事情则不会让我再次受伤，我可以毅然决然地处理。就算那件事是离别。

二十多岁我会觉得自己离开了那个人就会死掉。但到了三十岁后情况就不一样了。我会明白就算离开了那个人，我也照样可以活下去。而且我将不会忘记离别之后的现实并且会继续活下去，最终迎来一段新的爱情。

就算自己会束手无策地干着急，三十岁的我也已经明白了此时此刻并不是全部。就算一切都毫无头绪，我也可以深吸一口气，然后劝慰自己“一切都会好起来的”。在回忆与记忆之间，离别也可以装点我人生的篇章，而我则逐渐接受了这一事实。这样看来，我们三个人又都变成孤家寡人了。

“你不是宣在景，而是朱悦梅，这是多么值得庆幸的一件事啊！你知道我现在的处境吧？要不要跟我交换人生啊？”

在景突然看着我的脸问道。

“……不好意思，那可不行呢。”

我不自觉地笑了出来。

“即便如此，我的人生中也有一样好处！”

带着“我就知道是那样”的表情，在景轻轻地白了我们一眼说道。我和智希带着满脸的好奇等待在景的下一句话。

“我跟李长宇的婚姻生活终于要结束了！”

在景举起水杯，来了个干杯。不管在什么情况下，在景总是不会失去幽默感。她的那副模样让我感到了一种微妙的慰藉，我也举起杯子调皮地说了句“恭喜你了”。

出了客舱，走在走廊上，在景突然停住了脚步。她的视线停留在了从对面走来的一个外国女人的皮鞋上。在景盯着那双皮鞋说道：

“那双鞋……是我去年做的。我的鞋散布在世界各地呢。”

当女人感受到在景的视线而转过头时，在景已经朝着她走了过去。这个自称来自纽约的女人说，那双皮鞋是她的韩国朋友送给她的生日礼物。还说穿上这双高跟鞋之后就会用脚尖站立，让全身绷直，让身体向前挺出，显得更加有魅力，更加性感。听到她夸奖这双皮鞋是一个值得骄傲的优秀作品，在景带着兴奋的表情点了点头。

“听到了吧？她说这是一双值得骄傲的了不起的皮鞋呢！我创造出了自信啊！”

在景在朝着我们走来时已经换上了一副喜笑颜开的表情。我们也笑了。

硕贤

在去咖啡厅的路上，从对面和朋友们一起走过来的悦梅满脸都是喜悦。看到我的悦梅停下了脚步，我们俩的视线交织在了一起。在景和智希先进了咖啡厅。我冷静地走向了悦梅，而她也没有避开我。

“吃饭了吧？”

“你这是担心谁呢？担心一下你自己的人生吧。昨天晚上，知道你错过了什么吗？”

是啊，你得这样才像朱悦梅嘛。昨天晚上，悦梅的那种痛苦和悲伤劲儿仿佛世界末日已经降临了。看着她若无其事地跟朋友们笑着，又冲着我翻白眼的样子，悦梅那让我无比喜爱的特有发音和明朗性格让我有了一种耳目一新的感觉。其实比起正在问我错过了什么的她，不，是比起任何一个人，我都更加清楚地知道那个答案。

“我错过了什么？”

但我还是尽力装出一副不知道的样子，反而微笑着问了悦梅一句。

“你会后悔的。”

悦梅翻着白眼抛出的一句让我感到了一丝安心，所以最终还是笑了出来。她用“哟呵，你还敢笑”的表情看了我一会儿，然后变成了“不许笑，要是再笑一次，我就弄死你”。

悦梅瞪了我一眼，然后转身走了。她的那副既让人感到无奈又无比可爱的模样让我原本沉重的内心感到了一丝轻松。

游轮上开始了最后之夜的华丽派对。在一片黑暗的派对现场上方亮起了华丽的吊灯，身穿礼服套装和礼服裙的男男女女伴随着轻快的音乐跳起了华尔兹。

乐曲换了一首，悦梅走到我身边向我伸出了手。这时一个小男孩走过去牵起她的手，和她一起走向了舞台。我冲着正在跳舞的悦梅笑了笑，然后立刻收起了笑容。悦梅再一次向我伸出了手。在那一刻我明白了，她是绝对不会就此罢手的。当我放下酒杯，走到外面的甲板上时，一股凉风吹了过来。

悦梅站到了我身旁。她抓住了我的胳膊，静静地看着我。

“抚摸。抓住。走过去。走过来。教导。外出。看。感受。悲伤。生气。跳舞。唱歌。讨厌。哭泣。欢笑。爱。非常爱。受伤。伤害。接……吻……”

她靠近了一步，慢慢地将嘴唇贴在了我的嘴唇上。

“还有……上床。”

正当我莫名其妙地看着她时，一道道烟花突然在她身后向上蹿起，照亮了整个夜空。

“在这么多的词语当中，有哪一个是与我无关的吗？要是有，你就说出来。”

看到我用放松的眼神看她，悦梅带着比刚才更加毅然决然的眼神继续说道：

“我再给你一次机会。既然已经知道了你的真心，我就不会再感到不安了。”

我拿朱悦梅有什么办法呢？她阻挡了我喊她名字的话头，然后悄悄地将手放在了我的胸口上。

“咱们到底是应该像这样分手成为陌生人，还是应该不管怎么争吵也要一起寻找真爱，你好好考虑一下吧。我已经下定了决心，就算咱们会继续争吵下去，也要和你一起寻找。我要找到真爱。”

“你永远不会走到头。当我以为这里就是终点时，你又会继续走下去。”

“嗯，我是个一条路走到黑的人。所以就算你讨厌我也没办法。因为那就是我。我必须要跟你一条路走到黑……不管最终会走到哪里。”

“你想怎样就怎样吧。你不是我，也没必要成为我。所以说我的人生由我来选择，而你的人生则由你来选择。很简单。随你便吧。”

仿佛已经彻底投降了一般，我轻轻地笑了笑。说完走进船舱后，我想起了独自留在甲板上的她。说不定悦梅马上就会明白了。我不惜伤害她也要守护的东西到底是什么。当那一时刻来临时，我也不知道自己该如何面对她。

第二天早晨，我看了看照片展示栏里挂着的悦梅和我的照片。在轮船游的主办方时不时地拍下照片的地方，人们的欢笑声此起彼伏。照片中的悦梅正迎着风露出一个清新的笑容。我是在什么时候看着她的呢？又是在什么时候对着她露出微笑的呢？在和悦梅一起被拍下的照片中，我的那番模样将我在不知不觉间向她靠近的心灵如实地展现了出来。光从照片上来看，我们俩还是一对正在相爱的恋人。当我买下照片后转身离去时，一种孤寂感蓦然涌上心头，让我久久地望着远处的海面没有挪步。

悦梅

当我们办好下船手续时，娜弦打来了电话。我们坐游轮的事情见了报。虽然不知道记者们是怎么知道这件事的，但在景在听到这个消息之后却显得无动于衷。我们正在逐渐地靠近港口。原本在摇晃着脑袋消除恐惧的在景突然看着智希的皮鞋说道：

“智希，你跟我换鞋吧。”

智希莫名其妙地脱下了鞋，然后和在景交换了一下。

“没听到那个纽约妞的话吗？我必须穿高跟鞋，而且还得是超高跟。只有挺直腰板，站直身子，踮着脚尖站立才能产生自信感。”

“OK，加油！”

我们看着在景，一起笑着点了点头。

当我们走下舷梯，来到码头时，记者们突然蜂拥而至。被推了一下的在景立刻站直了身子，摘下墨镜，理直气壮地抬起了头。照相机的闪光灯四处亮起，记者们的提问如潮水般袭来。

“宣在景小姐，通奸一事是真的吗？”

“是的……是真的。”

“你们夫妻俩这些年一直非常恩爱，为什么还要那么做呢？”

“李长宇播音员将他能给我的一切都给了我。这一切都是我的过错。”

看着回答完后看着我们的在景，我可以感受到，此时此刻的她正在真心地表示着感激。正民正站在记者们的身后。

“那你爱对方吗？”

听到记者的另一个问题，在景看着正民回答道：

“是，我很爱他。”

结束了旅行后回到家，我打算连硕贤的衣服也一起洗了。当我一件件地拿起他的裤子时，几块石头从口袋里掉了出来。看着那几颗在地上打滚的石头，想到他没有忘记姜娜弦的嘱托而帮忙捡了回来，我实在是不愿意面对这个事实。他怎么能在拒绝我的表白的同时还不忘记别的女人拜托他的事情呢？

虽然觉得自己跟尹硕贤分手了，但在看到石头的那一刻，我的内心还是一阵翻腾。一边拾起掉在脚边上的石头，我一边将其中一颗放进了自己裤袋里。其实我很想将三颗石头直接交给姜娜弦。

那天下午，我在去录音室的路上顺便去了趟 Coffee King。

“我要焦糖玛奇朵，尽量甜一些。”

正在接受点单的智勋抬起头看着我。

“出什么事了吗？你头一次点焦糖玛奇朵啊。而且还要尽量甜一些？有什么烦心事吗？”

“谁知道呢”，我轻轻地耸了耸肩膀。

“是谁说难过了就可以靠过来的来着？”

“真正感到难过的时候我可以靠在你身上吗？”

智勋笑着点了点头。

“我被男人给甩了。”

可能是被我的回答给吓到了，智勋愣愣地看着我。但是没过多久，他又展现出非常调皮的表情。他那让人舒心而轻松的表情总是能让人觉得天底下没什么大不了的事情，而在此时此刻，它又在不知不觉间让我吐露出了真心。

“我向喜欢的男人表白，结果被拒绝了。现在我的内心像被撕裂一般发疼。”

“挺好啊，这下你可以毫无顾虑地到我身边来了。”

思忖了半晌的智勋低着头笑道。

“这是什么意思呢？”我一边想着一边看着智勋正在做咖啡的侧影。他那修长的身材比咖啡机高出一截。头发剪得很短，可以露出耳朵。他的衬衫烫得笔挺，灰色正装裤的裤脚处露着脚腕，浑身上下打扮得干净利落。还有他那长长的脖子和大大的手时不时地在我眼前闪现。

看到我有些发愣，智勋把咖啡递到了我的面前，然后带着依旧温和的微笑说道：

“听好了。我是有段位的跆拳道练习者，所以就不拐弯抹角地说话了。我，喜欢你。”

智勋对着已经彻底呆住的我看了好一会儿。他那直来直去的态度让我着实有些惊慌失措。智勋的脸上完全没有丝毫的羞涩或犹豫的神色，仿佛刚才向我表白的男人根本就不是他。他那温柔的语调让我更加感觉他是一个温和的人。他那自信满满的、仿佛希望与我真心相对的眼神虽然让我感到很陌生，但却很自然也很新鲜。接着我就向他询问了原因：

“……为什么？你为什么喜欢我啊？”

“没什么原因。就因为你是朱悦梅。”

没什么原因吗？有人曾说自己有一个真命天女，那个真命天女让他明白了不断相遇的偶然逐渐累积，最终就会成就缘分。而说这种话的人不是别人，正是智勋啊。有谁可以像智勋那样明明“没什么原因”却还喜欢一个人吗？我摇了摇头。一想到这里，我的脑海中就只剩下一个疑问了。

“难道说……那个真命天女……就是我吗？”

他带着自信满满的表情点了点头。

“没错，就是你。”

在那个圆圈里，你永远是孤身一人！

硕贤

我把体温计插进耳朵里量体温。38.9度。虽然觉得自己已经克服了和悦梅的事情，但最终还是生了病。我一边煮鸡汤一边喊悦梅，但卧室那边一点反应也没有。我把燃气灶的火关小了一点，然后敲响了悦梅的房门。

“你怎么醒了还不回答我啊？”

我白了一眼正坐在床上用卫生纸擦鼻涕的悦梅。

“以后别喊我名字了，有什么事情直接过来说。我是你招之即来挥之即去的人么？”

悦梅用生气的语调说了一句，然后又蒙着被子躺了下去。我将体温计插入了悦梅的耳朵里。

“38.9度，跟我一模一样。”

“咱俩怎么整天一起感冒啊？”

坐在餐桌旁，悦梅看着同样在擦鼻涕的我嘀咕道。

从小我们就是这样。只要一个人生病了，另一个人肯定也会生病。每当那时，我们就会一起煮鸡汤喝。

“环境差不多啊。咱们基本上就算住在一个家里，吃的东西差不多，生活习惯也差不多，这次还一起去轮船游。”

“你就不能别一句一句地解释，直接简单地接受吗？咱们的缘分可不一般呢。咱们之间存在着一种无法解释的东西啊。你难道不那么想吗？”

她一边强调着“命运”一边咳嗽了起来。我静静地喝着鸡汤回答道：

“赶紧吃吧，吃完去医院。你就不难受吗？”

看完门诊后，我们俩一起躺在病房里打吊瓶。

“哥，你睡着了吗？我有话要问你。”

悦梅将两张床之间的帘子拉开，然后把脑袋探了过来。我说了一句“问吧”，然后很自觉地坐了起来。她的眼神里满是温和。

“你一开始……为什么喜欢我啊？”

但是，悦梅的问题让我感到很意外。

“你现在知道那个干什么？”

“我一定要知道。”

“嗯……因为你又聪明，又漂亮，而且跟你在一起很有趣，所以我才喜欢你。行了吗？”

“那现在则是因为我变得又笨又难看而且没趣，所以才把我给甩了吗？我现在也很聪明，很漂亮，而且很有趣呢。”

悦梅的眼角已经湿润了，但我没有理睬她，重新躺了下去。

“现在生病了，睡一会儿吧。这事儿咱以后再说，成不？”

她没有搭理我的话，直接从床上爬起来坐在了床沿上。

“哥你觉得咱们会生病真的是因为感冒吗？这可是精神上的问题。因为心里生病了，所以身体才会生病啊。虽然你心里并不清楚，但是你的身体却知道啊，知道你有多爱朱悦梅这个女人！”

就算我闭上眼睛装睡也没用。悦梅的话还在继续：

“现在肯定觉得不是吧。但是哥啊，当你……领悟出这个道理时，说不定我正在跟别的男人谈恋爱哦。想想看吧，我跟别的男人接吻了，拥抱了，上床了会是什么样子。要是体会不出来，那就闭上眼睛想象一下吧。你就不觉得心里痛得要死吗？”

“咱们分手又不是一次两次了，你干吗啊，真是的。”

“你以为挨了六次打之后，再挨第七次时就不疼了吗？我可特别疼呢。身心都疼痛得要死啊。”

“……闭上眼睛努力睡一觉吧。等吊瓶里的药都打进去之后应该就会好了。”

就算闭着眼睛，我也可以感受到悦梅那充满不悦的眼神。先是一阵拉上帘子躺下的声音，然后是在床上翻来覆去的声音，最后是一阵重新坐起来的声音。一旦陷入了某个问题之中，悦梅就会一直深究下去，直到她满意为止。她肯定不会停下来，而是一直问下去。“哥”，悦梅的声音传了过来。果然不出我所料。

“那时候你真的喜欢我了吗？以前咱们在植物园里不是结过婚吗！在奇贤生病之前……虽然有些儿戏，但当时还交换了戒指呢。”

“你真是超级不听话啊！你，怎么着才能闭嘴啊？”

她这种打破砂锅问到底，不达目的誓不罢休的性格不知不觉间已经压倒了我的理性。当我忍无可忍地大吼出来时，悦梅的眼角已经挂满了泪水。

“……我这样不都是为了理解你吗。为了不恨你。”

“还是恨我吧。对于你这种鸡脑子的家伙，还是那样更简单一些。”

我冷冷地看了悦梅一眼，最终还是把帘子拉了起来。

悦梅

第七次恋爱在一瞬间就结束了。原本充满我内心的不安感消失了，取而代之的是日常生活的平静与祥和。无须再因为失去而感到不安的生活，这是个好的变化。坐在客厅里看电视时，我觉得这一切真的很好。当然，起码在尹硕贤的笑声透过推拉门传过来之前是这样的。

我转过头用冰冷的目光看着正坐在推拉门另一边的硕贤和娜弦。不管我再怎么觉得情况还好，只要尹硕贤比我过得还好，那可就完全不好了！

“必须接吻啊。那样故事才能有进展啊。”

听到娜弦拿着剧本问自己，硕贤摇摇头表示了否定：

“这不像话啊。在这种情况下接吻也太唐突了吧。这可是在会议室里啊。想想那个背景吧。大桌子、硬邦邦的椅子。两个人之间坐得那么远，怎么可能接吻呢？”

娜弦用膝盖抵着桌子，然后将上半身向硕贤倾斜了过去。

“那如果是在这种地方开会呢？如果是在像咱们这样可以彼此靠近的距离上呢。”

两个人的脸在一瞬间以一种微妙的角度重叠在了一起。

这两个人还真能犯病！我气得无语了，从座位上站了起来。当我走进厨房时，硕贤的声音传了过来。

“你吃药了么？”

他那副过得心安理得的德行实在是太可恶了。我没有说话，给他倒了杯水，然后把药递了过去。

“我问你吃没吃药啊。”

硕贤一边吃药一边又问了一遍。

“你要是敢跟姜娜弦谈恋爱，我就把你们两个都宰了，然后去蹲一辈子大牢。”

也不知道他是否懂得我的心意，反正硕贤扑哧地笑了一声。看到他的笑容，我体内那只受了伤、正一边流血一边呻吟的野兽突然昂着头蹿了上来。

“还笑？你现在还敢笑？”

“我怎么就不能跟姜娜弦谈恋爱了？你跟我，因为想一起上床所以就上了，然后又因为不想再那样所以就分手了。不管我跟谁交往，从法律上道德上伦理上都没有任何问题啊，不是吗？”

“法律……道德……伦理，都很好。但是在那之前，身为一个人总得有良心啊。”

“爱情哪还讲什么良心、分什么对错啊？不管我跟不跟姜娜弦交往，我都要按我的想法来。这事儿跟你没关系。”

我讨厌他那么回答我的样子。原本对他的喜爱有多少，现在对他的憎恨就有多少。他完全不理会我愤怒的眼神，回答道：

“继续下去对你没什么好处。接受现实吧……你说你要给我机会是吧？我谢绝。别等我了。我不是那种会轻易改变决定的人，也不是会对自己下的决定反悔的人。这个你应该更清楚吧？”

“你可真幸福啊。可以那么坚定而不动摇，而且还能对跟我分手的事情毫不在意……”

“是啊，我一点都不在意呢。所以你也赶紧打起精神来好好活下去吧。”

他跟我不一样，始终都是一副沉着冷静的态度，这让我感到了一阵伤心。你自己安然无恙是吧？在那一刻，我扬起了头。既然这段爱情要就此结束了，那就让我把它砸个稀巴烂吧。

“尹硕贤。”

我走上前去，用手轻轻地摸了一下他的脸。

“我今天可穿了件超级性感的内衣哦……你觉得如何呢？”

他肯定也感受到了。我的眼神并不是在诱惑他，而是想彻底结束掉现在这个局面。

“这句话你不应该说的，朱悦梅。”

“好奇得想死吧？我那文胸和内裤之间的腰部曲线。”

“一点都不好奇，你的内衣我哪件没见过啊？”

硕贤和我用同样僵硬的表情对视着。

“真的不好奇吗？我穿的可是新买的呢。红、色、的。要我给你看看吗？”

在我们互不相让的对视中，一股紧张的气氛不知不觉间冒了出来。“前辈”，走近厨房的娜弦说了一句。可能是发现我们俩有些不对劲，她没有继续说下去。我说了句“不好奇就算了”，然后正要转身离开，结果被硕贤一把抓住了胳膊。

“你，跟我出来！”

硕贤

我一边大步流星地走向学校运动场一边下定了决心。今天我要让她看到这段恋情的终结，然后永远不再回头。

“你！什么话都能说出口吗？内衣怎么着啊？”

我转过身，对着跟在后面的悦梅大喊了起来。

“你为什么跟我上床啊？就因为我想要是吧？只有我自己想要是吧？”

悦梅用“不是啊”的表情看着我。虽然我已经预料到她会说出这句话了，但这真的快把我给逼疯了。我强压着怒火回答道：

“是啊，我那时候还喜欢着你，而且对你还有留恋。”

“说得好像你现在就不喜欢我了似的。”

“现在不喜欢了。我彻底厌烦了！你这个女人，让人恨得浑身起鸡皮疙瘩！”

“厌烦了？起鸡皮疙瘩？”悦梅一边自言自语地嘀咕着，一边浑身发起抖来。

“我总是缠着你，所以你觉得我很可笑吧？”

“嗯，可笑。还不明白？咱们分手的原因？看看现在吧，你跟我依然还是一条路走到黑啊！”

“也不想想咱们为什么整天吵架！百分之百都是我的错吗？”

“是啊，不是你的错。都是因为不合适，因为咱们俩不合适！”

“搞笑吧你。咱们俩之所以会整天吵架，就是因为你不够坦白，太过怯懦了！”

“是啊，我为了成为一个好男人，所以跟你分手了！”

“你不是想成为一个好男人，而是想遇到一个说你是好男人的女人吧。你太幼稚了……而且很卑鄙，还很没出息。”

“我知道。因为你每隔十分钟都会告诉我一次。”

悦梅那仿佛在说着“好啊，你能知道真是万幸”的表情实在是让我无言以对。我一边推着她的额头一边说道：

“你这家伙真是……不够坦白？太过怯懦？很幼稚？很卑鄙？那你呢？坦率而勇敢，所以真够有魅力的是吧。瞧瞧你这臭脾气吧。”

“呵！还说我的脾气臭？”

正在瞪着我的悦梅一边捅着我的肚子一边向我反击。

“那你呢？你的脾气就好吗？也不想想女人们的脾气为什么会变臭。明明连句对不起也不会说，连句我爱你也说不出来，但是伤人的话却说得一套一套的。”

看到我露出了“我懒得搭理你了”的表情，悦梅用比刚才平和一些却更加冰冷而清晰的声音说道：

“你就没想过为什么每次都是我提出要分手吗？我……那么做都是因为喜欢你啊。因为太喜欢了。虽然非常喜欢你，但你明知道我的心意却不肯满足我。我越是靠近你这个家伙，你就越是会把我推开！我就是因为无法忍受那个才会提出分手的啊！”

“好啊，所以咱们今天就来个彻底的了断吧。这次就算真的结束了。在这里就算一刀两断了。成不？”

她毫不示弱地点着头说道。

“好啊，咱们就在这儿一刀两断吧。”

转身离去的悦梅突然从地上拾起了一根长长的树枝，然后对着我喊道：

“尹硕贤！你看好这根棍子！”

悦梅以我为中心，在地上画了一个大大的圆圈。这是什么呢？

“你整天都将我往这个圆圈的外面推。每当你想把我推出去时，我尝试过跟你吵架，尝试过缠着你不放，也尝试过等待你。我真是太辛苦太孤单了。今后我不会再活成那样了。真的结束了。这下你被独自留在了那个圆圈里，你肯定幸福死了吧。你跟这个圆圈一起，永远都是孤身一人！”

说完，悦梅丢下木棍再次远去了。仿佛被打了一下一般，我呆呆地望着脚下的那个圆圈出了神。

悦梅直到深夜也没有回家。

我举着雨伞在家门口等待悦梅。这场突然下起的大雨已经下了好几个小时。我在黑暗降临的巷子里徘徊了好久。“起码带把伞啊。这都几点了，怎么还不回来啊？”不知不觉间，手表的指针已经指向了凌晨一点半。

我在通讯录里找到了悦梅的名字。我用手指在悦梅的名字上抚摸了半天，最终还是把手机塞回了口袋里。我对着天空望了一会儿，忽然把手伸向了伞外。那天也在下着这样的瓢泼大雨。那一天，雨点用力地打在了我的手掌上，打在了身穿黑色丧服的悦梅肩膀上，也打在了我们的心头上。

在悦梅的母亲去世那天，我将勺子和筷子塞进了一整天都不吃不喝的她手里。身穿丧服的悦梅呆呆地坐在餐桌前，哭一会儿停一会儿，不停地反复着。我将塞在悦梅手里的勺子重新夺了过来，帮她把饭泡在了汤里。

“你得先吃了饭，我才能吃啊。”

我舀起一勺饭，在上面放了一点菜，然后一边递给悦梅一边说道。

“我将来还能遇到好事吗？我感觉自己的人生中不会再发生好事了啊，哥。”

悦梅带着哭腔问道。

我帮她擦掉了即将落下的泪水，然后回答道：

“会有的，不是还有你哥哥我吗！我不会把你独自抛下的。我会像爸爸一样，像妈妈一样陪在你身边的。我向你保证。先吃饭吧。等你吃完了哥再吃。”

悦梅这才点了点头。看着她一边哭一边吃饭的样子，我和自己做了一个约定。不管发生什么事情，我都要保护她。我要永远陪在她身边，让她可以感受到“一切都还好”。

我收起雨伞，走进了客厅。我一边抖着身上的水珠，一边走向浴室，顺便对娜弦说了一句。

“姜娜弦，把院子里的灯打开吧。”

娜弦说了一句“知道了”，然后立刻走远了。

当我穿着浴袍走出来时，透过客厅的窗户，我看到了悦梅的身影。我感受到她正在看着灯火通明的我家和一片漆黑的自己家。悦梅闭着眼睛，用身体感受着落下的雨滴。

明明说好了要跟她在一起，最终却没能跟她在一起；明明说好了要保护她，最终却没能保护她。一想到自己非但没能遵守和她的约定，反而对她造成了很多伤害，我的心里感到了一阵刺痛。

心灵到底长在肉体的哪个部位呢？得个小感冒，吃点药就行了。但因为不知道心灵长在哪里，所以每当心痛时我只能束手无策地干着急。

她抹了抹自己的脸，然后直接转身离开了。我知道她现在的内心会有多痛。她肯定跟我一样。我用手抚摸了一下她映在窗户上的身影。不知何时，悦梅已经走出了我的视野范围。

那天晚上，她没有回家，仿佛再也不会回来了似的。我度过了一个漫长的夜晚。

悦梅

我在家门前淋了雨。他的身影在窗边若隐若现。我不能就这么回家去。最终我还是转过身慢慢地走了起来。离家越来越远了。

所有三十岁的人都知道。就算过了三十岁，人生也不会有什么改变。人生中没什么特别不好的事情，也没什么特别好的事情。我们无法保证现在的好事到将来也是好事，而现在的坏事最终也可能变成好事。一切都还好。这种状态的人生已经算不错了。毕竟在失去妈妈的十八岁时，我已经是孤身一人了。但我从来都不觉得自己是孤身一人，因为我相信了尹硕贤在葬礼上和我做的约定。

如果在人生中也有红绿灯就好了。停住。危险。安全。小心。往右转。往左转。可以直行。如果有人能提前告诉我就好了。让我可以不像这样被人伤害。

不知道走了多久。当我在瓢泼大雨中走到录音室附近时，刚好遇到了关上咖啡店的灯走出来的智勋。

“你怎么淋雨了啊？这是刚从录音室那边过来吗？给我打个电话呗，那样我就能给你送伞了啊。”

被吓了一跳，赶忙跑出来的智勋一把抓住我的手，将我带到了遮阳棚下避雨。

“你为什么要送伞给我？”

“你不是说咱们是朋友吗。而且看到自己喜欢的女人以这么一副德行到处走，我心里能舒坦吗？不冷吗？”

智勋脱下自己的薄羊毛衫给我披上了。我到这时才感受到了寒冷，开始不住地咳嗽了起来。

“感冒了吗？”

智勋一边问着一边将手放在了我的额头，而我也没有避开。脱下羊毛衫后露出的智勋那结实的肩膀、帮我拍掉身上雨水的手、他看着我的那种充满担心的眼神，这些同时映入了我的眼帘。

“不是今天得的。我从几天前开始就不舒服了。”

“既然生病了，为什么连雨伞都不带就四处乱走啊。我给你拿点热饮吧。不对，还是直接去我家吧。”

智勋一边问着，一边用无奈的表情看着我。他那温柔而清澈的目光在我的身边徘徊着。那可真是……什么都不懂的目光。

“你这是别有用心，还是单纯啊？”

智勋无语了，回答道：

“你什么意思啊？”

“在这种情况下还想勾搭我吗？你说你喜欢我，但是我根本就不信。”

“为什么不信啊？你就那么没有自信吗？”

“我已经彻底丧失自信了。我说过啊，我被我喜欢的男人给甩了。”

“先去我家吧，你得先换身衣服才行。”

看到我没有回答他，只是呆呆地看着雨，智勋强调了一句：

“我可不想在一个失恋的女人淋着雨四处乱走的时候乘人之危。我说过吧，我可是有跆拳道段位的，还是黑带呢。”

看着智勋那毅然决然的表情，我不自觉地笑了出来。

当我冲了很久的热水澡走出来时，身上穿着的智勋那件大大的衣服让我感觉很好。那是一种大白天晒太阳的味道。我用力地闻了闻包裹住我全身的申智勋的味道。那种带着一丝丝甜味，而且充满男性魅力的味道让我感到毫不陌生，使我不禁张开双臂紧紧地拥抱了自己。

唱片被放到了转盘上。在沙发上坐下后，智勋将一杯红酒递给了我。

“和男人分手了就淋着雨到处乱跑。你是青春期的毛孩子吗？”

我喝了一口红酒，然后自言自语地嘟囔道：

“你就不好奇我为什么会被甩吗？这可是一级机密呢，我只告诉你一个人。因为我脾气太臭了，所以就被甩了。”

“脾气到底有多臭啊？”

智勋觉得很有意思，轻轻地笑了起来。那笑声中夹杂着他那种单纯的感觉。

“他说我总是一条路走到黑。这让他都快抓狂了……说我会让他变成那样呢。这么一说，感觉还真像别人的事情呢。根本就不像我自己的事情。”

那种毫不沉重的语气让我感到了陌生。

“那个男人会那样不代表所有男人都会那样。”

智勋说道。他的眉毛轻轻地抬了抬，然后眉头皱了一下。在这一切都过去之后，他就露出了深情的目光。“原来申智勋在变得认真时会做出这种表情啊！”

“你就不能不用那种眼神看我吗？那让我很有心理负担诶。你又想勾搭我了是吧？”

“我还担心这么说会让你觉得我在勾搭你，所以本打算不说的，看来还是得说出来了。有个男人因为你而捡回了一条性命呢，就因为你的那种性格。”

当我莫名其妙地瞪大眼睛时，智勋又说了一句：“我因为你才得救了啊。”

智勋说第一次想起自己所说的“真命天女”时，他正在非洲旅行。在他为期三个月的埃塞俄比亚之旅中，有一次他开着老爷车出门，结果不小心迷了路。当时他的车出故障了，周围也没有路过的汽车，身上也没有带水。他就这样在没有人烟的公路上徘徊了整整三天。当他想着“果然还是要死啊”，自暴自弃地躺下时，突然有个已经被他彻底遗忘的女人浮现在了脑海之中。

“手指头会发疼吧。这时候大部分人都会觉得，既然很疼还是不要弹了。但是有的人会觉得，既然很疼就再弹一会儿吧。疼的时候停下来的人，手指头会一直疼下去的，因为没长出老茧。但是在疼的时候忍着疼继续弹的人会在那时候长出老茧。所以就算疼也再弹一会儿吧。再弹五分钟，再弹十分钟……接着你就会发现，就算再弹两个小时，手指头也不会疼了呢。”

说那句话的不是别人，正是我。五年前，我曾经在音乐培训班里教授木吉他演奏。当时不断有学生抱怨说手指头都弹疼了，而且来上课的学生数量每周都在减少。

都已经过去这么久了，竟然还有人能记得我说的话！过了这么久之后再次出现在我面前的申智勋竟然是我以前见过的人，这一点让我感到无比神奇。更重要的是，他竟然没有忘记我说的话，到今天都还记得，这一点才更让人觉得难以置信。申智勋是个什么样的男人呢？听着他的话，我逐渐觉得他变得熟悉和亲切了，这让我的内心逐渐萌生了一种温柔而特别的感情。我开始对他产生了好奇心。

就这样，智勋突然想起了我说的话，于是他便站起身来开始行走。当自己坚持不下去时，他就重复着“再走一会儿，再走一会儿”。

“就那么走了好久之后，我终于看到了一户人家。于是你就成了我的真命天女啊。不是因为你长得漂亮或者性感。”

“你可真得好好对我了呢。”

我白了智勋一眼，淡淡地回答了一句。

“所以啊，每当你见到我时都要这么想。我拯救了那个帅气的男人啊。我非常了不起。就这样恢复自信嘛。别无谓地感到自卑。”

我用带着暖意的目光看着正在低声嘀咕的智勋。

他用自己的手拍了拍宽阔的肩膀，天真无邪地笑了起来。他在说每一句话时都会用一种透着悠闲和温厚的眼神看着我。他的动作仿佛没被感情左右，显得大气又充满体贴。他的那种神态似乎一点点地将困扰了我许久的悲伤融化掉了。一种四肢在蜷缩了很久之后逐渐伸展开的感觉，以及全身放松地躺在草地上的感觉同时向我袭来。

这个男人知道我现在需要什么样的安慰。喝下红酒后扩散全身的那种感觉也让我的内心变得柔软了一些。深褐色的眼眸、握着红酒杯的修长手指、还有那无比宽容的微笑……

好人。他毫不沉重又毫不轻浮地向我传递了真心，使我在不知不觉间安下了心。仿佛根本没有生病一般，我冲着智勋微笑着点了点头。他也笑着举起了酒杯。

“为了这个，干杯。”

轻碰酒杯的声音融进了优美的音乐声中。

第二天早晨，我从床上爬起来看了看四周。“这里是什么地方呢？”一阵张望之后，正躺在沙发上熟睡着的智勋映入了我的眼帘。他蜷缩着身子躺在那里，明亮的阳光正洒在他的脸上。

我拉上了百叶窗，然后拿了一条被子给他盖上了。我坐在沙发旁静静地看着智勋那张熟睡的脸。均匀的呼吸声，短头发下露出的如少年一般的额头，略显黑色而健康的皮肤，曲线优美的眉毛以及与此产生反差的线条硬朗的鼻子和下巴。不知不觉间，我的视线甚至游走到他厚实的嘴唇。悄悄地扫视着他的脸，我觉得非常庆幸，幸好昨晚有申智勋在。

“长得挺可爱的嘛。有的时候看你真像一个小混混呢。你啊，小时候肯定是个让人头疼的家伙吧。”

智勋熟睡的模样既像个少年又像个男人。那是一张还没有完全长大的，带着一丝青涩的脸。一种单纯的感觉浮现出来。而且在那张脸后面似乎还隐藏着某种伤痛。他那张伴随着均匀的呼吸声平和地睡着的脸，让我感觉现在的他和我之前认识的他不是同一个人。

在第二次相亲时头一回见到的男人。继咖啡培训班之后，在二手唱片店相遇时，虽然没有将《偷窥课程》的唱片让给我，却与我共享了更多稀有唱片的男人。懂得毫无保留地讲述自己过去的男人。可以将过去的伤痛转化成灿烂笑容的男人。先卖掉了父亲的遗物唱片，在多年之后又重新补充库存的男人。懂得对我进行平淡的表白，并将我需要的安慰给予我的男人。这样看来，自从我第一次见到他之后，他每次都向我展现出了完全不同的面貌。

我悄悄地对着他熟睡的脸端详了一会儿，然后小声地喃喃自语道：

“我……走了。昨晚真是谢谢你了。”

话还没说完，智勋一下子就睁开了眼睛。我吓得退后了几步，只见他直接坐了起来。“我可都听到了啊”，说完智勋就盯着我。我也盯着智勋。

智勋慢慢地朝我走了过来。房间里的气氛一下子就变了。环绕着我们的紧张而陌生的气息穿过身体，直指内心。当我的呼吸仿佛要停止的一刹那，他的嘴唇最终还是贴了过来。他那柔软而温暖的嘴唇贴在了我的嘴唇上。那是一种与刚才不一样的呼吸声。一种前所未有的紧张感包裹住了全身。接着他立刻将嘴唇挪开了。智勋用安详的眼神看着我。他的笑眼搜过了我脸上的每一寸肌肤，然后突然凑了过来：

“今天就到此为止。走好啊。”

我无暇理睬他淡淡的道别，急急忙忙地跑出了智勋的家。

我的心跳得好快。一瞬间砰砰乱跳的心脏完全无法平静下来。嘴唇上的感觉久久没有散去，让我忍不住在自己的嘴唇上摸了好一会儿。当我抬头看着智勋的公寓楼，努力平复着自己乱跳的心脏时，硕贤正远远地看着我。

硕贤

走向悦梅时，我的脚步太过沉重，让我不得不慢慢地向她走了过去。

“你在哪儿……过的夜？”

话音刚落，我就望见悦梅刚走出来的那栋大楼。一楼的门面房刚好就是申智勋的咖啡店。然后我抬头看了看悦梅正看着的三楼。在一个打开的窗户外，一个高高的晾衣架上挂着男人的衣服。这么看来，她现在穿着的是一件陌生男人的衣服。昨天穿着出门的衣服已经不见了，而悦梅正紧紧地抓着宽大的 T 恤衫下摆，尽力地躲避着我的视线。

“你疯了吗？怎么能在那里……”

我做梦也没想到悦梅竟然会从申智勋咖啡店所在的大楼里走

出来。悦梅之所以就算在与我分手的时候也从未成为我的过去，是因为她从来都没做出过这样的举动。不联系我一下就在外面过夜，而且还是在一个陌生男人的家里。

当她每次因为不会掩饰自己的感情而对我穷追不舍时，当我们俩一个穷追不舍一个尽力推开，相互重复着这一过程而经历了几次的离别时，我都以为她会很好地保护自己。因为我知道她从来都没有将自己的真心给过除我之外的任何一个男人。但在此时此刻，看着默不作答的悦梅，我明白了。多年以来一直支撑着我的那种对她的期待和信任，其实根本就一文不值。

“你知道你没资格这样吧？你不是我的男朋友，也不是我的丈夫。不管我在哪里干什么或者跟谁一起睡，你都不要管。你这样可是越权行为。”

“马上给我进去把你的衣服……换上再出来！”

我突然感到心头火起，实在不知道该拿现在这种感情怎么办。如果不能在这里阻止悦梅，无法挽回的情况就会发生。这一点我从直觉上就能够明白。而且，我也知道她的心已经在远离我，并向另一个男人靠近了。

“不要。”

不过，悦梅可不是我想阻止就能阻止得了的。怒火消下去一点之后涌上了恐惧，接着另一股怒火在不知不觉间喷了出来。我无法应付这些乱七八糟地混杂在一起的感情，只能用一张冰冷的脸看着她。

“你打算就这么破罐破摔么？”

虽然很幼稚，但我还是那么说了。我可以隐藏真心，但却无法隐藏怒火，所以就那么说了出来。在那一刻，我对自己产生了一种不可遏止的厌恶。

“我怎么就破罐破摔了？”

“不管是跟男人交往还是谈恋爱，那都是你的自由，我没资格管你。但有一点你必须记住了。不要把你自己给毁了。”

“既然你这么担心我，为什么不直接带着我过日子啊？你怎么能跟你这么担心的女人分手啊？而且还是一而再再而三地！”

原本用气恼的表情看着我的悦梅，不知不觉间眼角已经湿润了，正在努力地平复着自己的心情：

“我要随心所欲地生活。想交往就交往，不想交往就不交往，想接吻就接吻，想上床就上床。那有什么呢？”

看到我没有回答，她的眼中闪过了一丝绝望。那个眼神让我感到心痛。

“既然你想那么随心所欲地活，那就别想再进家门了！”

那句“随心所欲”中隐藏着的对她的怒火在不知不觉间已经朝着我自己烧了过来。虽然明知道射向我的箭最终会回到她身上，对她造成伤害，但我已经无法停止了。

“那个家是你自己的吗？我除了家之外还能去哪儿啊！”

就在这时，一个陌生男人的声音插到了我们中间。

“你怎么就无处可去了？”

她和我吓了一跳，同时把头转向了声音传来的方向。从公寓楼入口走出来的申智勋不知何时已经走到了悦梅的身边。他那轻快的步伐、看向悦梅的眼神，隐约间透出的一种闲散安逸的态度。申智勋的一切都让我感到不舒服。

仿佛理所当然一般，申智勋很自然地抓住了悦梅的手。我的理性彻底崩溃了，一种仿佛被锤子砸了一下的感觉瞬间扩散到了全身。站在我面前的申智勋的那张脸上蕴含着的平和一下子提醒了我，我对悦梅的想法绝对不仅仅是简单的生气。紧张的气氛萦绕在申智勋和我中间，仿佛马上就要断掉的线一般紧绷绷的。

“你有地方可去啊。朱悦梅，进去吧。咱们吃早饭。”

申智勋看着我说道。

申智勋突然抓起了悦梅的手。这让我感到很不真实。悦梅竟然会牵着一个陌生男人的手在我面前转身离去。不，应该说在我眼前发生的这荒唐的一幕竟然是现实。我并不觉得她和申智勋发生过什么。但是说不定我的想法是错误的。想到这里，一切都让我感到了恐惧。

正当我要向智勋和悦梅迈出一步时，我突然看到了我的脚。我的脚下真的如悦梅的诅咒一般画着一个圆圈。我看了看远去的悦梅又看了看脚下的圆圈。悦梅知道，我想守住的东西不过就是这么大点的一个空间。但是悦梅并不知道，我在这个圆圈里想要守住什么东西到底是什么。悦梅永远都不要知道。我现在想要的只有那个而已。当我抬起头时，悦梅和申智勋已经消失在了公寓楼之中。

我独自站在了圆圈里。

悦梅

被智勋牵着走上台阶的时候，我的心一直在砰砰乱跳着。我也不知道这到底是因为尹硕贤还是因为申智勋。在此时此刻，我为什么无法甩开申智勋的手呢？

智勋低头看了看正牵着我的手。在他那线条硬朗的脖颈和结实的肩膀与手臂之下，他的手正握着我的手。我任由他拽着我往前走，只是呆呆地望着他的背影。

在日常生活中，申智勋曾经一步一步地向我靠近。智勋已经不知不觉间在我的心中掀起了惊涛骇浪。“他要是能就这样把我带到另一个世界就好了”我这样想着。我觉得他应该可以带着我离开这个满是伤痛的世界。如果是申智勋，应该就可以办到。

但是在感情旋涡的正中央，尹硕贤依然一如既往地站在那里。一想到被独自留在外面的硕贤，我的内心就动摇了。如果我就这么被智勋带走的话，我和硕贤之间的距离恐怕就得变得无可挽回的遥远了。

在踏进智勋家的一刹那，我赶紧从他的手中挣脱了出来。

“你知道……你刚才做了些什么吗？”

“知道。”

你明知道还那么做吗？他的行动已经深深地伤害了硕贤与我的关系，而他那沉着的反应已经让人有些生恨了。智勋的那种态度刺激了我。

“那个男人可是我喜欢的男人。”

“能不能挽回呢？为什么会结束呢？我到底哪里做得不够好

呢？这些事情你都不要再想了，直接就此结束吧。”

“不管结束不结束，那都得随我便。”

“对方都拒绝你了，你还想缠着他吗？天底下就你谈过恋爱吗？爱情结束了就意味着两个人无法再互通心意了啊。而不是像现在的你这样看到对方的不堪一面却还恋恋不舍。你还不明白吗？”

智勋的话在我的心中狠狠地砸了一下。

我并不想承认。我之所以在经历了长时间的彷徨和艰辛之后依然没能放开尹硕贤，其实是因为我坚信着我们之间还并没有结束。在“留恋”这个词语面前，我束手无策地崩溃掉了。申智勋那毫不激动的平淡话语，仿佛在替我告诉自己，不要再躲避那样的自我了。在那一刻，感情的旋涡停止了转动。

我就那样被独自留在了原地。

月亮代表我的心

悦梅

尹硕贤会善罢甘休吗？现在赶紧跑过去看看会不会比较好呢？

虽然眼前看到的是正在往餐桌上摆面包和鲜果汁的智勋，但我的脑海中全都是尹硕贤。

“我脑子里现在只想着那个人。”

仿佛抱怨一般，我看着智勋说道。

“尽情地想吧。我不想连你的想法也干涉的。”

“他肯定……是误会了。”

“咱们能不能别再说那个男人了？你以后要是喜欢上了我，肯定会后悔的。”

这是种一边感受着我复杂的内心一边还要忠实于自己感情的态度。看着智勋那宽厚的目光，我不难解读出他的那种态度。

“你能确定吗？”

“百分百确定。等你打开心扉之后，肯定能发现我也是个非常不错的男人。”

从充满自信无比确信地回答我的智勋身上找不到一丝一毫的犹豫。那样的确信到底是从哪儿来的呢？

“我非常认真地问你一句，你为什么喜欢我啊？从什么时候开始喜欢我的？”

“这个嘛……具体从什么时候开始的，我也不太清楚。毕竟爱情没法像规定赛跑的起点一样，说它就是从哪里哪里开始的啊。大部分的爱情都是毫无理由地开始的。就算有千万条理由喜欢上一个人，能把它讲出来的人也不多。我喜欢你是没有理由的。我就那样喜欢上了你。”

听到智勋那充满自信的回答，我想起了尹硕贤。一个不会说爱我或者想我的男人。一个当我觉得把爱说出来就会爱得更深时，自己觉得只有不说出来才能爱得更深的男人。那时候我以为硕贤会那样都是因为他不够坦白。

智勋说他“没有理由”，这让我感到了陌生。当我在四处寻找着爱的理由时，智勋却一门心思地专注于爱情本身。他没有出发点，也没有理由，而且无比平淡而又准确地传达出了自己的感情，这一切都让他变得不再像刚才那样让人感到熟悉了。竟然说“没理由”。但是，他那毫不停歇的坦率却每时每刻都直抵我的内心深处。

我悄悄地跟智勋面对面看着。他的那种仿佛无论什么都可以改变的姿态已经变得不再唐突。不，在我觉得他的男人味并不让人反感时，我只好承认了：

“好吧，我……并不讨厌你。”

可能是对我的话感到意外，智勋用和刚才不太一样的眼神看着我。

“我不能说自己对你没有好感。而且你说过你喜欢我，我也很想相信你一次。不，我要是能直接喜欢上你就好了。因为比起喜欢一个讨厌我的男人，还是跟一个喜欢我的男人相爱更幸福一些。但是……申智勋，那个人和我……说不定还没分手呢。”

“那是什么意思？”

我想说的其实是，我曾经也在跟尹硕贤分手期间和别的人交往过。当然，硕贤也跟别的女人交往过。但问题是我跟别的男人谈的恋爱其实就是跟硕贤谈过的恋爱的翻版，所以一直在重复着心动了又停下、有想法了又停下的过程。尹硕贤也因为相同的原因而没能跟别的女人持续太久。所以出于“咱们还是好好相处吧”的想法，我们在经历了五次分手的同时也经历了五次复合。

我不想用希望去折磨申智勋。如果我在还没有死心的情况下接受了他的心意，搞不好我和智勋都会陷入痛苦之中。这是显而易见的事情。智勋一边听我说着，一边点了点头。

就在这时，放在餐桌旁的手机响了一下。是硕贤给我发来的短信。

“你忘记今天是大扫除的日子了吗？虽然不知道你在跟申智勋忙什么，但你最好在十分钟之内回来！”

硕贤明明看到了智勋和我，却还是直接回了家，他真是太无情了。我看着短信皱了皱眉头，然后轻轻地将手机丢到了一旁。

“那个男人和你的爱情已经过有效期了”，智勋得出了结论。让人幸福而激动的，恋爱的第一层次感觉结束之后，从那时起，真正的恋爱便开始了。就在产生矛盾、争吵、和解等事情不断重复的过程中，我们会在什么时候觉得恋爱的有效期已经过了呢？

无法再互通心意。看到对方的不堪一面却还彼此留恋。如果智勋所定下的恋爱有效期就是从那时候开始的，那么他说对了。这段恋情的有效期真的已经结束了。

“你可以这边那边来回跑。想来的时候就过来，想走的时候可以走。”

这是什么意思啊？我看着他。智勋用平淡的语气继续说了下去。

“我的内心变得痛苦也没关系。肆意地玩弄我的感情也没关系。”

什么叫变得痛苦了也没关系？我还能肆意地玩弄他的感情？面对他这副愿意无条件地接受并理解一切的姿态，我用愣愣的表情看了好一会儿。我感到了一阵语塞。这是一种让我根本无法想象的，让我无比震惊的恋爱条件。

“在恋爱中，好与坏、对与错之类的标准根本就不存在。要是想只做正确的事情，你就应该去普度众生。谈恋爱时还这样，那像话吗？”

话音刚落，智勋对我耸了耸肩膀。

我也很清楚，他的话一句也没有说错。但是真正开始恋爱之后，我却无法承认彼此间存在的差别，所以经常去伤对方的心。搞得好像在这世上恋爱就是一切似的。

“你刚才说过吧，说你并不讨厌我。你分明对我表示了好感哦。从那里开始就行了。”

智勋叩响了我的心扉。因为那响声实在是太大了，我现在已经陷入了左右为难的境地。我一直以为要想开始一段爱情，比起好感，更需要有一种确信的感觉。如果按他说的，在仅有好感的情况下开始，这真的没问题吗？

“跟我交往过之后，如果你觉得还是必须去找那个男人……那就去吧！”

正在静静看着我的智勋说出了决定性的一句。他所提出的恋爱条件并不是为他自己考虑的，而是彻头彻尾地为我着想的，这一事实太让人震惊了。可能是明白了我的心意，原本一直很认真的智勋这才轻轻地笑了起来：

“当然，你不会走的。因为你会喜欢上我。”

“我拿这个男人能有什么办法呢？”我一边这样想着，一边看着正在自信满满地笑着的智勋。就在这时，手机又响了。当我打开它时，一条仿佛他亲自到来一般的短信蹦了出来：

“你还不回来，是吧？朱悦梅？”

看到那条短信，我明白了。虽然硕贤回了家，但他一直在等着我。在他那看似平常的语气中其实隐藏着等待和焦躁。

“我得走了。”

我从座位上站起身来，最终还是什么话也没能对智勋说。尹硕贤和申智勋。两个男人的碎片在我的脑海中游荡，让我什么话也说不出来了。

“原来是那个男人的短信啊。”

虽然智勋立刻就明白了，但还是站起身来打算送送我。

硕贤

穿过客厅的窗户，一辆轻轻停下的车子进入了我的视野。从车上走下来的悦梅穿过院子走了过来。看到悦梅走进了家门，申智勋的车子也离开了。

这世上有两种女人。分手时会回头看的女人和不会回头看的女人。据我所知，悦梅应该是一个会回头看的女人。看到悦梅将脑袋探出了大门，远远地张望，我用灰掸子轻轻地敲了她一下。

“回来了就进去打扫卫生。人家都走了，你还钻出来看什么看？”

我转过身，没有理睬她冲我翻白眼的表情。她能回到家里来，这让我感到一阵安心。不管她跟申智勋发生了什么，她在此时此刻毕竟回到了我的身边。

大扫除结束后，我翻了翻悦梅的账本。悦梅的视线停留在了放在娜弦书桌上的两块石头上。那两块石头上一块写着硕贤，一块写着娜弦。我无意中看到了正撅着嘴看着两块石头的悦梅。我假装没有理睬她内心深处升腾而起的妒火，将悦梅的账本在她眼前晃了晃。

“你看看这个。从轮船游回来之后根本就没整理清楚啊。”

“喂，咱们说话时能不能带点人情味啊……我，刚刚被男人给甩了。要是换成你，在这种情况下还有心思敲计算器吗？”

“我难道就没跟女人分手么？”

“情况可不一样啊。你是甩了人，而我是被人甩了啊！”

“你以为我甩了人之后就不心疼了吗？”

我是真心的。我给了她伤痛，而我的内心也同样在痛着。感情永远都是一件双向的事情，可只认为自己单方面地受到了伤害的悦梅是不可能会知道的。但是我下定了决心，既然将她推开了，我就不会表露出自己的真心。

“心痛么？就你？哇……真让人感动啊。今天早上你都看到了什么？明明看到我从别的男人家里出来，但你的眼睛却连眨都没眨一下。然后是打扫卫生和查账本！就你这样还说什么心痛？”

悦梅有些郁闷地大喊了起来。

“把公共费用存折给我拿来。”

我实在无法回答悦梅的问话，只好刻意转移话题。

“我死也不拿过来。你让我做的事情，我今后死也不做。做不到！”

用仿佛要杀掉我的眼神瞪着我的悦梅最终还是加了一句：

“我要是能像你嘴里的舌头一样听话就好了是吧？对不起了，我不是个顺从而善良的女人。”

这家伙可真是！她最后的一句话最终还是让我的理性偏离了轨道。她的那种能让依恋和珍惜的感觉在不知不觉间烟消云散的火热情感不知何时已经深深地戳入了我的内心。

“我压根就没期盼过你能顺从，你只要能尊重我一下就行了。”

“难道你就尊重我的心意了吗？你明明残忍地践踏了我的内心，难道还要让我对你好吗？祝你遇到一个善良、单纯而顺从的女人，和她过上幸福的生活！你这个坏家伙。”

“什么？我哪里坏了？我变心了，所以就按照改变了的内心来行动，这有什么坏的？”

“让我心痛的家伙就是坏家伙！那就是我的标准。”

“瞧你那标准定得吧，跟你自己一个德行。不要用感情来想事情，用理性好好思考一下吧。虽然恋爱要靠感情来谈，但对现实进行判断必须依靠理性。”

“那你就用理性好好想想吧。你再上哪儿找像我这样的女人啊？又坦率，又有品位，又有能力，而且三十三岁了还这么漂亮。这种女人可不多见啊！”

“你就在那种错觉中自以为自己最了不起，然后幸福地活下去吧。”

我泰然自若地看着悦梅回答道。

“好啊。我会和一个又年轻，又温顺，而且善良得能当贤内助的女人一起生活的。这下行了吧？”

“……能当贤内助的女人，那是谁？又年轻又善良的女人，那又是谁？”

坐在椅子上喘着粗气的悦梅突然把视线重新转到了书桌上的

两块石头上。

“姜娜弦？姜娜弦可不行！死也不行。我说过吧？你要是敢跟姜娜弦交往，我就亲手把你们俩都宰了。我说真的。如果你敢跟姜娜弦交往，我就会以为你是因为姜娜弦才跟我分手的。”

说着，悦梅将石头伸到了我眼前。

“真是太郁闷了，我就不该跟这个幼稚的家伙说话。”我抬头看了看她那瞬间被感情冲昏了头脑的样子，然后站起了身。我摇晃着脑袋，走出工作室去拿悦梅的公共费用存折。

当我拿着存折再次穿过推拉门走过来时，娜弦和悦梅正站在客厅里。悦梅用吓了一跳的表情看了看我和娜弦，然后正要回自己家，却被娜弦一把抓住了胳膊问道：

“解释一下吧，你为什么那么做。”

“什么事情啊？”

因为感觉两个人之间有些不寻常，我只好介入了进去。

娜弦说悦梅将放在工作室书桌上的石头丢到了窗外。在这个节骨眼上竟然还做出这种举动，悦梅真是太可笑也太可爱了，让我忍不住扑哧笑了出来。

“真的吗？”

“你才知道我既幼稚又没出息吗？”

“我必须要知道你为什么那么做。你为什么那么做啊？”

听到娜弦的问话，悦梅没有回答。

“干吗还问那种问题啊。她本来就很奇怪吗。不管从哪个角度来看，你也真够脑残的。赶紧去找回来吧。干吗要随便碰人家的东西啊？”

悦梅对我的话轻轻地哼了一声，然后转过身向院子走了过去。

从超市回来的路上，我看到了正坐在院子里的悦梅。看着她正在四处翻找的身影，我轻轻地笑了一下。看来她还没找到石头啊。

悦梅是一个明知道自己很幼稚却还是将感情表现出来的人。她每次都那样，即使分手了也不觉得我们已经结束了。她的这种每到快要终结时又会超越终结的举动在今天让我感到了一种莫名的安心。

“觉得我超级没出息吧？我也觉得自己没出息。我也不知道我为什么会这样。怎么就把石头给扔出去了……”

坐在门廊上撕着雪糕包装纸的悦梅一边叹气一边喃喃自语道。悦梅的那副样子太可爱了，让我忍不住笑了出来。原本应该藏在内心的想法，悦梅每次都要一五一十地全部讲出来才肯罢休。

“我怎么就没有点埋藏在心里的想法呢，身为一个人……”

这也是她的内心想法。

悦梅一口咬住了雪糕，然后用“好吃”的表情看着我。可能是觉得我买的时候考虑了她的口味，悦梅的心情似乎一下子就变好了，还俏皮地白了我一眼。我调皮地想要刮刮她的鼻头，她却向后躲了躲身子。当我最终还是笑着刮了她的鼻头后，她仿佛要将我手指的痕迹擦除一般，拼命地擦了擦自己的鼻子。

“赶紧吃完了去找石头吧。我陪你一起找。”

我按下了放在门廊栏杆上的小型音响的按钮。看着我跟着节奏耸动着肩膀，一摇一摆地寻找石头的样子，她笑了很久。她的配合让我对她产生了一丝爱意，也让我看着她笑了很久。

当恋爱结束时我们就会知道，两个人当中谁爱得更多，谁爱得更少。分手后可以灿烂地笑出来的人便是那个爱得更少的人。因为知道这一事实，我对着她露出了深情的笑容。

悦梅

当我穿着睡衣躺在床上时，闭着眼睛的娜弦突然走了进来。我吓了一跳，赶忙坐了起来，而娜弦却在自顾自地脱着上衣。原来硕贤遭遇过的情况就是这个啊。看到娜弦已经爬到床上躺了下来，我只得赶忙躲到了床上的一个角落里。我感到很惊慌。不管我怎么戳着她的肩膀喊她的名字，娜弦都不肯醒过来。

我扫视了一下娜弦那熟睡的模样，然后静静地看着她的脸。她的头发披散着，露出了一对内双眼皮的眼睛。她的鼻翼圆圆的，整个脸毫无棱角，而且还有一点婴儿肥，给人一种无比细腻的感觉。

“这么看来，你长得还挺可爱的嘛”，虽然脑海中闪过了这个念头，但因为她喜欢尹硕贤，仅仅这一个理由就让我对她产生了厌恶。她好讨厌。我对着正在熟睡着的娜弦瞪了一会儿，然后将裹在她身上的被子直接抽走了。面朝着我睡着的娜弦在睡梦中把身体蜷缩了起来。

她正处在想要热烈地被人爱，也想热烈地去爱别人的年纪。刚刚二十出头的娜弦，我对她的嫉妒并不仅仅是因为她的年轻和漂亮。她对尹硕贤表现出的心意并不盲目，而且不知疲倦地黏在他的身边，由此可见这个孩子表现出的爱恋已经远远超过了二十岁时的我。她拥有着我在二十岁时从未拥有过的想法，仅仅这一个理由就足够让我讨厌娜弦了。然而相同的理由也让我感到娜弦有些可怜，所以我最终还是把被子给她盖上并安静地走到了外面。

我在工作室的地板上铺了一层薄被子并躺了下去。

“我怎么就不能跟姜娜弦谈恋爱了？你跟我，因为想一起上床所以就上了，然后又因为不想再那样所以就分手了。不管我跟谁交往，从法律上道德上伦理上都没有任何问题啊，不是吗？”

当我瞪大眼睛盯着天花板时，突然想起了硕贤说的话。

尹硕贤似乎有跟姜娜弦交往一番的意思。这一原本被我刻意避开的想法和他说的话一起向我袭来。一段旋律在我的脑海中一闪而过。我弹了一会儿键盘，然后坐正身子打开了笔记本电脑。我不想将此时此刻正支配着我的这种火热的感觉就此错过。

从小开始就理所当然地陪在我身边的男人。当我在明白什么是爱之前就启发了我的男人。和我接了初吻的男人。虽然有时候让我看不透他的心思，但每逢决定性的时刻就会全身心投入地靠近我的男人。和我约好了要时而像妈妈一样，时而像爸爸一样永远陪在我身边的男人。让我有了初体验的男人。让我明白了我的身体可以变得有多火热的男人。让我在现实中明白了就算相爱也未必能永远幸福的男人。和我交往了七次又分手了七次的男人。让我得出了“爱憎与伤痛，后悔与留恋，这一切都是爱恋的别名”这一结论的男人。

那个男人曾经深深地进入了我的生活，而现在却似乎已经走出了很远，显得孤零零的。尹硕贤说得没错。我的内心和他的内心，我的爱情和他的爱情没有理由非得一样。在写曲子的时候，我一直感到有一种东西在沸腾。我感到曾经困扰了我许久的，那种我对硕贤和娜弦的感情已经逐渐变得轻松了。

而在那一切的尽头，申智勋的身影浮现了出来。他那种从一开始到现在，语言和行动始终保持一致的态度触动了我的内心。他那种理解并接受一切的爱情方式，正在以一种我从未经历过的形式将我的内心逐渐撑大。这种自我破碎的感觉很好。那些被界定为“自我”的东西一点点地崩塌掉的感觉很好。

当我感到新的爱情正在大步向我走近时，我从座位上站了起来。听着已经完成的曲子，我走到了被黑暗笼罩着的窗边。从窗缝中吹进来的风让我感到了一种前所未有的轻盈。

我下楼来到厨房，从冰箱里取出一块冰放进了嘴里。我拿起放在餐桌上的手机看了一眼。有一个未接来电。是申智勋打来的。

我给他发了条短信，问他睡下没有，没想到他立刻就给我打来了电话。

“怎么还没睡啊，干吗呢？”

我说了一句“忙着忙着就变成这样了”，然后咬了一下嘴里的冰块。

“什么声音啊？”

“我刚刚咬了个冰块。我想吃红豆刨冰了。”

“要我做给你吃吗？”

我被他的声音吓了一跳，赶紧看了看表。

虽然已经半夜两点了，但是申智勋多次强调咖啡店还没有关门。今天要整理的东西很多。不，是职员们闯祸了。在他慌慌张张的回答声中，他的呼吸声变得逐渐急促了起来。“他此刻应该正在向咖啡店跑去吧”，我一边想着一边轻轻地笑了一下。

“我可不太喜欢你们咖啡店的红豆刨冰啊，太甜了。”

听筒对面传来了一阵寂静。

“所以你不吃了么？”

我看着这个在凌晨时分说要给我做红豆刨冰的男人，心中感受到了一种难以名状的悸动。他的举动每次都超过了我的预期，甚至是我未曾期待过的。一种幸福感和被人爱着的感觉，让我的内心怦怦直跳。

“不，你做吧。别放果冻，尽量清淡一些。要让材料本身的味道释放出来。”

“OK，你等着我。”

智勋那有些不高兴的声音立刻恢复了喜悦。

德彪西那优美的旋律从公园的扬声器中流淌了出来。我跟智勋一起坐在公园的长椅上，一边欣赏着音乐一边闭上眼睛深深地吸了一口气。深夜里的绿荫一片浓郁，接触到全身的空气潮潮润润的。智勋那轻轻的哼唱声不知何时已经在我的耳畔萦绕。就算跟他什么也不说，此时此刻的安详和深情也让我感觉很好。

“我可努力地把它做得清淡了呢。”

智勋坐在长椅上，帮我打开了红豆刨冰容器的盖子。

“话说勺子怎么只有一个啊？你不吃吗？”

我搅拌了一会儿刨冰，然后淡淡地问了智勋一句。

“是啊，为什么……勺子只有一个呢？”

我一边问他是不是不喜欢红豆刨冰，一边独自地吃着，而智勋则静静在一旁看着我。听到我一边说着“下次再做给我吃哦”一边吃得很开心，智勋点了点头，然后重新问了一遍。

“不过啊……你……就不再好奇勺子为什么只有一个吗？你就不想喂我吃一口吗？”

智勋用无比调皮的，却天真无邪的表情问了我一句。我这才明白了他的意思，然后将勺子递给了他。“就一口”，说着智勋张开了嘴，等待我喂他。而我则看着他轻轻地笑了笑。

我本以为这世上最重要的就是自己的心意。在和硕贤的漫长恋爱岁月中，我一直想要守住的便是我喜欢他的这份心意。越是感到珍贵就越是想要通过他确认的，正是我对他的这份特殊的心意。但是，那个我奋力地想要守住的东西，这个男人却完整地交给对方。这个懂得将自己的心意展示给别人看，而且厚道的男人真的好可爱。

我舀起一勺子刨冰伸给了智勋，然后又把手收了回来。看到我一边说着“真好吃啊”一边吃了下去，智勋再一次用不满的表情看着我。他不知不觉间撅起了嘴，而那副模样让我很喜欢。我就悄悄地笑着看了他一会儿，然后真的舀了一勺喂给他。

一对正在沿着大雾弥漫的江边骑自行车的情侣经过了我们的身边。这对恋人有说有笑，时而超过对方，时而在对方身后，洒下了一连串的欢快笑声。“这个时候还有人骑自行车啊！”我看着他们远去的背影喃喃自语道。智勋也一直盯着那两辆渐渐远去的自行车。

第二天早晨，当我在折叠智勋的衣服时，手机响了起来。是智勋打来的：

“这辆自行车怎么样？”

伴随着短信，一辆自行车出现在了我的面前。那是一辆装有车篮的黄色自行车。由于前车轮比后车轮相对大一些，所以在漂亮中还夹杂着一丝可爱。

我发了一句“漂亮”，然后偏过了头。他为什么突然给我发这辆自行车的照片呢？

接着智勋立刻发来了回信。

“五分钟之后这辆自行车就会到你家了。”

大门的铃声响了起来。智勋发来的自行车送到了。正当我带着满心的喜爱和愉悦打量自行车时，手机又响了起来。是智勋发来的短信：

“来我这儿的时候骑过来吧。”

在挑选这辆自行车时，他会是怎样的表情呢？看着智勋的短信，我第一次揣度起了他的内心。我打开手机给他发了回信：

“我现在就去找你。”

我想到了他收到我的短信后喜悦无比的模样。一想到他会高兴，我也高兴了起来；一想到他因为我而变得幸福，我也跟着幸福了起来。我上车骑了起来，清凉的风拂过了我的脸颊。在去找他的路上，我的心中满是激动，让我觉得路上的每一条巷子仿佛都变得耀眼而夺目。一想到申智勋，我的内心就有一丝发痒。他那明亮而温柔的微笑，还有内心的紧张同时出现在我的心中。

当我到达智勋的咖啡店门前时，远远地看到智勋的车停了下来。停住了自行车的我和从车上走下来的智勋面对面站在了一起。我们笑着互相看了对方一会儿，然后智勋朝着我慢慢地走了过来。

“喜欢吗？”

“嗯，特别特别喜欢。”

听到我的回答，他露出了天真烂漫的笑容。

“申智勋。”

我喊出了他的名字。

“我的心，交给你了。试着让我改变心意吧。让我喜欢上你吧。我给你机会。”

我感到世间所有的光彩都集中在了我的身上。我之所以将自己的心交给了智勋，是因为我感受到了一种前所未有的闪亮的光芒从我照向他，又从他照向我。

听到我的话，智勋一下子不知道该说什么了。有些不知所措的他突然转过身，冲着空中挥出了拳头，仿佛实现了某种目标一般大声地欢呼了起来。而我也用一张笑脸看着正雀跃不已的智勋。

智勋牵着我的手走向了车子的副驾驶座。他用一只手牵着我的手，另一只手打开了车门，然后从里面拿出了一大捧花。在明媚的阳光下，智勋突然将那捧花递给了我。

“恭喜你，朱悦梅。不过你啊，可得好好地做好心理准备哦。因为你的心脏说不定会幸福地爆裂开呢。”

硕贤

从超市回来的路上，我看到了骑上新自行车的悦梅。她的脸上是一副充满了期待的表情。她那一下一下踩踏板的身影在今天显得格外耀眼，让我只好带着不安的心情看着她的背影渐渐地离去。

回到家之后，我很快就明白了。悦梅将自己原来的自行车送给了娜弦。娜弦正在上下打量着的那辆自行车是在悦梅大学毕业时，我亲手组装并送给她的礼物。

小的时候，悦梅特别害怕自己骑自行车。原本每次都要回头看我是不是撒了手的悦梅，在小学毕业的时候才能不回头地向前骑自行车。那时候我跟悦梅做了一个约定，等到大学毕业时要给她做一辆最好的自行车，而且就算在多年以后的那时候，我也要跟在后面随时防止她摔倒受伤。

我将悦梅喜欢的雪糕放进了冰箱里，然后走向了她的房间。刚打开卧室的门，她的那股甜甜的香水味便扑鼻而来。可能是出去得太匆忙了吧，化妆台上的爽肤水和乳液的瓶子都没有拧上盖子。“悦梅现在应该在去找申智勋的路上吧？”我一边整理着悦梅的化妆台，一边静静地观察着这种如直觉般出现的想法。

虽然她多年来一直在保护着那些和我有关的珍贵记忆，但从某种意义上来讲，此时此刻的我已经被独自留了下来。我今后将怎样生活下去呢？我一边整理着悦梅从衣柜里取出来的衣服，一边想着这才是我需要面对的恋爱的背影。一股让人难以承受的孤单感突然袭来，让我呆呆地在她的房间里环视了一圈。

悦梅

恋爱是从什么时候开始的呢？不管是一百天还是一千天，那些日子都是从哪天开始计算的呢？是从被表白的那天开始的吗？要不然是从第一次接吻那天开始的吗？如果这些都不是，难道要把某个不平常的，让我的内心产生轻微动摇的时刻当成恋爱开始的时间点吗？不管怎样，我和申智勋的恋爱算是开始了。

我坐在客厅里，用一种复杂的眼神看着那个花瓶，花瓶里插着智勋送给我的花。不管再怎么想，我都觉得自己跟申智勋没出现过那种仿佛被雷劈到一般的刺激感。这段恋爱，就这样下去也没关系吗？

突然，硕贤拉开推拉门走了过来。

“咖啡？”

“不，牛奶。”

硕贤打开冰箱，取出了牛奶。

“怎么不干脆让申智勋给你种一棵树啊？”

硕贤瞟了一眼那些花，然后嘀咕了一句。

“种树干什么？”

“花朵要是凋谢了该多可惜啊。”

再怎么说也是啊。身为一个人，怎么能那样安然无恙呢？分手之后还没过多久我就收到了别的男人送的花，他却是一副天下太平的样子。

“你怎么知道的？其实我很想把它做成标本，然后把它保管个五百年。”

我冲着硕贤白了一眼，然后拿着花瓶回了房间。

我刚把花瓶放在化妆台上，手机就响了起来。

“我想你。”

我悄悄地看着智勋的短信。我该怎么回答他呢？那些并非出自真心的话，我可以对申智勋说吗？就在我这样想着的时候，手机铃声再一次响了起来。

“你在想应该怎样答复我吧？那种时候只要回答你也想我就可以了。”

我带着略微有些复杂的心情，看着那条短信笑了出来。

“我也想你。”

当我躺在床上给智勋发了回信之后，觉得自己的内心变得模糊不清了。原来在说出我想他之后，那句话就会变成真心的啊。

“要我去接你吗？要不要到我家里来一起听音乐？”

看到智勋的最后一条短信，我轻轻地笑了出来。他也能感受到我的真心吗？

我爬上梯子，开始在智勋的陈列架上挑选唱片。看到我在梯子上晃了一下，原本一边做着咖啡一边看着我的他立刻跑了过来。

“下来吧，我帮你挑。要不然就看笔记上写的清单吧。别受伤了。”

扶着梯子抬头看着我的智勋说道。

可能是听到我回答的那句“不会受伤啦”后放不下心的缘故，智勋想了一下，然后爬着梯子走到了已经重新站稳的我身后。他在身后仿佛拥抱我一般，两条胳膊已经从两侧和我的胳膊贴在了一起。就算没有相爱也能感受到悸动吗？我一边感受着智勋那温热的气息，一边在心里想道。智勋将他选出的几张唱片展示给我看，然后一张张地给我说明。

“你最喜欢的唱片是哪一张啊？”

听到我的问话，智勋给我展示了三张唱片，并挨个地陈述了原因。弗朗西斯·莱的《偷窥课程》原声音轨，因为它让他和喜欢的女人一起吃了饭。《再见了夏天》原声音轨，因为它成功地将那个女人引诱到了家里。最后是电影《甜蜜蜜》的主题曲《月亮代表我的心》，因为它让他确信了，她就是他的真命天女。

“那么，我今天让你拥有第四张喜欢的唱片。”

我笑着从陈列架上取出了一张唱片。这张如何？我用眼神询问着他。他笑着点了点头，表示同意。

“现在下去吧。”

听到我的话，智勋说了一句“稍等一下”，然后先下去了。当我转过身打算下去时，他的两条胳膊突然揽住了我的腰部。我跟一把将我抱起的他四目相对。他那充满担心的目光和毫不过分的动作让我的心跳一阵加速。看着他将我放在地上的动作，我很容易就感受到了悸动的感觉。这是爱情吗？而且我跟他在一起时确实很舒适很愉快。

“……但是，分开时却不会觉得遗憾。”

躺在智希的床上，我深深叹了一口气说道。

“那可真是个问题啊……难道不应该更想跟他在一起吗？我可是那样呢，你怎么样？”

智希在脸上贴着面膜，碰了碰在景的胳膊说道。

“在一起时我觉得在一起很好，自己一个人时觉得自己待着也不错。有时候不管在一起时有多快乐，分开之后回到家时的感觉似乎总是会更好一些。”

说完之后，在景一下子躺在了床上。

“虽然很高兴，但是心里总觉得不对劲儿。总感觉漏了某种决定性的东西。”

“你没法再谈恋爱了，因为你跟尹硕贤的爱情太过强烈了。哪个男人会有本事超越他啊？”继智希之后，在景也说道：“而且这样很不像你的风格啊，明明觉得不对劲儿竟然还被他带着走。”

“没错，你又不是像我这样被动的人。”

听到在景的话，智希再次附和道。

“虽然我也知道，但是总感觉有一种不容忽视的感情在萌生。”

在景和智希同时瞪大了眼睛问道：

“什么样的啊？”

几天前，我正在智勋家里翻看他的相册。照片中还在上初一的智勋正站在保育院附近的银杏树下笑得灿烂。与现在不同的是，当时的他个子很矮，而且很瘦小。他说当时他是班里最矮的一个。

“就跟个小学生似的。这张照片可真可爱啊。能送给我吗？”在我向智勋问出那句话的一刹那，我的脸立刻就僵住了。那句话是我下意识地说出来的。我为什么会想拥有这个人的照片呢？因为对自己说的话感到很尴尬，我看着智勋递过来的照片，无法隐藏自己内心中复杂的想法。这份心意是怎么回事呢？

“你说你喜欢这张照片，让我吓了一跳呢。”

我用略显讶异的眼神看着智勋。他说了一句“等一下”，然后取来了几张照片。全都是一棵树的照片。

智勋把那棵树称作“我的树”。当年由于无法和其他孩子们融洽相处而感到无比孤单的智勋，每到放学后就会坐在那棵树下读书。

“但是在那一年发生了很严重的旱灾。现在想想还挺可笑的，毕竟就算发生了旱灾，树木也不会那么容易就枯死啊。当时我特别担心，生怕那棵树会死掉，所以每天都给它浇水。”

放假的时候，智勋每天都汗流浃背地提着装满了水的铁桶，来来回回地在树下奔跑。“申智勋真是个温暖的少年啊。”

“有一天白天我没能给它浇水，所以晚上去补浇，结果当时正值某个月的十五，天上的月亮特别大。我大概浇了二十趟的水，然后抬头看了看月亮。我一下子就明白了，‘原来这就是爱情啊’。”

“爱是什么样的呢？”

“那种让你感到担心，想要为对方做点什么，做完之后感到很有成就感的东西。”

我抬起头来，深深地看着他。

将爱情定义为“give”而不是“take”的男人。爱着爱着就会自然产生的自私之心在他这里根本就找不到。他没有那种想让对方更爱自己，让对方更理解自己的贪婪之心。我无法彻底理解他的那种想法，因为它太过宏大，太过温暖。我无暇对自己的举动作出判断，不知不觉间已经很自然地抓住了他的手。

“原来你是那样一个少年啊。你可真是又善良又可爱呢，智勋。”

智勋看着我俩握在一起的手露出了微笑。他抚摸我头发时的那种感觉无比温柔，让我不禁用力地抓住了他的手。

“那时候我就想。如果年幼的申智勋身旁有另一个人就好了……我如果在他身边，肯定会拥抱他一下……”

当我回过头看智希和在景时，两个人脸上贴着面膜，早已经进入了梦乡。这两个家伙可真是的。我刚才有过多么善良而美好的想法啊。每次都只在我做坏事的时候才睁着眼睛啊，这帮家伙！

我帮智希和在景揭掉了面膜，然后在床的一边躺了下来。我没能轻易地入睡。我打开手机，悄悄地找出了硕贤的名字。他会因为我没回家而担心吗？再怎么说也会担心一点吧？

“哥，是我，今天我就在智希家睡了。”

我给硕贤的短信写了一半，然后立刻全部删掉了。

“智希啊，我借你的手机用一下！”我可对你说了哦！看着智希那放在桌子上的手机，我对着已经熟睡的智希自言自语道。然后我打开了她的手机，将要发给硕贤的短信输了进去。

“前辈，悦梅今天就在我家睡了。”

硕贤

“那你帮我转告悦梅，今晚我就在她房间里睡了。我的房间被姜娜弦给占了。”

给智希发完短信之后，我用无比无奈的表情看着娜弦。在半睡半醒中一边脱着衣服一边走过来的娜弦已经在我身旁睡着了。“这房子的宅基不好啊，宅基。住进来的女人一个个都不是普通角色啊。”我摇晃着脑袋从床上站了起来。

我走进了悦梅的卧室。我将放在床上的悦梅的衣服收拾到了一边，然后突然看到了放在化妆台上的申智勋的花。

“其实我很想把它做成标本，然后把它保管个五百年。”

我突然想到了悦梅的话，于是将花从花瓶里取出来并摔在了地上。我用力地践踏着，将花瓣和花梗都踩烂了。即便如此也难消我心头的怒火。申智勋牵住悦梅的手时的身影如残影一般在我的脑海中盘旋，让我不禁用力地甩了甩头。但这一切都只是想象。当我不自觉地睁开了眼睛时，申智勋的花还安然无恙地放在她的化妆台上。

悦梅说不定真的会离开我。自从我看到她和申智勋一起离我而去的背影之后，我的脑海中只有这一种想法。要想隐藏这种杂乱而不安的内心，唯一的方法就是不被发现。我一直以为那就是我现在可以给她的最好的爱。就算她自己并不知道。

我面无表情地将花从花瓶里取了出来，然后用面巾纸将花梗末端的水也擦干净了。我用一只手打开了化妆台的抽屉，从里面取出了悦梅的头绳。然后将花梗绑了起来。最后我将那束花倒挂在了化妆台旁边，就像干燥花一样。

如果对方是申智勋，我应该可以放心地将悦梅送走。那个男人看悦梅的目光中蕴含着安静的爱恋和信念。就算换成身为男人的我来看，也只能说申智勋的那个目光饱含着一种耿直的真心。我觉得申智勋应该可以抚慰我给予她的创伤，也完全可以治愈她。现在我似乎可以平静地接受这一现实了。

我躺在悦梅的床上盖上了被子。总有一天悦梅也会结婚吧？

悦梅的孩子会长得像谁呢？而且那个孩子会管我叫什么呢？到那时我还能留在她的身边吗？她那熟悉的气息让我感到深情而孤寂，也让我闭着眼睛想了她很久。但愿悦梅的爱情可以让她变得幸福。

当我和娜弦一起吃早饭时，悦梅回来了。

"花……是怎么回事？"

进了一趟卧室的悦梅用很郁闷的目光看着我嘀咕道。

"看到了吗？那是你哥我做的，喜欢吗？"

这样说着，我隐藏住了我的心意，那些不愿意被她发现的心意。

"好啊，你是个爽快的家伙。You win！可怜的家伙……真不知道就你这样的家伙怎么还会写作。"

竖着大拇指对我说了几句的悦梅绝望地摇了摇头。

"你知道后天朴导演要办 VIP 试映会吧？"

"是后天吗？"话说了一半，悦梅就对着与她眼神相交的娜弦问道。

"娜弦啊，要不你去啊？"

"我倒是也挺想去看那部电影的……"

娜弦一边看着我的脸色，一边对悦梅的话点了点头。

"朴导演该难过了。娜弦的座位我会另外打电话问问的。"

"你跟娜弦去吧。我得去约会啊。那天刚好是十五，我和智勋约好了晚上一起去看树的。"

悦梅说了一句“我走了”便走出了家门，而我则对着她的背影望了很久。

那天晚上，听说在景要办乔迁宴，我跟悦梅还有智希一起上了路。自从参加了轮船游之后，在景已经因为拖欠员工工资的问题而经历了一次难关。她肯定连租房子的钱也没有啊，这是怎么回事呢？在景告诉我们的地址也很奇怪。虽然确实是住宅的地址，但在景在这种情况下也不可能会买房子。智希和悦梅坐在车子的后排座上一直歪着脑袋纳闷。

就在这时，在景的聊天信息同时出现在了我们三个人的手机上。

“她说什么啊？”

我把手机向后递给智希问道。

“她让咱们把所有的东西都买过去呢。我买炸鸡，悦梅买比萨，前辈你买酒。”

智希看看悦梅又看看我，摇晃着脑袋说道。

悦梅将新收到的一条信息念了出来。

“还让咱们买纸杯呢。”

买纸杯？不是说要办乔迁宴吗？悦梅和智希也同样感到很讶异。

当我将车停在一个又黑又阴森的仓库门前时，我们用难以置信的表情看了看四周。我们确实是按照地址找来的。这时候仓库的门被打开了，在景带着灿烂的笑容迎接着我们。

在一个存放皮鞋的仓库中，一个被隔开的角落里摆放着在景的几件简单的家具。那里没有桌子也没有椅子。我们将炸鸡和比萨放在了一个箱子上，然后各自坐在别的箱子上，考虑起该如何接受这一现实。

“干杯，为了宣在景的东山再起！”

在景打破了这沉重的寂静，用灿烂的表情举起纸杯说道。智希和悦梅还有我则无言地看着那样的她。

“你真的打算住在这儿吗？干脆到悦梅家里来吧。这算怎么回事啊？”

“还能是怎么回事啊？”

听到我的问话，在景用满是爱怜的眼神看着我们。

“你这是在惩罚吗？惩罚你自己？”

“没错，就是那个。我打算在这里反省一下。”

“当初就不应该通奸啊，事到如今还反省什么。”

悦梅嘟嘟囔囔地说道。

“不是啊，不是那样的……我原本打算沾男人的光。这才是我想反省的事情。你们也知道啊，我并不爱李长宇，我跟他结婚完全是看上了他的条件。人格或者品性，跟我合适不合适，这些我都没考虑就结婚了啊。也没有问过自己到底爱不爱他。这就是我耍了小聪明的结果。完全不考虑什么真心，只是敲计算器得出的结果！”

在景对我们挨个地扫了一眼，然后轻轻地笑了笑。

“考虑自己的人生中哪些有害哪些有利并进行计算，这不是攻心算计而是理性。你什么都没做错，而且就算做错了也都已经过去了。没必要非得惩罚自己。”

听到我的话，在景摇了摇头。

“我叫你们来可不是为了让你们担心我。我是想让你们看看我是怎么在这里东山再起的。”

在回家的路上，我的内心不可能会平静。透过后视镜向后望去，只见智希和悦梅脸上满是对在景的担心。

“别再烦心了”，我开口说道。

“就算你想把她五花大绑带回来，她也不会乖乖就范啊。”

虽然早就知道了这一事实，但智希和悦梅却并没有做出什么回答。

就在这时，悦梅的手机铃声响了起来。她说着“智勋啊”，开始接起了电话，而我则透过后视镜看着她。看到她温柔地喊着另一个男人的名字，我心中的怒火熊熊燃烧了起来。她对着电话点着头，脸上的表情变得高兴了，一道耀眼的光芒一闪而过。

“既然你在清潭洞，那你就在那儿等一下吧。我也在往那边走，所以你没必要刻意赶过来。咱们就在岛山公园门前的咖啡店里见面吧。等会儿见。”

悦梅马上就会坠入爱河了。一旦坠入了爱河，悦梅就会将精力全部贯注于那份感情之中。作为一个比任何人都更清楚这一事实的人，我一下子就明白了她的那副模样正在说明什么问题。毕竟那是曾经对我表现出的模样。她那明朗的声音在我的内心深处久久地萦绕着，让我感到了一阵刺痛。

“看来你们俩进展得挺顺利啊？”

听到智希的问话，悦梅轻轻地点了点头。

“对了，你的内衣在我们电影院的办公室里呢。就是你之前放在我家的那一件。”

“是吗？那我也得去一趟电影院了。”说着，悦梅用手机看了看时间。

悦梅

我看到了娜弦和硕贤拿着爆米花走进放映厅的身影。直到两个人的身影从我的视野中消失，我才上了电梯。

我突然想到了和娜弦有说有笑地走进放映厅的硕贤。我用有些痛苦的表情闭了一下眼睛然后又睁开了。我，真的没问题吗？我不自觉地用手按住了胸口，一种无法控制的刺痛感传来。

我正要搭电梯到楼下的大厅去，这时又回头看了一眼。我以为现在一切真的没有问题了。我对尹硕贤和姜娜弦的想法也应该是如此。但在这时，我心中那个还没有完全长大的青春期少女突然蹦了出来。我的内心，我很想重新确认一次。我一把抓住了即将关闭的电梯门，然后重新按下了上楼的按钮。

“帮我弄个位置”，我走到正站在前台的智希身旁，对她拜托道。由于是 VIP 试映会，所以很难突然搞到票，这一点我也知道，但此时此刻的我已经管不了那么多了。可能是觉得我太可怜了，智希最终还是把我带到了硕贤和娜弦走进的放映厅。

我坐在空座位上看着银幕。在手提包里振动的手机被我关掉了。我猛然回头看了一眼坐在我身后约两排处的硕贤和娜弦，然后又将视线转向了银幕。我闭上眼睛想道，女人的后背上也长着眼睛，不，女人不是用眼睛来看而是用心来看的。

当我再次睁开眼睛时，银幕上出现的不是电影，而是娜弦和硕贤并肩而坐的身影。硕贤抓着娜弦的手，正在幸福地笑着。两个人正在用温柔的目光相互看着彼此。我此时此刻看到的东西到底是想象还是现实，这并不重要。我无所谓。那个影像并没有让我感到心痛。我对尹硕贤的心意变成了如此，让我感到了庆幸，但从另一个方面来讲，我又感到了无边的落寞。突然涌出的泪水立刻模糊了我的视线。

电影结束后，我从厅门走出来，看到智希正面带担忧地等着我。我说了一句“抱我一下”，然后就直接扑进了智希的怀抱中。在眼眶中打转的泪水最终还是落在了智希的肩膀上。我深深地吸了一口气，努力地平复着自己的心情。

大街上的灯光忽明忽暗，独自走在清潭洞大街上的我最终还是用手按着胸口停了下来。我无法相信，曾经让我牵肠挂肚了多年的爱情竟然会变成这样。那仿佛永远都会火热下去的爱情竟然会变得如此冰冷。那份爱情竟然变了，这一事实让我感到心痛不已。等到时光流逝过去，今天的这份心痛也会被遗忘吗？爱情只是这样而已吗？我所坚信的、期盼的、爱着的东西竟然会如此脆弱。我感到了一种无法控制的寂寞。

一个醉汉走过时碰了一下我的肩膀。那人摇晃了一下，然后站直了身子。我抬起头，看到了写有“岛山公园”的标识牌。我的内心突然一沉。我把跟申智勋约好见面的事情给忘了。一想到他肯定还在等我，我立刻向约定的地点跑了过去。

当我上气不接下气地跑到咖啡店门口时，刚好透过玻璃窗看到智勋正坐在里面。他果然还在等我。这一事实让我的内心重重地坠了一下。我闪身躲到了窗户旁边，调整了一下呼吸。这时候我才想起来将手机取出来并开了机。

“慢慢来吧，晚一点也无所谓。我会看着书等你的。”

“你没出事故吧？只要没出事故就行。”

智勋发来的短信一条接一条地冒了出来。我打开了短信窗口，然后输入了回信。

“我去不了了……对不起，现在才告诉你。”

我那样写着，突然感到似乎有一把利刃划过了我的内心。我不想以任何方式伤害他。我最终还是删掉了窗口里的文字，然后重新望着智勋。

每当有人走进去时，智勋都会抬起头向入口的方向看。他时不时地看着手机，脸上的表情一如既往的冷静。突然，我的视线和正在往窗外看的智勋交织在了一起。智勋可能是觉得我那将欲哭泣的表情有些不对劲儿，走过来之后抓住我的双臂问道：

“你怎么了？出什么事了？”

“我来晚了啊，你应该先责问才对。”

我一边甩开他的手一边回答道，而他再一次抓住了我。

他轻抚着我的双臂，用温柔的眼神看着我，而我却反而冲他发起了火：

“你是傻子吧？我关了手机，而且来晚了两个小时。就这样你还等我吗？”

“你这不来了嘛。来了就行了。”

听到他的回答，我忍耐已久的泪水最终还是流了出来。他无言地拥抱我的怀抱太过温暖，让我无法轻易止住泪水。缠绕着我内心的不安感和落寞感一瞬间就减轻了。他抚慰着我，仿佛在诉说着，一切都还好。因为看到路过的行人都在看我们，我刚要推开他，智勋却更加用力地抱紧了我。

“闭上眼睛吧。闭上眼睛之后，这世上就只剩下你和我了。”

我按照他说的闭上了眼睛。真的，我感觉这世上似乎真的只有他和我存在。我在他的怀里想道，如果是这个男人，他说不定可以永远陪在我的身边，说不定他永远都不会离开我。只要他是申智勋，就算我跟他分手成百上千次，他肯定也会毫无动摇地陪在我身旁。

那天晚上，智勋和我按照约定一起去看了树。

在运动场的一个角落里，我跟智勋并肩坐在树荫下，环视着整个保育院。在环绕着运动场的树木和游乐设施中间，有一个小小的看似分校的保育院。智勋会在那里的哪个地方生活过呢？我对着每个窗户看了一会儿，然后在心里想道：我喜欢的男人生活了三年的地方。在有的日子里，他在这里长了一截身高；而在另一段日子里，他在这里又有了内心的成长。“在他独自经历的那段岁月里，如果我能陪在他身边，他肯定会不那么孤单吧。”在树荫下，保育院的风景显得时而变远时而拉近。与上次来的时候不同的是，现在这里的风景显得深情而特别。智勋在树荫外对我伸出了手。我抓着他的手，走向了他的那棵树。

那是一棵制造出了夜空下最大片树荫的树。这棵树一直被智勋称为“我的树”。对于智勋来说，“我的东西”永远不是那件东西本身。他的心停留在他给予了爱恋，让他懂得了什么是爱的对象上，而那份正直而又温暖的心意让我不得不爱。我牵着智勋的手拥抱了一下那棵树。那树干粗得我们两个人也合抱不过来，感觉就像他那宽阔的胸膛一样。我保持着那个姿势，抱了它很久很久。

我们俩坐在树下一起看着月亮。智勋的手牵住了我的手。他用嘴唇轻轻吻了一下我的手背。那种让人永远难忘的温热，以及他脸上那温柔的微笑一瞬间就渗入了我的内心。智勋从后面抱住了我。我抓着他的手，就这样被他抱在了怀里。智勋将嘴贴在我的耳边，哼唱起了《月亮代表我的心》。我也跟着他一起哼唱了起来。

年幼的智勋正提着铁水桶从远处走过来。他看着拥抱在一起的我们俩露出了灿烂的笑容。这是个幼小却有着强大力量的少年。我对着年幼的智勋招了招手，让他赶紧过来。智勋抬起头看着月亮。少年放下铁桶跑了过来。我一把抱住了少年。

我很庆幸自己没有错过这份心意和这个瞬间。智勋抱着我，而我抱着年幼的智勋，三个人抬头看着月亮，我想，申智勋和我的爱情从现在就算开始了。

硕贤

悦梅说过了，要跟申智勋一起去看月亮。娜弦在我的酒杯里倒上了酒。听着周围人们的嘈杂声，我的视线集中在了嗞嗞作响的烤肉上。

悦梅说过，他要跟申智勋一起去看他的树。

似乎是一直在对我说话的娜弦轻轻地敲了敲我面前的桌子。娜弦用冷静的表情说了句：“我有喜欢的人”。

“然后呢？”

“我从直觉就能知道。如果我说我喜欢他，对方肯定会拒绝我。”

“然后呢？”

“那样我就得死心啊。但我就是死不了心。我的心属于我，但是我无法控制它，这很不像话啊。它根本就不听我的话呢。”

我没有回答娜弦的话，只是埋头喝酒。一股火辣辣的感觉扩散到了全身。娜弦静静地看了我一会儿，然后重新往我的酒杯里倒了酒。

我以为将悦梅送给申智勋之后，自己会安然无恙。但是此时此刻，我本想淡淡地接受的一切却开始逐渐崩塌了。我的心已经乱了，无法将注意力集中到任何事情上。娜弦将手伸到我那已经变得蒙胧的眼睛前晃了晃。娜弦叹了一口气，然后继续说道：

“我喜欢你，前辈。”

“那又怎样？”看到我用表情询问她，娜弦一下子就明白了我的回答是拒绝。但是她的脸上并没有很强烈的悲伤或动摇的神色。我放下了往杯子里倒酒的酒瓶，然后轻轻地对娜弦说道：

“我喜欢的另有其人。”

“那是谁啊？”

“我为什么要告诉你啊？”

“是不是悦梅姐？”

娜弦一边问着，一边用平静的眼神看着我。娜弦晃了晃脑袋。

“真奇怪啊。你们俩……真不明白问题出在哪儿。我看姐姐她似乎也对你没死心呢。到底问题出在哪儿啊？”

“我拒绝了她，而且她和我正在逐渐熟悉着分手的感觉。”

“你明明喜欢她……却拒绝她吗？”

“这本来就是我的方式。先离开，不被抛弃，先让自己成为孤身一人。”

我轻轻地笑着回答道。

我其实很害怕自己爱着爱着就变成了孤身一人。我会觉得先离开比被独自留下更好，也正是出于这个原因，比起不知何时会出现的痛心现实，我更没有信心面对的是那个说不定在我的身旁会受更大伤害的她。

“你为什么要那么做啊？不，不管理由是什么，我都无法理解。你为什么明明喜欢她却要瞒着她呢？”

在那一刻，我想到了悦梅和申智勋。仿佛想要甩掉那两个让我一直很在意的人一般，我用力地对着娜弦说道：

“我根本就没想隐瞒她。说谎话和不把事实说出来可不一样。我之所以将它埋藏在心底而不说出来……是因为我不想让我心爱的人变得更加痛苦。”

为了不对她造成伤害，也为了替她着想，我选择了这样的方式，而年幼的娜弦肯定无法理解我。我冲着娜弦轻轻地笑了笑，然后若无其事地喝起了酒。虽然那些话是说给娜弦听的，但同时也是说给我自己听的。

我现在必须将悦梅送走。送给申智勋，送给悦梅的另一个爱人。

恋爱能在清醒时谈吗？

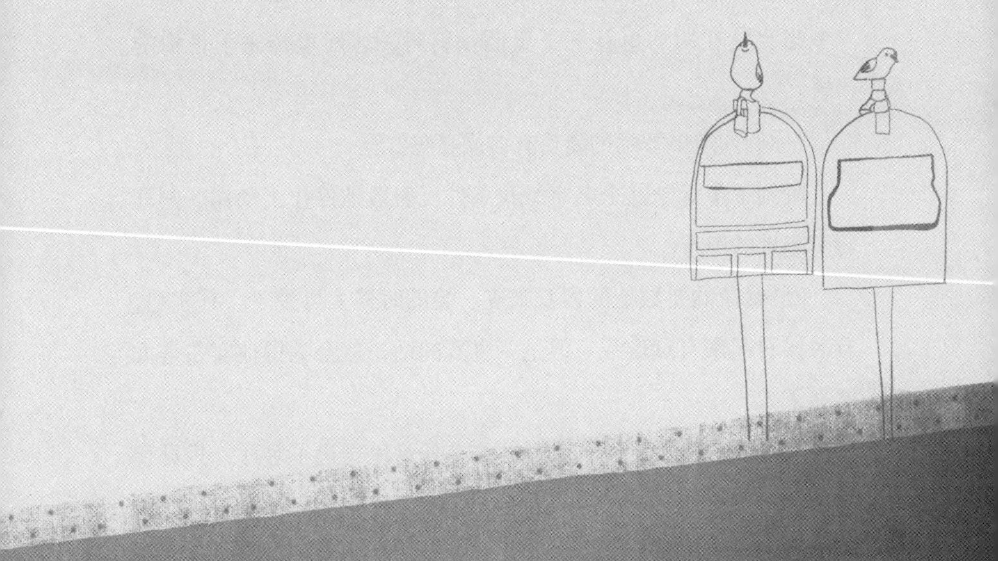

硕贤

悦梅开始了新的爱情。坠入爱河的悦梅是美丽的。不管是在幸福时还是在不幸时，只要是有了剧烈的感情波动，悦梅永远比任何人都更耀眼。她那特有的眼神和动作曾经都是为我存在的，但如今却在远处闪耀着不一样的光芒。悦梅是如此沉醉于这场恋爱，以至于仿佛我这个人从未存在于她的人生之中。

当我站在厨房里往杯子里倒饮料时，客厅里传来了悦梅的声音：

“你们知道申智勋的睫毛有多漂亮吗？”

听到了申智勋这个名字，我条件反射般地停止了动作，侧耳聆听起她的声音。

“最要命的要数他的内双眼皮。笑的时候太可爱了。其实吧，有时候看起来有点傻呢。但是一直看的话，就会觉得他实在是太漂亮了。”

“你就搞笑吧。”我将饮料杯放在托盘里送进了客厅，只见智希和在景正用和我一样的表情看着悦梅。仿佛拿她没办法一般，两个人摇了摇头，然后又把视线转移到了桌上的华夫饼盒上。

“然后是屁股！他那小屁股真是太性感了。”

好像根本就没把我们的反应看在眼里似的，悦梅依然用沉浸在梦幻中的表情喃喃自语着。

“不是说你还没看到么？”

听到智希无意中问出的一句，“虽然还没看到，但我确实很期待呢。光是看到申智勋的手指，我就感到悸动呢。你知道他的手指头有多长吗？真是让我心跳加速啊。”

悦梅自己嘻嘻笑着说道。

“我要是再听她说两遍，可就听够一百遍了呢。”

在景叹了口气说道。“我是两百遍。”智希也说了一句。

“一百遍？两百遍？跟她住在一起的我又该是几百遍啊！”

我也快被她叨咕申智勋的事情烦死了。

悦梅这才停下了话头。她撅着嘴，用略带怨恨的眼神看着我们。

第二天早晨，看到没有人再愿意听她说下去了，悦梅就蹲在门廊的楼梯上跟狗说了起来。坐在桌旁工作了一会儿，然后看着她的娜弦问道：

“她跟前辈你交往的时候也那样吗？”

悦梅本来就是个一对什么着迷就会迷到发狂的人。在她自己恢复正常之前，没有人可以阻止她。虽然无人知道她什么时候能恢复正常。

悦梅拍拍手站了起来。她说了一句“我出去了”，然后大步走出了院子。

“你今天也去见黑胶板吗？”

“他的名字叫申智勋，不是黑胶板，而是申智勋。”

悦梅立刻转过身走到我面前，一字一顿地用力跟我说道。

“知道了。申智勋。”

我轻轻一笑，回答道。

看着她的那副样子，我并不感到心痛。她在新的爱情面前表现出来的天真烂漫的热情只让我感到她无比可爱，这反而使我的生活比任何时候都更加安稳了。毕竟就算是在别人身边，我也真心希望她能过得比任何人都更幸福。

“你真的毫不在意吗？”

我正想要专心工作时，正在一旁观察我的表情的娜弦小心翼翼地询问道。

“什么啊？”

“你不是说你喜欢她吗？但是没问题吗？”

“那我该怎么办啊？”

娜弦偏着脑袋，盯着正在放松地笑着的我。

“你真是个怪人……你就不会嫉妒吗？”

“你知道嫉妒是什么意思吗？那是一种对比自己强的人产生的猜忌、厌恶，而且想贬低一番的想法！黑胶板哪儿比我强了？我干吗要嫉妒他啊？他是比我长得帅啊，还是身材比我好？你客观地想一下吧。作为男人，到底谁更有魅力？”

我没有搭理娜弦那无奈的表情，而是自信满满说了下去：

“是我吧？不只是你，就算是别人看也肯定是我！要嫉妒也得是那家伙嫉妒我，我干吗要嫉妒他啊？”

“……姐姐不是喜欢那个人吗！前辈你喜欢的女人喜欢上了别的男人啊！但是你却一副若无其事的样子，这像话吗？”

承认对方最本源的存在。为了自己喜欢的人而将自己的贪心、自己的期待以及自己的占有欲全部放弃，只是爱着那个人最原原本本的样子。如果是这种“存在容许式”的爱情，那就完全说得通了。

“那是什么意思呢？”我没有理睬娜弦那莫名其妙的神情，自顾自地拿着东西回到了客厅。我正要准备开会，跟着进来的娜弦说了一句“没什么了不起的嘛”，然后开始了回击：

“尊重所爱之人的自由，在恋爱关系内不进行支配，而是平等互惠的一种恋爱方式。比起自己的贪心，更关注对方的安宁和成长的爱情。这跟安东尼·吉登斯所说的‘同心协力式’爱情是相同的概念。”

她说得没错。“知道就行了”，说着，我满不在乎地坐在了沙发上。

“你其实还是嫉妒吧，前辈。”

坐在对面沙发上的娜弦犹豫了一下，最终喃喃自语道：

“……你有点，像个疯子。”

“啥？疯，疯子？你说谁是疯子啊？”

"这可不是普通人可以理解的程度啊！"

"我可是个超越了普通的人。我的长相就很非凡，而且连身高也很出众啊。"

"不对，那是非常没出息。"

"你这小东西！竟敢对你伟大的前辈说这种话。"

虽然我已经在拿前辈的身份压她了，但娜弦却依然毫不示弱地说出了决定性的一句：

"前辈你这是觉得嫉妒是一件让人羞愧的事情吧。你是把它当成了自尊吧？你这就是没出息。你根本就无法忠实于自己的感情。以后……说不定你会崩溃呢。"

听到娜弦的话，我的表情一瞬间就僵住了。我之所以选择这种方式就是为了能够忠实于自己的感情。我并不后悔。但是我无处可逃也无处可藏，就这样被赤裸裸地看穿了心思，这使我的内心深处感到了一阵冰凉。

悦梅

当我带着喜悦的表情刚走进咖啡店，我就抓着智勋的手把他给拉走了。智勋乖乖地跟着我走了出来，而我用眼神指了指正放在咖啡店门廊上的一个花盆。花盆里栽着一棵银杏树的幼苗。

"这是咱们的树呢，好好养大吧。将来让它长出银杏果。"

我用自豪的眼神看着智勋和花盆说道。

以"咱们"之名，我和智勋被绑在了一起，这种感觉非常好。这种让我可以和他一起成长，一起实现梦想的纽带般的存在让我感到了喜悦。我一脚踏入了他那毫无保留的爱的世界，而现在，我也很想向他伸出手。正当我觉得自己正在逐渐被他感染时，“这是女的还是男的啊？”智勋看出我是在毫不知情的情况下买的，于是收起了笑容问道。

这个问题出乎了我的意料。我做梦也没想到树木也会有性别。智勋说，银杏树也是分雄雌的。他还说在银杏长到二十年树龄，开出花结出果之前，没有人能够分出它们的雄雌。我看着花盆，小声地嘀咕了一句。如果这是棵雄性银杏，二十年之后就会不开花也不结果啊。我的肩膀突然耷拉了下来。智勋看了看银杏树的高度：

“既然长到这么高了……应该有五岁了吧。听说一年会长十五公分呢，只要再养十五年就行了。”

可能是看出了我的失望，智勋看着我的眼睛，温柔地回答道。

智勋总是首先看穿我的心意并给予抚慰，这一点让我无比喜欢。我立刻开心了起来，抓着他的手问道：

“明年咱们把它移栽到地里吧？”

智勋点了点头，表示赞同，同时露出了一个让我心动的笑容。

“话说你怎么会这么清楚啊？”

“我不是说了这是我喜欢的树嘛。喜欢它就意味着要对它了解得非常透彻。”

到现在为止，我会不会一直都只是在盯着自己想看到的东西看呢？在听到他的回答的那一刻，我突然有了那样的想法。我在看待一切事物时，使用的都是我自己的尺度。这说不定就是我越是喜欢某样东西或某个人就越是会生气的原因。

当我接受了“透彻地了解”就是“接受它本来的面目”这一理念后，此时此刻的我似乎有点明白他有多爱我了。我愣愣地看着智勋。他可爱得让我无法忍受。我们给了彼此一个灿烂的微笑，然后重新回到了咖啡店里。

“我今天不去录音室了。我要在这儿打工。”

我的话刚说完，智勋就问道：

“干什么？”

他那吓了一跳的表情显得又有趣又可爱，使我忍不住靠在蛋糕展示柜上再次念叨了一遍：“打工！”

“你打算付我多少时薪呢？”

“我该付你多少呢？”

“亲我两万次，就算日薪了。”

“要是想把日薪全都拿完，你今晚可就没法回家了。”

回答完后他笑眯眯地。可能是觉得我的话是开玩笑，智勋用眼神指了指外面问道：

“出去吧……想去哪儿啊？去看电影不？”

“我要打工啊！我不是学过做咖啡嘛。还是跟一个超级帅气的老师学的。”

智勋这才收起了架在蛋糕展示柜上的胳膊，用认真的表情看着我。我抬起手指着他，脸上带着足以让他心动的笑容。

“你真的要做吗？”

智勋不知不觉间已经带着开玩笑似的表情向我问道。我不失时机地点了点头。

在职工室里，智勋亲自给我穿上了围裙。

他那满是调皮的目光扫过了我脸上的每一寸肌肤。看着他那让我喜爱的模样，我的内心深处射出了一道温柔的光芒。我不想把申智勋独自留下。我想尽可能地陪在他的身边。那种想法充满了我的内心，让我感到神奇，也感到喜悦。

"你真的没问题吗？"

我点头表示肯定，然后把脸凑了过去。

"预付一点工资。"

智勋的嘴唇轻轻地吻了一下我用手指头敲了几下的部位。

"还剩下一万九千九百九十九次。"

他带着灿烂的笑容回答道。

我用双手捧住了他的脸颊。我踮起脚尖，将我的嘴唇贴到了他的嘴唇上。

"又变成两万次了。"

我微笑着抬头看着他，而智勋则仿佛美得冒泡一般紧紧地抱住了我。

他将咖啡店入口处的指示牌转成了"CLOSE"。

智勋一瞬间就抱住了我的腰部。他抱了我一会儿，然后将我放到桌子上，用天真烂漫的声音说道：

"那么，咱们上楼去我家吧。"

“去家里干吗？”

“一个健康的男人在半夜十一点找你去他家还能干吗？”

突然变得寂静了。

耳畔只传来挂在桌后墙上的钟表秒针发出的滴答声。“是啊，他想做什么呢？”我没能隐藏那微妙的表情，在心里想。说不定今晚会成为一个火热而漫长的夜晚。某种期待和悸动涌了上来，让那一层又一层传播开的悸动扩散到了全身。

“夜宵！”

智勋带着灿烂的微笑，将炒米糕放在了餐桌上。

“肚子不饿吗？”

我静静地看着炒米糕直撇嘴，他看着我的脸色说道。

“智勋……你真的……健康吗？”

我一边问着，一边对着他正在给我递筷子的胳膊瞄了一眼。

原本变得无比火热身体和心灵，全都仿佛被投入冷水中一般瞬间冷却了下去。夜晚，而且还是在深夜，一对年轻男女正共处在同一个空间里。而且这对男女还正值爱情之火刚刚燃起，哦不，是轻轻触碰一下就会熊熊燃起的时候。心里觉得遗憾难道是一件坏事吗？

“嗯，怎么了？我看起来不健康吗？”

“不是啦。”

我看了看他的那对有些朦胧的笑眼，然后接过了筷子。

“你……期待什么事情了吗？”

“没那回事啦。”

我一边吃着炒米糕一边抵赖。他在问句的句尾假惺惺地来了个升调，仿佛早已经洞察了我内心的想法。太讨厌了。我偷偷地斜睨了他一眼，结果刚好跟智勋来了个四目相对。

“实话实说吧。那个期待……我可以满足你的。”

智勋有些肉麻地说道。

“不是你说，而是让我说出来是吧？”他肯定觉得此情此景非常有趣。看到我默不作答，智勋悄悄地盯着我的脸。

“真是太可爱了。”

“你更可爱啦。”

“我这不叫可爱，而叫有男人味！我可是有段位的跆拳道练习者！”

“到底什么叫有男人味……等我回家之后好好想想吧。”

我从餐桌下扫视着智勋的腿，小声地嘟囔道。他动了一会儿筷子，突然停下动作，扑哧一声笑了出来。我立刻开始装蒜，悄悄地看着智勋。

“说来听听，什么叫有男人味。我现在应该怎么做啊？”

现在应该怎么做？身为男人的智勋肯定比任何人都更清楚。然而他的脸上同时露出了单纯和真挚，这让我明白了他是在真心地发问。

之所以能将自己懦弱的或者单纯的一面拿出来示人，正是因为他其实是一个真正强大的人。感受着他的眼神中射出的坚毅之波，我再一次被他迷住了。坠入爱河后，人会变得多单纯呢？此时此刻，他的目光正在给我答案。他那单纯的模样虽然很有男人味，但在另一方面，他还有一种让人无法否认的性感。

“不知道就算了。”

这次因为不想被发现自己的心事，所以我装模作样地回答了一句。

可能是突然感到血气上涌，智勋开始呼呼地喘起了粗气。论到害羞，其实我也是一样。一种让人悸动又让人难堪的奇妙气氛不知不觉间围绕在了我们身边。

硕贤

当我坐在客厅的沙发上和娜弦商议时，推拉门被拉开了。从门后面探出头的悦梅显得和平时不太一样，她小心地开了腔。她拜托我听一听今天刚录完音的新歌。“还拜托什么啊”，说完我就站了起来。

我靠在工作室的沙发上，舒服地看着悦梅。每当悦梅做好了一首曲子，她总会最先放给我听。越过她小小的后背，我看到她打开了笔记本电脑并将U盘插了上去，那模样在今天显得格外温暖而让人心生感慨。无论在何时，我们的日常生活总会跟对方的生活紧密地契合在一起，显得无比自然。仅凭这些就足够安慰我了。虽然恋人的关系结束了，但我们却从未在对方的人生中缺过席。

悦梅把音响的声音调高了一点。伴随着舒缓的前奏，我闭上眼睛聆听着歌词。每当我们翻过人生中的一个篇章时，悦梅总想将那每一个瞬间像书签一样珍藏起来。每当那时，她都会写一首歌。有时是一首有下划线的歌，有时是被撕裂的歌，还有时是带着泪痕的歌。我比任何人都更清楚，她的大部分歌曲都是用对我的感情写出来的。

我悄悄地看着悦梅。看着她闭上眼睛跟着哼唱的样子，我从直觉上就能够知道。这就是我跟她的离别之歌。她在人生的某个篇章中写下了关于我的句号。

一个比我自己更爱我的女人。因为爱，所以觉得吃力，因为吃力，所以想要摆脱这一切的女人。为了不给她造成伤害，我每次都不得不当着她的面转身离去。虽然我寻找了一辈子，但除了让我自己变成孤身一人之外，我再没找到其他可以爱她的方法。我的眼眶变得湿润了。当歌曲到达高潮部分时，我不得不做出了决定。我此时此刻的这种心情绝对不能被她发现，而且是永远不能。

“怎么样？还好吗？还行吧？还不错吧？”

“这是你跟我分手之后写的歌吗？”

悦梅点点头表示肯定，同时避开了我的视线。我知道她心里怀着一丝愧疚。我伸出手掌，放在了她的面前。既然我也帮忙了，我想让她用其他的方式报答我，不单只是让我第一个听她的这首歌。

“你的脸皮也真够厚的……好好想想你对我造成了多少伤害吧。”

悦梅很郁闷地对着我嗫嚅道。

“托我的福，你不是跟黑胶板好上了嘛！”

虽然说的时候是一副淡然的样子，但那句“托我的福”却让我的心感到了一阵火辣辣的疼痛。

“好啊……真是太谢谢你了。要我背着你到处走吗？”

悦梅一边关电脑一边轻轻地白了我一眼。

“他对你很好吗？”

我一边看着前方，一边假装漫不经心地问了她一句。

“那当然了，他可是我的真命天子。”

“说得可真够伟大的。天底下哪有什么命运啊！”

“尹硕贤先生，命运其实没什么了不起的。在绝妙的时刻自然地在彼此的人生中登场，于是彼此就变成了对方最珍贵的人。那就是命运，也是人生啊！”

“这个嘛，毕竟我不相信这世上存在什么命运。”

“之所以在你的人生里没有命运存在，正是因为你从未努力地创造过自己的命运。”

“砰”的一声，悦梅的话突然震彻了我的心灵。那种感觉就像在出乎意料的一瞬间被人打了一下。

“不对，应该是因为害怕被命运捆绑住，所以事先避开吧。难道不是吗？”

正在整理工作台的悦梅转过身来反问了我一句。

她说为了爱情，人需要表现出坚强的意志。还说意志坚强的爱情才是人生，是命运。那句话太过沉重地压住了我的内心，使我在悦梅走出工作室之后依然久久地坐在了原地。

悦

梅

我做好了上床睡觉的准备，然后走进了厨房。

“你知道我向他表白之后被多么冰冷地拒绝了吗？”

坐在餐桌旁吃方便面的娜弦嘟囔了一句。

“他拒绝的时候说了什么？”

我停下了往杯里接水的动作，面对面跟娜弦坐在了一起。

“我是绝对不会告诉你的。”

“为什么？”

“你们俩不是普通的兄妹关系啊。我最近知道了很多事情呢。”

我无法给她任何回答。虽然这已经是过去的事情了，但娜弦的话却一点错也没有。当我正静静地看着水杯时，呆望了一会儿的娜弦突然问了一句：

“这段时间你明知道我喜欢前辈却一直在装蒜吧，不过我原谅你了，所以你跟我说句真心话吧。你对前辈其实还有想法吧？”

我摇着头表示没有。娜弦用不相信的眼神看着我。

“真的啊。我们……至少我已经把能做的都做过一遍了。”

“到底做了多少啊？”

“谈恋爱时能经历到的一切？感到心动……感到幸福……相互争吵……彼此伤害。”

我和尹硕贤的恋爱使我明白了人的感情能够以多么全面的方式袭来。既幸福又孤单；充满喜悦又无比心酸；痛苦难忍又精神恍惚；辛酸苦楚又甜蜜醉人。而那所有的感情最终又都被落寞感所支配。

“我们还曾经在明洞的闹市区打过架哦，场面非常丑陋。”

我笑着对娜弦说了起来。

虽然我在笑，但那段惨痛的回忆却还像今天刚发生的事情一样历历在目。

三年前的某个周末，我在明洞的闹市区找到了原本说要去新村办事的硕贤。他说他是为了电影《出了故障的情侣》的选角问题而和女演员尹江姬见面的。问题是那个女演员在出道前曾经跟尹硕贤交往过。我当时以为他说的话都是狡辩，都是谎言。

“别说谎了。你出门的时候明明说要去新村。这里是新村吗？”

“是啊！我是约好了再出门的！今天本来想好好玩玩的，结果被你发现了，事情就泡汤了。行了么？”

“所以你才说不想跟我结婚吗？就是因为尹江姬吗？”

“我的话还重要么？你愿意怎么想就怎么想吧。”

说完硕贤就转过身去，大步向前走了。

在看到尹硕贤后背的那一刻，一股怒火从我的心口冒了出来。他的每一句话，还有那种让我自己琢磨的态度，使我感到了一种难以忍受的憋闷。忍耐已久的愤恨和怒火突然爆发了出来，我将我的包朝他的后背用力地扔了过去。从包里掉出来的东西一瞬间就在大街上掉落了一地。被打了一下的硕贤转过身来，用冰冷的目光看着我。

“我让你别先止住话头转身离开吧。”

“赶紧捡起来。”

他艰难地维持着理性，紧咬着牙关向我走了过来。

“在那种情况下任谁看都会误会啊。你应该好好向我解释的！”

我瞪着眼睛，毫不示弱地面对着走过来的硕贤。

“还不把包捡起来？”

“这个包也是你给我买的吧？我不需要了！”

看到我对着包踢了一脚，硕贤说着“你这家伙”，手一瞬间高高地抬了起来。

“你想打我么？来打啊。还是打我一顿更好。整天不搭理人家的话，天底下就你最了不起是吧？”

硕贤用手掌推了一下我的肩膀。被推得后退了一步的我立刻满眼怒火地冲他扑了过去。我已经不把任何东西放在眼里。

“坏家伙！既然想这样，那咱们就结束吧！”

我使劲儿地打着硕贤，拼命地喊了起来。

围观我们的人群开始议论了起来。硕贤用力地推了我一把。我被推到了身后的水果摆放架上，跟水果一起摔在了路面上。我一边站起身来，一边顺手捡起旁边的水果冲他扔了过去。硕贤也朝我扔起了水果。那些被砸碎的水果从我们身上流了下来。

当清醒过来时，我们已经在拘留室里了。虽然我们第二天好不容易跟水果摊贩达成了和解并离开了警察局，但当我们面对面坐在饭馆里吃饭时，相互之间却一句话也没说。整个衣服上沾着的水果汁已经风干了，但水果的味道依旧很浓。

那时候我们整天因为结婚的问题而争吵。虽然相互之间已经厌倦了，而且彼此恨得要命，但就是没能分手。说不定我们当时正在寻找一个分手的借口。

“分手吧。”

眼圈发红的硕贤最终先开了口。

“好啊，还是分手比较好。”

我从手指上摘下了戒指，然后将戒指丢进了一旁放骨头的铁桶里。硕贤也摘下戒指丢进了那个桶里。我们一言不发地吃完了饭。我用纸巾擦着流下的泪水和鼻涕，坚强地喝完了汤。

在他对我说了他对于结婚的想法之后，时隔一个月，这事儿就发生了。这件事在后来成为了我们多年的痛。

“真够火爆的。看到有情侣在大街上打架的时候，我还觉得他们很没出息呢……”

“你肯定很纳闷我们为什么还不分手吧？”

听到我神情复杂地问了一句，娜弦点了点头。

“是啊，早知道就早点分手了。也不知道当时到底还想再做点什么。不过啊……或许正是因为如此，我才不会对他有任何留恋吧。可能是因为我们已经把能做的事情都做过了，所以我没有任何后悔的感觉。要说庆幸，这也真挺值得庆幸的。”

“你现在知道他为什么不想跟你结婚了吗？”

“虽然我也曾以为他肯定有什么理由，但我最终得出的结论是，他的不回答就是一种回答，他不选择我也是一种选择，而且没有理由也算一种理由。我已经不想再知道更多了。”

我是真心的。在绕着缘分的高墙转了无数圈之后，我能对尹硕贤下的结论只有这一个了。

硕贤

我从衣柜的深处取出了一个箱子。这只箱子里只装有和悦梅有关的东西，她和我一起经历过的岁月也被完好地保存于其中。那些东西可以被称为回忆。如果这个名字太过平常，也可以换一个专属于她和我的固有名词。

我在军队服役时收到的悦梅的来信，还有在轮船游时拿回来的悦梅的照片。我从这些东西下面取出了隐藏着的戒指盒。打开盒子后，并排摆放的两枚情侣戒映入了眼帘。

为了能永远在一起，我们好不容易立下了这个盟约。这是她与我定下的第一个誓约，我们相约不逃避责任和未来。起码在三年前，我第一次也是最后一次主动与悦梅分手前是那样的。

当我们经历第五次离别时，我不得不面对那早已变成一堆碎片的约定。那时候我们经常因为结婚这一现实矛盾发生冲突。她怨恨我，而我则惧怕她。我没有余力来应付那个一说到结婚就失去理性、盲目向前冲的她。怒火点燃了新的怒火。她的怒火点燃了我的怒火，而我的怒火又变成了她的怒火。我们所有的思考方式变成了相互撕咬、相互抓伤等动作的不断重复。因为我们心痛，我们无法放手，我们想在一起。

几天后，我怀着一丝希望去了饭馆。万幸的是，我从坐在收款台后面的老板娘那里拿回了我们的戒指。坐在公园的长椅上，我对着悦梅的戒指看了好一会儿。那种因为没有满足她的要求而产生的羞愧感和罪恶感不停地折磨着我。就算是在现在也是如此。

我带着复杂的表情看了一会儿情侣戒，然后把男戒取下来戴在了手上。我悄悄地看着自己的手。结婚。不再是“我”和“你”，而是成为“我们”，在一个框架内开始新的生活。我并不是不想结婚。我也很想拥有像别人那样自然而平凡的生活。不过，一想到有一种无法保证的未来在前方等待着我，我就浑身直打冷战。

不管那是什么，我今后都将无法满足她的要求。现在，我必须重新向自己做一个保证了。我要帮助她，使她的爱情可以使她得到幸福。我要守在她身旁，使她的新恋情不会让她心痛，不会让她受伤，不会让她磕着碰着。那就是我现在可以为她做的全部。

当我接受了这一事实后，我的内心就变得冷静一点了。我整理了一下自己的心情，然后摘下戒指放进盒子里并盖上了盒子。

第二天早晨，我一边跨过推拉门一边喊悦梅。从外面走进来的悦梅问我喊她干什么。

“你出门了吗？”

“我去公园骑了一会儿自行车。话说我的自行车怎么变得这么脏了啊？”

“昨晚下雨了嘛。你过来看看你哥我买了啥。”

说完，我用眼神指了指放在餐桌上的烘焙坊包装袋。看到悦梅很眼馋地跑了过来，我将一块刚出炉的面包递给了她。

“拿去送给黑胶板吧。”

正准备吃一口面包的悦梅突然把手停在了半空中。正在泡咖啡的娜弦也静静地看着我。眼神中满是“这情况是怎么回事”的疑惑。

“反正你都要拿过去，今后我就连黑胶板的份也买了吧。”

无语了！娜弦和悦梅露出了相同的表情。“你没必要做到这种程度啦”，悦梅一边吃着面包，一边笑得一抽一抽的。

“你就那么高兴么！”

“嗯，我超级高兴呢。我又要喜欢上你了呢。”

她的那副咋咋呼呼的样子让我很高兴。就算能让她高兴起来的事情跟别的男人有关也没关系。只要能像现在这样，每天都是欢笑就好。

悦梅

“面包好吃吧？”一边从水里捞出漂洗好的餐具，一边向和我并肩站在洗碗池前的智勋问道。

“如果我说好吃，你明天还买吗？”

原本在用干抹布擦餐具的智勋停下了动作，对我眨眨眼问道。

“再买点啊？”

“不用，你能每天来陪我一起吃午饭，我就已经感激涕零了。”

“只是感激而已吗？”

“好啦，你真是太可爱了，你这小乖乖。”

“小乖乖？”

我停下了动作看着智勋。原本在把擦好的餐具往晾晒架的他突然拿眼睛瞟着我。刚才那三个字回荡在他那张笑脸上方。竟然说我是小乖乖。竟然说我是小乖乖！

“在朱悦梅三十三年的人生之中，竟然第一次被人称为小乖乖！”

就在我张着嘴呆望着智勋时，我原本洗着的盘子突然有水溅到了智勋的上衣上。当我清醒过来时，他的上衣早就已经湿透了。看到我慌慌张张地向他道歉，他一边说着没事一边走进了卧室。

“天啊……竟然管我叫小乖乖呢，小乖乖！”

那种感动久久没有散去，让我再次陷入了一阵痴迷。我的内心前所未有地感到了一阵仿佛要爆裂开的鼓胀。我光是想想就美得冒泡了，于是赶紧擦干了手，跟着智勋进了卧室。

“智勋，话说我就那么乖吗？”

话没说完，我立刻用手挡住了脸。智勋已经把上衣脱掉了。他站在壁橱前回头看着我，满不在乎地问道：

“你刚刚说什么？”

“没事，没什么。”

我转过身来，吞吞吐吐地嘀咕道。我又悄悄转过身来，一点点地张开了手指。透过我的指缝，我看到了他的上半身。肩膀下面那坚实的腹肌，光滑的皮肤，结实的手臂肌肉，裤子上方露出的内裤，内裤上方露出的耻骨。一切都如梦似幻，让人忍不住上去摸一把。

“哎哟，我这是在笑啊！”

我轻轻地摇着头清醒了过来。不过，看着正在穿衣服的智勋，我立刻点起了头。

“嗯……还不错。”

一瞬间，笑容重新绽放了出来。

“不，这已经算很了不起了！”

趁着我看着智勋的身体独自傻笑的工夫，他已经套上了衣服，然后一边扣着扣子一边向我走来。

这样看来，每当我跟智勋在一起时，根本就用不着生气。而且也用不着去触及感情的底线。每个瞬间都被平和的气氛给充满了。仿佛我本来就是个小乖乖。

硕贤

我在院子里擦拭悦梅的自行车。我一边仔仔细细地擦着脏兮兮的自行车，一边呆呆地看着这辆申智勋送给她的自行车。

“你干脆还是嫉妒吧，前辈。”

我突然想起了娜弦说的话。就因为悦梅喜欢申智勋，所以让我嫉妒他吗？嫉妒是那些一点自信也没有的家伙才会干的事情。那些没有胆魄，而且不够尊重自己的可怜虫们专属的东西。

“我干吗要做那种没出息的事情啊？”

我一边将擦好的自行车放到大门口，一边轻轻地嘀咕了一句。我深呼吸了一口，然后走回了院子。

“雷克斯啊！朱蒂啊！”

我温柔地摸了摸两只爱犬的头，露出了浅浅的笑容。

“朱悦梅她……有了新的世界呢。”

我很清楚。如果不在人生的某一页上写下句号，也就无法翻到下一页。她已经开始在新世界书写新篇章了，这让我感到了温暖，又感到了落寞。

“我所不知道的世界……那个叫申智勋的世界……”

她与我，我们俩之间也曾有过那样的世界。但在此时此刻，我已经无法触及她的那个世界了。我静静地坐在那里想着悦梅。

“我再给你一次机会。既然已经知道了你的真心，我就不会再感到不安了。咱们到底是应该像这样分手成为陌生人，还是应该不管怎么争吵也要一起寻找真爱，你好好考虑一下吧。”

在第七次离别时，悦梅如是说道。

“我已经下定了决心，就算咱们会继续争吵下去，也要和你一起寻找。我要找到真爱。”

虽然内心已经被撕成了碎片，但悦梅却依然坚信着那就是爱情，并再次向我伸出了手。

“我是个一条路走到黑的人。所以就算你讨厌我也没办法。因为那就是我。我必须要跟你一条路走到黑。不管最终会走到哪里。”

每当我内心开始挣扎，断定这就是终点时，她总会越过那终点并等待我。

那句话我是有一点相信的。我以为只要她是悦梅就可以做到那样。而且只要悦梅那么做，我也可以稍微依靠她一下。此时此刻，我不得不承认，我曾经在不知不觉间对那个不知终点为何物的她充满了期待与信任。那个事实让我痛得难以忍受。

我闭上了眼睛。某种东西在一瞬间涌了上来，使我艰难地调整了一下呼吸。伴随着越来越大的喘息声，我的肩膀颤抖了起来。

这个骗人的家伙。

一股不可遏止的愤怒让我扭过头望着院子。我就那样站了起来，大步穿过了院子，走向了悦梅的自行车。我用尽全力将它扔了出去，只见那飞出大门的自行车在一声巨响中摔在了地上。我用力紧握着的拳头和嘴角正在不停地颤抖着。喷涌而出的愤怒与失望和痛苦久久无法消散。

自行车上掉下来的车筐一直滚到了从对面走过来的娜弦脚下。娜弦带着凝重的表情依次看了看滚过来的篮子、自行车还有我。我这么一副样子最终还是被娜弦看到了。在那一刻，我对自己产生了一种无法忍受的厌恶感。娜弦突然大步地走了过来。

“给我站住！”

朝我走来的娜弦突然停住了脚步。

“要是敢靠近我，我不会轻饶你的！”

仿佛脚下画着圆圈一般，我条件反射般地看了看脚下，然后朝着娜弦吼道。

不知该如何是好的娜弦最终鼓起勇气向我迈出了一步。

“你，我说过禁止你靠近我的吧。”

娜弦没有理会我退后一步的动作，自顾自地又迈出一大步说道：

“也就是说……前辈……嫉妒……这就算开始了吗？”

悦梅

那一刻，我们舍不得分开，就那样抓着彼此的手不放。黑暗的夜晚，我紧紧地牵着他的手走到了路灯照耀着的家门口，然后看看他又看看家。就是那样的一个时刻。

虽然智勋说了一句“进去吧”，但他也同样不舍得放开我的手。我们已经在小区里转了一个小时，这已经是第三次在家门口徘徊了。

“咱们就再去溜一圈吧，就当是散步了。”

智勋笑着说道。说完俏皮地抬了抬手，就再来了一圈。

我们走向了智勋的咖啡店，距离我家越来越远了。我将身体依偎在将手放在我肩膀上的智勋怀中，一步一步地走着相同的路。这样的散步在我的人生中并不是头一次。

十多年前，我也曾跟尹硕贤一起度过了这样的夜晚。我们那天在学校图书馆和社团活动室的大楼之间走过来走过去，也同样是因为不愿意分开，所以把相同一段路反复走了好几次。

那一夜，路灯下是一片影影绰绰，四处弥漫着灰蒙蒙的雾气。硕贤和我站在社团活动室的大楼前，彼此紧紧地抓着对方的手，久久不愿意松开。

“明天在家里还会见面的啊。”

看到他只是抬起头静静地看着大楼，我小声地劝慰道。

“闭上眼睛。”

“干嘛？”

“我要亲你的嘴”，说完硕贤就轻轻地吻了我一下。

我在看了看四周又微微一笑在硕贤脸上亲了一下。就好像这世上只存在我们俩一般，我们就那样站在那里，调皮地互相感受着对方的脸和嘴唇。

智勋紧紧地抓住了我的手。我们在巷子里转了又转，最终又走向了我家。刚才聊的内容早已消失不见，他依然用很惋惜的表情看着我家和我。申智勋肯定也不是头一次这么散步吧。说不定他也和我一样正在回想曾经经历过的恋情。

“闭上眼睛。”

我抓着智勋的手，对着他低语了一句。

现在进行着的恋爱和过去的恋爱产生了微妙的交集。而且更厉害的是，一个三十三岁的女人开始模仿起了以前的恋爱。

“干吗？”

“我要亲你的嘴”，说完我吻了智勋的嘴一下。

当我挪开嘴唇后，他带着深情的眼神抚摸着我的脸颊说道：

“闭上眼睛。我要和你接吻。”

他的嘴唇一瞬间就靠了过来。当我觉得这个男人的吻也是在过去的恋爱中学会的时，他那温柔的亲吻一下子变深了。

虽然我和智勋经历过的所有事情都不是第一次，但感觉就像第一次一样让人心动。在现在这种状态，我和他共同经历的一切都无比新鲜，让我觉得所有的感情都被剥去了一层皮。一切都那么特别，所以无比珍贵。当我们的嘴唇分开后，我看着正笑得无比满足的智勋想到：这世上所有的恋爱都可以被称为初恋。

“在这个时候产生了彻底的区别。这跟过去的恋爱完全不是一个档次的。”

坐在餐厅里，我用兴奋的声音对在景和智希说道。

“你觉得怎么样？你想结婚吗？”

在景在等待着我的回答。

昨天下午，我跟智勋带着各自做好的便当去了保育院。跟孩子们一起吃完饭后，我跟智勋一起走向了他的那棵树。

智勋说他想赶紧跟我结婚。我们开始交往还没有多长时间，他却突然说出了要结婚的事情，这让我有些吃惊，只得静静地抬头看着他。

“我不想孤身一人。”

“所以我不是经常陪你嘛。”

“光是经常陪可不够。每当早晨睁开眼睛时，你都得在我身旁才行。而且你知道我喜欢孩子吧？你不觉得我会成为一个好爸爸吗？”

面对带着温柔的目光说话的他，我点了点头。

我真心觉得智勋应该可以成为一个好爸爸。他的那颗正直而温柔的慈爱之心可以给孩子们无与伦比的父爱，我对此深信不疑。而且他肯定也能成为一个好丈夫。

“我可以玩弄你，也可以两边来回跑。是谁这么对我说的来着？”

我偷偷地笑着，用调皮的表情向他问道。

“那种话你都信啊，傻瓜。我说你可以玩弄我的内心，也可以两边来回跑的那些话，今天全部取消。我不能送你去那个男人身边。干吗要送你走啊，我这么喜欢你！”

那样回答的智勋显得无比可爱，让我喜笑颜开了。

“所以说，咱们确实会结婚吧？”

智勋将手放在了我的肩膀上，悄悄把脸凑过来看着我问道。

“我会考虑一下的”，我一边用手抱住他的腰一边回答了一句。“别考虑了，直接答应我吧。咱们结婚吧。”

智勋停下了脚步，看着我说道。

主动将我寻找了许久的答案交给我的男人。轻轻松松地就将我想要已久的答案交给我的男人。申智勋就是那样的男人。那是句我从来都没有听到过的话。我心中的一个角落被照得一片光亮，但不知从何处冒出的一种奇妙的感觉却让我故意岔开了话题。

“真可爱。”

“不是可爱，而是有男人味啊。话说回来，你敢不敢先好好回答我啊？你到底愿意不愿意跟我结婚啊？”

“真是被你烦得不得不愿意了呢。”

“哟，你可说了愿意哦，真的说了愿意哦。朱悦梅。”

智勋立刻变得天真烂漫起来，一下子紧紧地抱住了我。

我们点的菜被摆到了餐桌上。我喝了一口水，然后静静地想着昨天说道：

“我好像很想……跟申智勋结婚呢。而且答应他会跟他结婚了。”

虽然明明很高兴，但心中的忐忑不安却没有消减，这让我不自觉地将手抚在了胸口上。

“智勋他……会给我一种被人爱着的感觉。他会让我感受到他有多珍惜我。当他抚摸我的头发，看我的眼睛，对我笑的时候，我就能感受到自己正在被人爱着。”

在景这时才点了点头。

“是啊，说不定咱们其实想要的就是那个。而不是高老师。”

听到智希的话，在景瞪大了眼睛问道：

“高老师是谁啊？”

“高潮啊。”

智希看了看四周，小声地回答道。

“真不明白男人们为什么连那么简单的事情都做不到。”

智希没有理会在景充满笑意的眼神，自顾自地再次嘀咕道：

“这可是本能的差异呢，能有什么办法？咱们得理解一下啊。话说尹硕贤不也那样嘛。除了尹硕贤之外，还有能做好那个的男人吗？”

在景的话说得没错。尹硕贤那时不时地触动我内心深处的目光和抚摸突然浮现在了脑海之中。任谁看这个男人的笑容都无比帅气。说不定比申智勋更帅。

但问题是他并不会只对我如此。他对在景和智希，甚至姜娜弦也是如此。那种行为会让人产生多么巨大的不满，没有经历过的人肯定不会知道。

“恋爱意味着彼此成为对方的唯一啊，而不是茫茫人海中的一个。不是吗？”

仿佛要将硕贤的目光和笑容擦去一般，我用力地向在景和智希说道。

“但是你现在却在对黑胶板那么做啊！”

我悄悄地盯住智希。那是什么意思呢？

“他肯定非常不安啊！因为尹硕贤就在你的身边！”继在景之后，智希强调似地加了一句：“而且还住在同一栋房子里……”

我这时才感到有一个重物砸在了我的心上。这样看来，智勋还从来没跟我说起过我跟尹硕贤住在同一栋房子里的事情呢。他真的还好吗？

硕贤

我看了看表。晚上十一点。每到悦梅晚回家的夜晚，我总会在客厅的窗边徘徊很久。是申智勋的车开进来，还是悦梅下车后走进家里，无论时间有多晚，我都必须确认一下才能睡得着。这是自从悦梅跟申智勋交往了之后，我身上发生的一个变化。

没过多久，申智勋的车就停在了大门外。我看到悦梅从车上走了下来。申智勋也跟着下了车。悦梅牵着申智勋的手站在大门口。悦梅指着门口的名牌说了几句，接着申智勋就点了点头。

就算是从远处看，我也可以一眼就看出来。她正在对申智勋解释关于这栋房子的事情。悦梅肯定会告诉他，我们把房子盖成这样并不是为了在一起生活。看着她抬起手指将左边和右边的房子区分开的样子，这一切都更加明确了。

我示威般地从悦梅家的大门走了出去。我穿过院子，走向了悦梅和智勋。不出所料，悦梅用惊慌的眼神看着我。

“你干吗从我家走出来啊？”

悦梅用表情询问道。

“咱们谁跟谁啊。”

我挑了挑眉毛，也用表情回答道。

“智勋，这位是……隔壁家的……哥哥。”

悦梅向申智勋介绍了我，也向我介绍了申智勋。

我知道你很难堪，但是你说什么？隔壁家的哥哥？我用很无奈的眼神看着悦梅。就在那时，已经和我互报完姓名的申智勋向我伸出了手。当我放开他的手时，一股尴尬的气氛立刻萦绕在我们三人周围。

突然，我看到了悦梅和智勋紧紧牵着的手。我并不是头一回看到这个情景。但是那个情景却在我心中造成了比我第一次看到时更为猛烈的撕裂。那感觉就像在还没愈合的伤口上狠狠地撒了一把盐。但是不管怎样，我都不想被他们发现我的这副样子。尤其是不想被申智勋发现。

所以我用放松的语气对智勋说道：

“偶尔也来家里玩吧，我正闲得无聊呢。”

“我怎么会说这种话呢？是不是疯了啊？”我在内心嘀咕道。

“你打算什么时候请我来啊？”

智勋笑着向悦梅问道。

“别笑，你这臭小子。”我想。

“什么时候比较好呢？哥你觉得什么时候比较好啊？”

悦梅无法掩饰满脸的喜悦，对着我问道。

“干吗问我啊？”

“不在院子里烤肉吃吗？哥你不是得帮忙烧炭火嘛。”

“是啊，烤肉……是得吃。”

“我疯了么？还给你们烤肉吃？”我暗自腹诽道。

“吃饭就算了吧，反正两个人在一起才是最重要的。”

智勋看着我，将手放到了悦梅的肩膀上。他手上那用力的动作刺激了我的神经。在那一刻，申智勋和我的视线在空中发生了激烈的交锋。

“直接做意大利面吃吧？”

悦梅抬头看着智勋问道。

“你整天都吃意大利面，连那天也要吃吗？智勋，你们俩商量一下，定个日子吧。咱们那天顺便喝一杯。”

我向智勋提出了建议，他们二人这才看着对方笑了起来。那副样子实在是太招人烦了，我打了个招呼就先回去了。

第二天早晨，悦梅竟然破天荒地打扫起了卫生。原因就是今天白天要邀请申智勋来家里。在我帮她打扫完了卫生，甚至连后院某个角落的墙上写着的“悦梅❤硕贤哥哥”字样也用木板遮盖起来之后，我开始对自己产生了怀疑。

“尹硕贤，你这个家伙还有真心吗？”

虽然心里已经是一片沸腾，但我还是露着勉强的笑容，在悦梅面前摆出了一副若无其事的样子。

当我难得跟悦梅面对面地坐着吃饭时，“……我遇到了一件很好笑的事情”，悦梅突然陷入了思绪，一边吃吃地笑着一边说道。

“智勋他……管我叫小乖乖呢。”

可能是自己说完之后也感到了难为情，悦梅耸了耸肩膀。我被噎得直接喷出了嘴里的饭粒。太不像话了！

“很无语吧？是吧？但是他就是管我叫小乖乖啊。”

我无奈了，只得静静地看着悦梅。

“我的脾气真的很臭呢，是吧？很自私，心眼还很坏。智勋要是知道了我的这种性格，肯定会很失望吧？我跟智勋也会在明洞的闹市区打架吗？当年跟你打架时不也是我先动手的嘛。要是我乖乖地待着，你哪还会对我又是大喊大叫，又是推推搡搡的啊？”

正在低声嘀咕着的悦梅眼中依然残留着那天的伤痛。因为有一段感情需要保护，所以她现在很害怕。她身上那因我而生的伤痛让我觉得她很可怜，很可叹，也让我心存歉意。

“那天咱们会打架……并不是你的错。因为结婚的问题，你当时正在气头上，而我也是如此。是我先惹起来的。所以你别再想那天的事情了。”

我一直很想真心地对她说这么一句。虽然我们已经绕了一大段远路。

“还有悦梅啊，所谓性格并不是指你本人。”

“那是什么意思？”

“性格只是用来承载你的容器而已，而不是你本身。你做事的方式形成了一种习惯性的定式，那就是性格。所以不要再自责了，只要一样一样地改过就好。”

悦梅用温暖的眼光看着我，而我也用温暖的眼光看着她说道。她细细地想了想这段话的意思。我收回了视线，重新带着放松的心情吃起了饭。

“尹硕贤，都这个节骨眼了，你还想耍帅么？”我对自己暗骂道。

虽然心里这么想着，但我还是用柔和地语气继续说了下去：

“而且喜欢生气、比较自私的这一面，这也不是你本来的性格。你小时候可不是那样的。”

“我小时候是什么样的啊？”

“又漂亮，又善良，而且很乖巧。你就是个小乖乖。”

“真的吗？”

“你的性格之所以会变成那样，我负有很大的责任。”

听到我一边回答一边点头，悦梅轻轻地白了我一眼。

“你也知道啊？”

悦梅的话击碎了我那勉强维持着的理性，一股怒火突然就蹿了上来。

“跟那个人在一起时，我可真是个小乖乖呢。我真的没必要发脾气呢。”

“悦梅啊，求你了……够了！”我的心里已经按捺不住了。

“不过吧……对于你性格中的不好一面，我也负有比较大的责任。你只会跟我大吼大叫加吵架啊。我以前总是把你往绝路上逼。”

“好啊，你知道就行了。”我的内心终于平静了下来。

“不过啊，我心里得有多大的疙瘩才会那样啊。你做了太多对不起我的事情。你这辈子都得好好反省反省。”

“喂，你这是不是太过分了啊？我只做了对不起你的事情吗？好好想想我是怎么对你好的吧。是啊，我说我不要跟你结婚，那个确实很对不起你。但是除了那个之外，我哪一点还对不起你了？我可说过如果你生病了，我愿意把肝摘给你啊！”

当我终于怒火爆发，从座位上站起来时，悦梅很平静地抬头看着我。

“我那么想被人爱，但你却没有满足我啊。”

她那平和的回答仿佛一把利刃，一下子就划过了我的内心。

悦梅那不同于以往的态度让我的内心更加冰凉。悦梅那不知不觉间已经被申智勋驯服的模样让我感到了一阵难以置信的陌生。在我身边的时候，她可从来都没这样过。

当我在炎炎烈日下好不容易才烧起了炭火时，悦梅打来了电话。她说咖啡店里有个职员突然来不了了，所以今天的约会只能推迟到下一次了。我的内心被烧得如木炭般焦黑，一瞬间被浇灭了。我心中紧绷着理性之线眼看着就要断掉了。

抱着文件袋走进家门的娜弦看到我在院子里烤肉便问道：

“太阳这么毒，你还想烤肉吃啊？难道有客人要来吗？”

我真是想死啊。我捂着脸，仿佛要诉苦一般叫住了娜弦。

“干吗啊？”

娜弦的话问到一半，又看了看桌上摆设的东西。

“勺子有三把，筷子有三副，红酒杯有三个。姐姐不在家，而我打了电话说在外面吃了饭再回来……难道你是打算叫黑胶板先生来吃饭的吗？”

“虽然我几乎在所有的方面都很完美，但却不擅长玩三角恋。不对，应该说三角恋本身就是不合道理的。这很不自然。”

我勉强地摆脱了束缚着自己的感情，淡然地说道。

“又狡辩！”

娜弦晃了晃脑袋。

“人生本身就很不合道理。人类本身就是个不合理的矛盾体……”

我出神地自己点了点头，然后叹着气向娜弦问道：

“我该怎么做才能清醒过来啊？”

“人在清醒的状态下还怎么谈恋爱啊？恋爱能在清醒时谈吗？别再自以为了不起了，还是服从于自己的感情吧。你就不能变得坦率一些吗？”

“别说了。我从出生到现在，这还是头一回需要有人给安慰一下呢。”

我愣愣地喃喃自语道。为什么要单相思呢？有什么好的。我看着远处的山，胸中憋闷得很。

悦梅

深夜，我们坐在智勋的车上看着汉江。杨花大桥的灯光将黑暗中的水面照射得光彩而华丽。和我并肩站在一起的智勋抓住了我的手。吹过他身体的微风渗透着一股深情，使我很想更加深入地感受这属于我俩的夜晚。

我很想将我这些年写过的歌放给智勋听。就算那些歌很土气又充满了稚气也没关系。关于我这些年是怎么活过来的，以及每时每刻有着怎样的心情，我觉得我的这些歌都可以替我告诉他。

我将耳机塞入了他的一只耳朵里。剩下的一只被塞进了我的耳朵里。闭着眼睛听音乐的智勋显得可爱无比，让我看了他很久。

当我为了换到下一首歌而拿起MP3时，智勋的手放到了我的手上。看着他那第一次出现的复杂表情，我很快就明白了。他已经不想再听下去了。

“看来你……曾经……真的很爱他啊。”

智勋的眼神仿佛在说“你真是全身心地爱了他啊”。透过智勋那逐渐变得朦胧的目光，我很容易就读出了智勋那复杂而微妙的心思。

“我给你听这些歌可不是为了让你那么想的啊。因为这是我写的歌……所以我才放给你听的啊。你就不想了解一下我写过的歌吗？”

我努力地避开了他的视线，只是在一个劲儿地摆弄 MP3。

“我……可很想知道在认识我之前，智勋你是怎么生活的呢。”

智勋没有回答我，而是抚摸了一下我的头发。伴随着他温柔的动作，一道充满怜悯的目光停在了我的身旁。看来你很心痛啊！看来你很孤单啊！看来你很辛苦啊！正因为我知道智勋有多爱我，我才能感受到那种目光。

“所以说啊，你为什么才出现啊！都怪智勋你在我的人生中出现得太晚了才会那样啊！”

“这能怪我吗？”

智勋很无奈地笑着回答道。

“你知道我过得有多辛苦吗？我得打你一下。”

我白了他一眼，然后轻轻地打了一下智勋的后背。智勋显出一副很疼的样子，一边躲避着一边带着开心的表情看着我。

“既然你在非洲时因为我而捡回了一条命，当时就来找我多好啊。谁更喜欢对方，谁就该先去找对方啊。”

智勋再一次用温暖的目光安抚了我的内心。他的目光仿佛在说“现在见到了就行了”，而我也在不知不觉间变得高兴了起来。

“我当时连智勋你在哪儿都不知道呢，怎么去找你啊？所以我在喜欢你之前先喜欢上了别人，这可不是我的错。再让我打一下”，我正要再打一下他的后背，结果被智勋一把抓住了手。

“我今天不能放你回家了。今天咱们在一起吧。”

他将我抱在怀中，用力地说道。他的心脏怦怦地跳动着，使我乖乖地把耳朵贴了过去。接着我也用力地抱紧了他。那就是我的回答。

硕贤

我坐在客厅里跟娜弦正开着会，突然抬头看了看表。半夜一点。我敏感地听着秒针的声音。我突然想起了申智勋用手紧紧抓着悦梅的手时的情景。我拿起手机给悦梅发了一条短信：

“你怎么不回来啊？”

我写到一半，然后静静地看着输入栏。我删掉了短信，然后重新抬头看着钟表。

“前辈，我是共同作者吧？”

我看着表给出了肯定的回答。

“序章我可以稍微改一改吧？”

“改吧……不过要是让我不满意了，我会全部删掉的。”

“看看我改的吧。”

娜弦一边把手里的剧本递给我一边说道。

悦梅和智勋接吻了。仿佛要感受每一分每一秒一般，吻得缓慢而甜蜜。智勋用一只手揽住了悦梅的腰。突然，被智勋揽入怀中的悦梅口中爆发出了一声小小的呻吟。智勋的手在悦梅的腰部和背部抚摸了很久。一个深深的吻。感受着她逐渐变得火热的身体，智勋用另一只手打开大门，走进了黑暗的玄关。

“等一下，我好像还没准备好。”

艰难地从智勋的嘴唇上挪开嘴的悦梅说道。她用双臂抱着智勋的脖子，仿佛害羞一般将脸埋入了智勋的颈项之间。

“没关系……不要紧张，交给我吧。”

智勋带着深情的目光抚摸起悦梅的脸颊。接着智勋的嘴唇又跟悦梅的嘴唇贴在了一起。悦梅彻底接受了智勋的吻。那有些发痒却又柔软的舌头的触感。舌头和舌头，嘴和嘴。在两人感受着对方嘴唇上的每一寸肌肤时，悦梅帮智勋脱掉了上衣。智勋一把抱起了悦梅。两人在床上躺下，然后难舍难分地吻了很久很久。

“等一下”，说着悦梅就将手伸向了智勋的腰带。她的眼中满是兴奋和期待。

娜弦剧本中的男人和女人在我的脑海中不知不觉间变成了智勋和悦梅。

“腰带就别解了吧，悦梅……”

我一边闭着眼睛自言自语，一边用力地摇了摇头。

“姜娜弦，你能不能回家去啊？我也得过得随心所欲一点了。”

我拜托从洗手间里走出来的娜弦回家去。

娜弦走后，我给悦梅打了个电话。当拨号音快结束时悦梅才接了电话。听着她声音中的犹豫，我不难明白。果然不出我所料，申智勋就在她的身旁。

“你得赶紧回趟家了。突然停电了。”

我一边用焦急的声音说着，一边拉下了客厅的电闸。

我家里还有悦梅家里以及院子里的灯依次熄灭了。我在黑暗中看了看外面，然后重新打开院子里的灯并说道：

“只有院子里有电。反正赶紧回来吧。你搞什么啊，怎么这么晚还不回家！”

听着悦梅吞吞吐吐地答应回家后，我带着满脸的笑容挂了电话。

当我正在抚摸支在院子里的帐篷时，大门口传来了停车的声音。然后是有人下车的声音。最后悦梅打开了大门，跑进了院子里。

为什么会停电，怎么会只有院子里有电，地下是不是积水了，她一看到我就一句一句地问了起来。听到她让我拿着手电筒下去看看，我泰然自若地回答道：

“要是地下积了水，说不定会触电呢，你让我怎么下去啊？你怎么能不考虑我的危险，只考虑自己的方便……”

我的话还没说完，智勋就走进了院子。一瞬间，我的表情凝固住了。我没想到悦梅会跟申智勋一起过来。

“把她独自留在黑乎乎的家里，我放心不下。”

申智勋站在悦梅的身旁，看了看房子又看了看帐篷。

“她比你想象的坚强多了。”

“但我总是会担心她。”

申智勋将手放到悦梅的脸上，轻轻地笑了笑。

家里就跟蒸笼一样，完全没办法睡觉。帐篷只有两顶，人却有三个。悦梅用不知该怎么办的表情抬头看了看智勋。

我悄悄地观察起申智勋的反应。就算是在这种情况下，申智勋也在用悠闲而安逸的目光看着我。我知道。申智勋不是信不过悦梅，而是信不过世上所有的其他男人。当然，那当中也包括我。

“你想跟我哥一起睡吗？你们俩？”

悦梅犹豫了一下，然后向智勋问道。

“我可以的”，智勋看着我微微笑道。

“这里难道是军营吗？俩大男人凑在一起睡？”

“我太不安了，现在可真的没法走了。我的想法，你能理解吧？”

智勋看了看两顶帐篷又看了看我，而我则漠然地看着他。

“你可真行啊，真够坦率的。”我腹诽道。

一顶帐篷够两个人用。我如果不跟申智勋一起睡，就得看着那两个家伙在同一个空间里紧紧贴在一起的德行了。光是想想，我就感到自己气血上涌。

“行吧，只能把这里当成军营，咱们将就一晚上了。”

因为死也无法容忍他们两人抱在一起睡，我只好选择了与敌共寝。

院子的某个角落传来了蟋蟀的叫声。也不知道躺了多久。当我还辗转反侧无法入睡时，申智勋早已经沉沉地睡着了。智勋翻了个身，变成了面朝我躺着的姿势。两个男人竟然要弯着身子，膝盖相对地在这狭窄的帐篷里躺在一起，我只得叹了一口气。

我看着智勋那张已经入睡的脸。那兼备了坚强和温柔感觉的五官在入睡后解除了武装，展现出了一副干干净净的少年的神态。

“你们知道申智勋的睫毛有多漂亮吗？最要命的要数他的内双眼皮。笑的时候太可爱了。”

突然，我想起了悦梅的话，于是用鼻子哼了一声。

“然后是屁股！他那小屁股真是太性感了！”

我的视线沿着申智勋的身体滑了下来。太无语了！那屁股有什么了不起的。

我转过身，变成了背对申智勋的姿势。当我觉得这一情况有点凄凉时，他突然用手抱住了我的肚子。我吓得屏住了呼吸，而他从我身后抱住我的手又钻进了我的上衣里。

“你知道他的手指头有多长吗？光是看到申智勋的手指，我就感到了悸动呢……”

我愣在了当场，看着申智勋的手。我突然感到心头火起，紧紧地闭上了嘴。我呼出了一口气，然后用力地将申智勋的手甩开了。

第二天早晨，我们三人坐在餐桌旁吃起了早饭。我安静地听着悦梅说电工来过的事情，这时她的手机响了起来。她在录音室的同事让她赶紧发一个音频文件过去。悦梅一边站起身子一边说着“等一下”，然后将手放到了智勋的肩膀上。

“给我倒杯水。”

听到智勋的话，悦梅点了点头，向冰箱走了过去。

“你先吃着。我上二楼去一趟。”

悦梅乖乖地倒来了一杯水，然后朝着申智勋甜甜地笑了笑。比起坠入爱河的悦梅，比起无法掩饰那份感情的悦梅，此时此刻讨好申智勋的悦梅最让我感到厌恶。

悦梅正要走出去，结果被椅子绊住了脚，一下子就摔倒了。然后她在摔倒的椅子旁边握住了自己的脚腕。

“你没事吧？”

智勋毫不迟疑地冲了过去，查看着悦梅的脚腕问道。

悦梅没有躲避智勋的动作。她不停地说自己疼，而我只是坐在餐桌旁的椅子上静静地听着。因为太过厌恶她的那副样子，所以本想挪开视线，结果智勋一把将她抱到了沙发上，我只得继续观看二人的表演。

智勋一边揉着悦梅的腿一边哄着她。但是智勋知道悦梅摔伤的其实是另一条腿吗？

在过去的岁月里，悦梅肯定因为我而心痛过很多次。所以我现在会心痛是一件非常公平的事情。我的理性也知道这一点。但是……

“所以说啊，我都说过几遍了？让你把椅子推进去再走。她就是太大大咧咧了。生活习惯也是一团糟……问题很多啊。”

我最终还是没能忍住，一边走向悦梅和智勋一边说道。我努力地没有理会两个人嫌弃的表情，悠闲地喝了一口水，然后加了一句：

“摔倒又不是一次两次了，怎么连那个毛病也改不了啊？你还得再多疼几次，那样才能改毛病。”

“你真是太恶劣了。”

悦梅恶狠狠地瞪着我，而我则是一副无所谓的样子。

“咱们去医院吧，要我背你吗？”

智勋背对着悦梅蹲了下来。那副样子已经让我厌恶到了难以忍受的程度。

“不好意思，悦梅伤到的是另一只脚腕。”

最终，我用下巴指了指悦梅真正受伤的脚腕。智勋看着悦梅。悦梅点着头将另一条腿拿了上来。悦梅婉拒了智勋要求送她回房间的提议，自顾自地起身离开了。

申智勋充满担心地看着一瘸一拐地走向工作室的悦梅的背影。在那一刻，我真想摇晃智勋的身体，顺便给他一拳。

“你不是说你喜欢她么？怎么连她伤了哪只脚腕都不知道啊？”

“我没看到她是怎么摔倒的。”

智勋毫不屈服地看着我回答道。

“悦梅……你可得好好看着她。你稍微紧张一点如何？”

我用带有攻击性的语气问道。我跟申智勋面对面地站到了一起。我用“悦梅的身旁永远有我在”的傲慢目光看着他。

“虽然我紧张起来了，但我也信任悦梅。”

虽然我早就知道申智勋不一般了，但没想到他竟然还是那样始终如一地悠闲。

“信任……很有力量吗？”

“起码比回忆有力量吧。”

“你真的那么想吗？”

我反问了一句。

“是，我是那么想的。因为回忆属于过去，而信任属于未来。”

申智勋依然用安逸却毫不服输的语气回击着。

在我们看向彼此的眼神中，不知不觉间已经有了一丝剑拔弩张的感觉。

“申智勋，你明明不了解悦梅和我，竟然还说什么过去？”我在心里想道。

“我可不会那么容易就成为过去。”

说完我微微一笑，继续说了下去。

“我们永远是现在。不管悦梅在谁身边，不管她在哪里，不管我们俩是恨对方还是爱对方。起码不会成为过去。”

智勋的脸上立刻闪过一丝仿佛被打了一下的表情。我紧紧地盯着智勋，收起了笑容，无比断然地强调了一句，就好像有一种将自己洗脑的决心一般。

“会成为过去的人可能是申智勋你吧。应该是那样呢。”

不行，不要走！

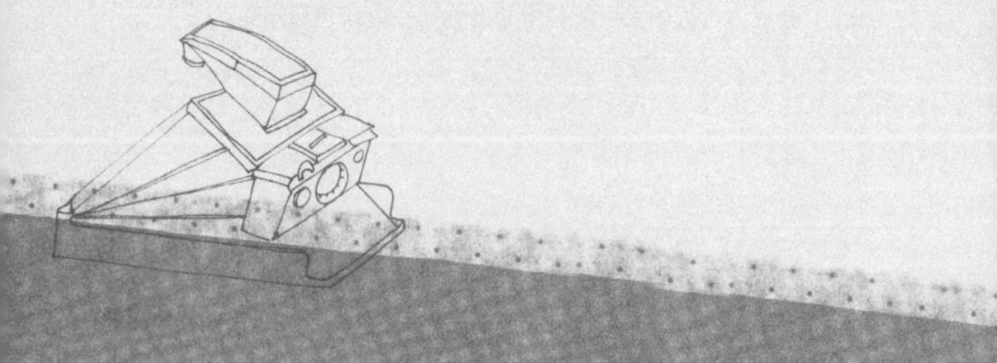

悦梅

坠入爱河的恋人无论何时无论何地都会发光发亮。有时轻轻地，有时强烈地彼此探索，用动作表现对彼此的渴望，又侧耳倾听彼此的声音。

我环视起坐在餐厅各处的恋人们。渗透着爱意的手势无休止地在餐桌上比划着。拂过头发的温柔动作。点头、露出笑容，或者瞪大了眼睛聊天的身姿。伴随着那充满了激动的目光，他们到底在聊些什么呢?

我一边将用叉子卷起来的意大利面递给桌对面的智勋一边问道:

“智勋你上学时有哪位老师让你印象深刻吗?”

恋爱中的恋人们经常会叩响记忆的大门。这都是因为“共同度过的现在”和“共同梦想的未来”已经无法让他们满足，所以连彼此不曾存在的过去也想要一起分享一下。

陷入了沉思的智勋似乎突然想起了什么一般，立刻从记忆的另一头回到了现在。

“可能是上小学一年级的时候吧？那个老师，我连名字都没忘呢。姜仁哲！就因为我上学时没有带室内鞋，所以打了我整整十下呢。”

“什么？我小学五年级时的班主任也是姜仁哲啊！”

智勋和我一起指着自己鼻子的左侧同时说道：

“这里有个痣吧！”

“一样！是同一个老师啊。看来是从你们学校跑到我们学校来了呢。”

听到我的话，智勋带着“看来是那样啊”的表情轻轻地笑了笑。

当我们从记忆的碎片中找到了相同的碎片时，我们会更加觉得这份感情很特别。这股力量超越了时空，将对方变成了自己未曾拥有过的唯一。有时候过去的记忆也会将现在的我们带到与现在的恋爱完全不同的层次中去。就像此时此刻的申智勋和我一样。

我们就那样取出了彼此的自传，慢慢地读了起来。

晚上清风吹起，吃完晚餐后走在汉江边上时，智勋一直紧紧地握着我的手。每当他轻轻地亲吻我的手背时，我们就会看着对方的眼睛，露出让人心痒的笑容。

“在你小时候的记忆中，一说到夏天就会最先想起来的是什么？”

当我们一起坐在长椅上看着汉江时，智勋突然问了我一句。

“我家附近有一条小溪，每到夏天我都会去那里玩。但是有一天，那条小溪里的水突然涨了起来，不小心跳进去之后发现水都没过我的腰了呢，差一点就把我给冲走了，连鞋子都弄丢了呢。”

“那你是怎么过去的？”

听到了智勋的问话，我什么话都没能回答他，只是呆呆地望着江水。

所有的自传都是那样，过去会被美化，敏感的部分也会自动省略掉。但是在我的人生中，尹硕贤却是个再怎么小心避开也无法忽视的存在。在我的自传中，主要登场人物当然是尹硕贤。越是小时候的故事就越是如此。

“就是……朋友背我过去的。”

但是我无法实话实说，只好含含糊糊地搪塞了过去。

“鞋子找到了吗？”

“嗯，朋友给找到的。”

“那个朋友是谁啊？”

“就是个朋友。”

智勋只是看着江水一个劲儿地点头，没有再问下去。

一股尴尬的寂静突然出现在了我们之间。看着他那动摇的眼神，我不难明白，智勋肯定也知道那个朋友是谁。明知道是谁却不问出来的智勋让我很感激也很抱歉，而我自己也无法掩饰住那种复杂的心境。

没过多久，原本淡淡笑着的智勋松开了抓着我的手并问道：

“现在说说这个伤疤的事情吧。”

智勋用眼神指了指我的拇指和食指之间的那道伤疤说道。

“那个伤疤是怎么来的啊？我从以前开始就想问你了呢。”

那是过去因为尹硕贤而产生的伤疤。撕裂后缝合好的部位上早已经长出了新肉。智勋将那里抚摸了很久。

“就那么……受伤了。”

说着我就急忙将手抽了回来。

我很想将那天的伤痛埋藏在“就那样”这几个字里。因为不想说出来，想要避开，最重要是不想被他发现我的真心，所以我无可奈何地选择了“就那样”这个词语。

智勋用深情的目光又问了一遍：

“到底是什么啊？”

“我不告诉你。其实没什么的。”

我艰难地笑着回答道。

“你总是在故意遗漏那个人的事情呢。不说名字的朋友都是他吗？”

他那努力隐藏着复杂心境的声音一下子震响了我的心灵。我没有理会智勋的那张笑脸，只是愣愣地看着江水。“跟我详细地说说那个人的事情如何？”他淡淡地向我问道，于是我转过头看向了他，带着“干吗突然问那个啊”的眼神。

“我得好好了解一下了。因为那个人就在你的身边。”

“女人的过去对男人来说就那么重要吗？”

他的态度一直很冷静，而我则换上了一种带有攻击性的语气。智勋明明说过愿意接受并理解我的一切。原本一直包容我的他突然提出了这样的问题，这让我感到了一阵陌生，使我不自觉地就变得敏感了。

“我会这么问你是因为他不是过去，而是现在。”

“你跟我交往的时候不是早就知道了吗？怎么又改变心意了？”

“因为我感觉今后你和那个人……也不会彻底变成陌生人。”

智勋那平淡的真心告白不知不觉间已经在我的心中掀起了波澜。

经历了几次青涩的恋爱之后，我明白了一点，那就是恋人们会因为一个理由而开始吵架，最终也会因为那个理由而分手。我的内心乱成了一团，使我不得不再次避开了他的视线。

“这只手……也跟那个人有关系吗？”

智勋拿起我的手看着说道。

“今后咱们会整天因为这件事而吵架吧？”

我没有回答，而是将手抽了回来并反问道。

智勋只是静静地看着我。他那无言的模样让我感到了一阵无法忍受的委屈，一股怒火突然就冒了上来。我直接站了起来。看到我拿起包离开了，他也站起身来跟在了我的身后。我停下脚步转过身来说了句“别跟过来，我要自己走”，然后独自走在了前面。

听到我的话而停住脚步的智勋没有再跟过来。“你真的不跟过来是吧？”我带着必须把事情说明白了的想法，突然转过身走回了他的面前。智勋呆呆地站在那里面对着我。

“我不想再对你说那个人的事情了。不管我在遇到你之前跟那个人度过了什么样的时光，我觉得那都不重要。我会跟你交往也是因为觉得你应该明白这一点。”

虽然明知道他在用温顺的眼神看着我，但我依然无法停止。

“不过，如果你总是在意那个人……那我就没法再跟你交往了。如果是这样，咱们还不如分手。”

最后这句话还是不说比较好。我无法说出让他哄哄我，留住我的话，所以只能那么说了。虽然说的是气话，但我其实是在强调着让他理解现在的我。

但是，他却始终没有回答我，我只好挪开了视线，转身独自离开了。

我站在公交车站台上，四处张望向我驶来的车，看看智勋有没有跟过来。也不知道过了多久。不管我等多久，智勋都没有来。这一事实让我无比沮丧，也使我艰难地将视线从车道上挪开了。我从口袋里取出了手机，戴上耳机开始听起了音乐。最后，我走上了一辆刚进站的公交车。

没有哪首曲子会总是让听的人感到开心。到昨天为止还无比喜欢的音乐，今天就有可能因为心情的缘故而变得讨厌。其实不只是音乐会这样，我甚至会想，这世上真的存在一种能让人始终不变地喜欢的东西？

因为不喜欢这首曲子，所以我刚走下公交车就将耳机从耳朵里取了下来。因为担心他可能会跟在后面，所以我每走几步就会回头看一次。我和智勋一起走的巷子已经一步一步地向我靠近了。我心中的刺痛让我放缓了向前挪动的步子。

我很喜欢他那种不冷不热地对待我的方式。因为他给我的爱情不会在一瞬间如烈火般熊熊燃烧，而是慢慢地将我焐热，所以我非常喜欢。我以为自己和申智勋会有些不一样。因为他给了我以前从未得到过的爱。

当我在家门口最后一次回头看过去时，智勋正站在那里满脸带笑地看着我。我感到了一阵欣喜，但没过多久就明白了这只是我脑中的幻觉。

在回家的路上，他没有联系我。

我回到家里时，硕贤正坐在餐桌旁吃着夜宵。

“跟我详细地说说那个人的事情如何？”

在看到硕贤的那一刻，我突然想起了智勋的话，于是就在餐桌旁坐了下来。

“哥，智勋来咱家睡帐篷的那天没出什么事吧？就是你俩晚上睡觉的时候或者早上我不在的时候。”

“……怎么了？”

“看来他对咱们俩住在一起有些在意呢。”

硕贤用无比怜爱的目光看着我。我给忘记了。虽然硕贤对我来说无异于家人，但同时也是我的旧情人。可能是看穿了我的心思，硕贤深吸了一口气然后回答道：

“肯定会在意吧……那是理所当然的。”

“你还记得这个吗？你还记得这是什么时候产生的伤疤吧？”

我张开右手放在了餐桌上，同时对硕贤问道。他看了看那个伤疤然后立刻挪开了视线，同时表情在一瞬间变得凝重了。他那无法掩饰的表情似乎在回答着“我还记得”。

“在咱们去植物园的时候……我二十三岁，你二十四岁。”

“知道，我还记得。那事儿咱们还是不要说了吧。”

“你还从来都没说起过那天的事情呢。”

我很想说出来，那件被锁在了时间之箱里的事情。这心伤就算过去了多年也依然无法愈合，我知道自己现在已经无法再躲避它了。

十年前，我们正在逛一个鲜花盛开的植物园。奇贤也难得跟我们一起出来散散心。我们看着那些不知名的花朵，在那风景优美的小径上漫步了很久。

奇贤拿着照相机大步地走在我们前面。她留着整齐的双马尾，轻盈的连衣裙裙摆下是一双纤细的小腿，脸上的表情十分安详。虽然跟同龄人相比显得有些矮小，但她却是个干净而明朗的少女。在阳光下对着我们招手的奇贤显得比任何时候都更加喜悦。

硕贤避开了奇贤的视线，一会儿牵住我的手，一会儿将手放到我的肩膀上，同时偷偷地笑着。因为害怕奇贤发现我们的关系，所以我趁奇贤不注意，偷偷地打落了硕贤的手并小声地嘀咕道：

“别这样，奇贤都不知道咱们俩交往的事情呢。”

“知道又如何？”说着，硕贤调皮地在我的脸上亲了一下。

每当奇贤转过身来时，我们总装出一副若无其事的样子。我们一边看着鲜花和树木，一边轻轻地接吻，欢笑，摇晃着牵在一起的手。奇贤站在散步小径的尽头指着远处的松树山坡晃了晃手里的便当盒，让我们一起过去吃便当。看到硕贤点了点头，奇贤再一次跑到了前面。

“咱们假装跟上去，然后把奇贤甩开吧。”

“为什么？”

“我今天有话要跟你说。”

“说什么啊？”

硕贤没有回答，而是将我推向了路旁。

当我们漫步在玫瑰庭院里时，说自己有话要说的硕贤一直在观察四周。看着他有话要说却不肯开口的样子，我虽然非常好奇，但也很担心独自留在那里的奇贤，所以就先开了口。

“搞什么啊？难道要一直这样走下去吗？奇贤会找咱们的。”

他松开了我的手，将手放进了口袋里，然后又犹豫了好一会儿。他的这副样子让我感到很奇怪。原本有些害羞的硕贤立刻又抓住了我的手。

“我说，你就是为了跟我牵着手在这里走，所以才把奇贤支开的吗？”

话说了一半，我突然感到牵着的手里似乎有什么东西，于是把眼睛都瞪大了。当我停下脚步伸开手时，硕贤从口袋里取出的两枚戒指出现在了我的手里。我吓了一跳，抬起头静静地看向了硕贤。

“那什么……我这次在征集赛里获奖了嘛……”

“然后呢？”

“然后……可能是突然想戴戒指了吧？怎么就买了呢？”

不好好说是吧？我对着硕贤扑哧一下笑了出来。每当感到害羞时，硕贤总是会转移话题。这意料之外的一幕让我感到难以置信，也使我开始期待起硕贤的下一句话。

“那什么……咱们就一人一枚地戴着呗。”

突然，我避开了他那只打算夺走戒指的手。

“不行。你得把戒指的意义说出来啊！”

我紧紧地握着拳头，看着他的脸说道。

“非要找个意义的话……就是结婚的……约定……呗。嗯，没错。”

“你为什么想跟我结婚啊？”

“你不知道么？还问。”

我摇摇头表示不知道。戒指和约定，结婚和未来，我想听他说出这些震撼心灵的话语。

“要是等你上了年纪之后再想找个好人可就不容易了。提前预约一个多好啊，不是么？”

气死我了！我将紧握着的拳头举向了空中并白了他一眼。

“你要是不说爱我，我就把它们给扔了。”

“那是理所当然的！”

你还不肯好好说是吧？硕贤读懂了我的表情，轻轻地喘了一口气。

“……我爱你。”

他的目光不知何时已温柔万分。

他曾经彻底地向我表达了心意，但就因为说不出那句话而让我心焦了很久。硕贤的那句爱我在一瞬间就渗入了我的内心深处。我感到了喜悦、心动、内心涨满，我们共同经历过的岁月在那一瞬间向我涌了过来。

他用温柔而深情的声音接连说道：

“我爱你……我说我爱你啊。”

这是个我梦想了很久的时刻。直到这时我才笑着张开了手。硕贤将戒指戴在了我的手上。我也将戒指戴到了他的手上。微风吹来了浓郁的玫瑰花香。硕贤用无比紧张的表情，将我们戴着戒指两只手牵在了一起。

“既然做了约定，你可不能变心哦。知道了吧？”

“哥哥你别变心就行了。”

“咱们可说好了啊。”

“不，对我来说今天就是结婚纪念日！我现在已经是有夫之妇了！”

我将手抬起来在阳光下看了看，然后对硕贤露出了一个灿烂的微笑。

当我们回到松树山坡时，那里只剩下了一条空荡荡的席子和便当盒。到处都不见奇贤的踪影。就算给她打电话，奇贤的手机也只能进行语音留言。

就在这时，硕贤看到了一辆停在远处的救护车。他偏了一下头，接着表情瞬间就凝固住了，开始飞快地向救护车跑去。“怎么回事呢？”我呆立在原地，看着硕贤逐渐远去。

我在远处看到了正在忙碌着的救护队员和硕贤。当我看到正躺在急救床上的奇贤时，突然心中一沉，然后赶忙朝着救护车的方向跑了过去。

“什么啊？是奇贤吗？怎么了？受伤了吗？”

硕贤挡住了我的视线。

“你留在这里。直接回家去吧。”

“怎么回事啊？”

“回家去吧。我妈今天也回不去了。”

看到硕贤上了救护车，我赶忙跟了上去。

“为什么啊？我也要一起去。”

“求……求你了，按我说的做吧！”

硕贤用力地将已经把脚踩上救护车的我推了下去。我立刻就被他甩到了空中。被他一推，我在落地时不得不用右手撑住地面。当我惊恐地看着硕贤时，救护车的门已经关上了。当救护车开走之后，我看了看那只正压在石子上的手。一枚石子扎进了手掌里，鲜血直流。

那天下午。我将缝好的手掌抱在胸口，独自在医院门口坐了很久。救护车的警笛声，还有从我身旁走过的人们的说话声逐渐变得遥远了。

我静静地看着戴着戒指的左手和缠满绷带的右手。我不知道硕贤是什么态度，也不知道奇贤到底生了什么病。一切都让我感到很混乱。那仿佛不会结束的疼痛沿着我的指尖向外流淌。我好委屈。我实在是不明白自己现在为什么会被独自留在这里。我好恨硕贤，而且感到了一股无法忍受的孤单。一滴泪水落在了绷带上。我的心刺痛着。

有的瞬间让人依恋得想要用语言表达出来，还有的瞬间却因为太过痛苦而让人想永远地埋藏在心底。那一天，我第一次也是最后一次同时感受到了那两种瞬间。过了很久之后我才明白了，让人依恋的瞬间会变浅，而让人痛苦的瞬间会加深。

那时候的奇贤是十五岁。在发生了那件事之后，我再也没能见到奇贤。

硕贤

“你为什么那样啊？奇贤会生病能怪我吗？”当我在刷碗时，悦梅站在我身旁问道。

“连奇贤住哪家医院都不肯告诉我……没过一个月，阿姨和奇贤就去了乡下。而你则是没跟我商量一声就休了学。一想到那时候，我可真是恨你呢。我都找到那个民宿去了啊。”

我努力地保持着平淡的表情，而悦梅再次问道：

“还记得吗？我都找到那里去了呢。”

我一刻也不曾忘记。她当时将正待在和顺民宿里的我找出来，并一直苦劝我一起回去时的模样。还有仿佛诉说着“也为我考虑一下啊”的恳切目光，以及在我那逐渐远去的背影后面传来的她的哭声。

“我还记得。”

我简短地回答了一句。

就算现在回想起来，那时候也无比凄惨。越是回想我的心中就越是刺痛，所以我完全不想跟她聊那天的事情。

“你那时候……为什么要玩失踪？你到死都不肯告诉我吗？”

我之所以坚决不肯依靠任何人，其实是因为我心里的防御意识在作祟。就算要将不断靠近我的悦梅用力推开，我那要守住心中固有领域的信念也未曾改变过。因为我一直坚信可以守护我的人只有我自己。

“没什么。我就是不想让你看到奇贤生病的样子，而且现在也是。”

看到我勉强地笑了笑，悦梅将她的右手手掌再次给我看了看。

仿佛时间停止了一般，悦梅的手一下子就映入了我的眼帘。沿着拇指延伸下来的深深伤疤一瞬间就击中了我的心底。

这个伤疤是因我而生的。在漫长的岁月里，每当我看到悦梅的手时，抱歉的想法和想要逃避的想法总是会同时冒出来。因为我知道她有多痛，而且每当看到那个伤疤时我也会很痛。但是我现在已经无法再逃避了。悦梅清清楚楚地让我看到了那个伤疤，仿佛在告诉我不要再逃避了。

“我有资格知道。从小我们就是一起长大的，而且我现在也很想奇贤。但是我一提起奇贤，你就会大声吼我，所以我才没敢跟你提她。”

“那事儿还是不要再说了吧。”

刷完了碗的我走到了她的面前。

“请你尊重我。”

我真心地向她拜托道。

“让你的手受伤的事情，我很抱歉。每当我看到你的手时都会这么想。对不起。民宿的那次也是。”

“现在你挺会说对不起了嘛。”

我对着正一边笑着一边说着的悦梅说道。“是啊，不过你跟黑胶板吵架了吗？因为我吗？”

我试探性地问了一句。

悦梅悄悄地避开了我的视线。说不定我的存在会成为她爱情的绊脚石。那一事实锋利地划过了我的内心，使我不得不勉强地笑着问道：

“要不我……把房子卖了，然后搬走啊？”

悦梅只是摇了摇头，没有说什么。

“那应该怎么办啊？你想让我怎么做？”

我等待着她的回答，时间一秒一秒缓慢地流逝。悦梅那一边沉思一边看着地板的表情突然映入了我的眼帘。她的脸温顺得让人心痛。

我之所以在困难的时候也没能依靠在她身上，不是因为我不信任她或者不爱她。我只是没有自信去面对，当悦梅离开了我之后，被独自留在了心中固有领域里的自己，因为怀着必须要保护她的信念，所以从未彻底接受她。

“这个嘛……毕竟我从没想过哥哥你不在我身旁时会是什么样子的。”

不知不觉间，悦梅低声地喃喃自语道。

“那个黑胶板……你很喜欢他吗？”

悦梅抬起头盯着我。她的脸上是“问那个干什么”的表情。

“我感觉你对他比较认真，和跟别人交往时不太一样。”

我艰难地笑了笑，小心地说道。接着悦梅悄悄地点了点头。

“是啊，我对他的感情越来越深了呢。”

在那一刻，我明白了。如果不想失去悦梅，我就绝对不能被她发现我的真心。我说了一句“原来如此啊”，然后收回了悲伤的眼神。

“那天黑胶板来的时候，我表现得不太亲切呢。下次再带他来，我会好好对他的。”

我只好换上一副开朗而温暖的样子，对悦梅如是说道。

“真的吗？”

“是啊，是真的。”

“哥，咱最近相处得不错哦。是吧？都不吵架了。”

“是啊，看来比起谈恋爱，咱们还是当兄妹更合适。”

我们站在一起像兄妹一样笑了起来。悦梅那前所未有的安逸笑容再一次让我感到了一阵落寞。我用力地冲她笑了笑。

最终，我因为没有表现出自己的真心而保住了我所拥有的一切。我什么都没有失去。我对她的心意就那样原封不动地被我们的笑声遮盖住了。

悦梅

我将自行车停在了智勋的咖啡店门前，然后往里面看了看。我看到智勋正站在收款台旁边清洗着咖啡机。我犹豫了好一会儿要不要进去，最终还是走进了咖啡店。

“怎么办呢？”当我躲在角落里看着四周时，突然看到了正放在收款台旁边的那个栽着银杏树苗的花盆。是啊，那个花盆应该可以消除我们之间尴尬的气氛，让我们自然地和好吧。

我从角落里钻了出来，走过了智勋的身旁。我拿起厨房洗碗池上的喷壶，往里面灌起了水。

“就说我是来给银杏树苗浇水的。”

我对正站在他身旁的职员说道。我想让他帮我转告给智勋。有些莫名其妙的职员跟我一起看着智勋，但他的视线却依然停留在咖啡机上。我好不容易来找他，但他却出人意料地没有看我一眼，这让我对他产生了一丝怨恨。当我拿着喷壶独自走出来时，智勋也对着职员说道：

“告诉她，我早上已经浇过水了。”

“怎么不早说啊”，我在心里想着并停止了动作，然后对着智勋白了一眼。

“告诉他，我就要浇第二遍。”

“告诉她，如果按照自己的想法乱来，她喜欢的银杏树苗可能会死。根部说不定会烂掉呢。”

他那副安详地对职员说话的模样让我好讨厌。我站在智勋面前问道：

“……银杏树的根部有那么容易烂掉吗？”

“要是想喜欢，起码先了解一下再喜欢。而且就算你喜欢对方也不能什么事都按照你自己的想法来。”

智勋冷静却话里带刺地回了我一句。

他的话一句都没说错，这使我的心仿佛被针扎到了一般。我什么都没能说出来，只是静静地看着智勋。他那张依然凝重的脸让我感到陌生和难以接近。我的肩膀一下子就垮了下来。我只好垂头丧气地走了出来。

深夜，我走出录音室后，再一次来到了智勋的咖啡店。虽然灯还亮着，但入口的告示牌已经变成了“CLOSE”。我躲在角落里往里看去，只见智勋正背对着我独自站在厨房里。

看到智勋朝我这边走了过来，我赶忙躲藏了起来，接着又探出了脑袋，只见一碗刨冰被放到了眼前的桌子上。“看来是想让我进去吃啊”，我这样想着，但智勋却在放下碗之后完全不再理睬我这一边，而是自顾自地关起了蛋糕冰箱的门。那模样让我感到高兴，于是我冲着他轻轻地斜了一眼，然后走进了店里。“哼！哼！”就算我故意发出声响，智勋也没有回头看。

“我来啦，智勋。”

看到智勋带着平淡的表情看着我，我问了句“那个我能吃吗”，然后转头看着刨冰。

“昨天，你在汉江边有没有犯什么错啊？”

智勋没有回答，而是抱着胳膊站在冰箱旁问道。

我正要走过去回答他，但他却说了句“就站在那儿说”，还用下巴指了指我正站着的地方。正要迈出步子的我犹豫地停了下来。看着他悠闲地看着我的样子，我有些羞怯地回答道：

“因为智勋你突然说起了我哥的事情，我感到有些反感……”

“为什么会反感啊？我攻击你了吗？我都没说我不希望你跟他一起住在那里呢。你曾经喜欢过他，这让我有些在意是真的。但他毕竟是和你从小一起长大的人，而且今后还要继续见面，所以我只是想努力地让自己理解而已。我想好好地理解一下。”

“不是啊……因为他是我以前喜欢的人，所以我以为智勋你理所当然会讨厌他。”

“我以前也有像你这样喜欢过的人。那有什么？”

智勋的回答让我的心里好受了一些，于是我笑着回答道：

“在咱们这个年纪，那是理所当然的。是吧？”

“除此之外再没犯别的错误吗？”

“都对不起啦……你怎样才愿意笑一笑啊？”

“那种要分手的话，哪能那么冲动地就说出来啊？”

“那都是气话啦。其实吧……我还是有点暴脾气的。”

“知道。”

“知道吗？”听到智勋的回答，我瞪大了眼睛反问道：

“既然知道为什么还管我叫小乖乖啊？”

“我是为了让你变得乖一点才叫你小乖乖的，难道还能因为你真的很乖吗？你的性格我还不知道吗？”

“原来如此啊”，在我撅着嘴自言自语的时候，他又问道：

"要分手的话，你不会再随便说出来了吧？"

我点点头表示答应。"现在过来吧"，说完智勋才一边灿烂地笑着一边伸开了双臂。他会等着我，让我自己找出错误在哪儿，这让我对他产生了全新的好感。他没有在感情上和我硬碰硬，而是选择了用柔和的方式抚慰我的感情。看到他那明亮而温暖的模样，我大步靠了过去，拥在了他的怀里。

阳光的味道，风吹过田野的味道，闻着这些我喜欢的味道，我那颗曾经蜷缩的心才被一种安闲的感觉浸染。他那宽阔的怀抱又柔软又温暖，让我感到了一阵幸福，于是我便久久地跟他拥在了一起。

当车子停在我家大门口时，智勋用手指敲了敲自己的脸颊。"你先来"，说完我没有亲他的脸，而是指了指自己的脸。

"你让我昨天难受了一晚上呢。"

"你真的难受过吗？"

他什么时候会联系我呢？他真的会联系我吗？那是一个难熬的夜晚。我已经很久没有经历过这种看着手机难以入睡的夜晚了。在那个晚上，我不停地重复着在意和伤心，而且明白了自己真的很喜欢他。听着我的叙述，智勋温柔地笑了笑。他仔细地思考了一下，然后问道：

"话说……你，打算什么时候在我家过夜啊？"

不久前，由于硕贤打来电话说家里停电了，所以那个约定也就被无奈地延后了。听完智勋的话，我们无法直视对方的眼睛，只是呆呆地看着前方犹豫着。他会踌躇，而我也同样无法掩饰自己的羞涩。

“什么时候……比较好啊？”

“这个应该由你来定吧？”

我觉得今天也不错啊。我带着犹豫的表情快速地对着智勋的脸瞟了一眼。看着他那被路灯微微照亮的侧脸，我感到了心跳加速。智勋用深情的目光再次看着我问道：

“周末晚上如何？”

“如果你那么恳切地想要的话……”

我停了一拍，而智勋则对我露出了羞涩的笑容。

刚走进卧室，我就坐到了化妆台前。我看了看台历，然后从抽屉里取出红笔，在最近的一个周六上画了一颗红心。

我突然想起了那个躺在沙发上睡得正香的智勋。那呼吸声均匀、五官标致、每次都以不同的感觉靠近我、深深地进入我内心的人。这次他在我身旁入睡和醒来时的模样会是怎样的呢？那种想法让我感到了害羞，于是我看着红心吃吃地笑了起来。

激动和期待凑在了一起，让我的心跳声变得很响。我闭上了眼睛，静静地听着自己的心跳声。因为相爱而想要共度的夜晚正在逐渐向我们靠近。

硕贤

我拿着洗好的衣服走进了悦梅的卧室。我将叠好的衣服放进了衣柜，正准备转身离开，突然看到了台历上画着的红心。当我拿起那台历仔细地查看了那个标识后，我的心中立刻感到了一阵发麻，使我再也挪不动步子了。

在她和我发生了初吻的那天，恋爱一千日的那天，以及我们在一起亲热过的每一天，她都会在台历上画上红心。只要是个值得纪念的日子，不管那是什么，她都会像那样在台历上标记一下，然后笑着看它。

我一直努力躲避的恐惧感突然涌了出来。我很害怕。好不容易稳住的心突然崩溃了，使我不得不静静地喘几口气。虽然无法确定，但我却被某种预感牢牢地抓住了。我预感着这个与我毫无关系的日子，对她来说可能会成为一个前所未有的特别之日，而且她还将与申智勋在一起。

最重要的是，画有红心的那天正是三天后。

悦梅

从距离台历上的红心还有三天的时候起，智勋和我就开始准备起了我们的初夜。

“再怎么说，初夜的起点都是内衣啊！”所以我最先去的地方就是内衣店。我一边看内衣一边给智勋发了短信。

“你喜欢什么样的内衣？”

正在看短信的他此时会是怎样的表情呢？他肯定是又羞又喜吧。一想到他的笑容，我突然感到一阵高兴。我一边等待着他的答复，一边看着如少女般可爱的荷叶边内衣和大胆而性感的蕾丝内衣。

突然，手机响了起来。

“黑色有吊带的这件。”

这家伙！我短暂地皱了皱眉头，然后看着一件我很喜欢的情侣睡衣笑了起来。对，就是这个！

在给智勋送去了浪漫蜡烛的那一天，我们一起去挑选了红酒。当我俩紧紧地牵着手站在职员面前时，智勋详细地解释了自己想要的红酒：

“深厚、浓郁，有一种粗犷的感觉，还很野性的。嗯……没错，就是香味比较强烈的红酒！”

我用手腕捅了捅智勋的腰眼，并用眼神诉说着“我想要的是‘浪漫’，而不是色情！”

我将我想要的红酒告诉了职员。当然，跟智勋想要的肯定不一样。

“不。我要温柔、甜蜜，有一种……深情而单纯的感觉的红酒。”

智勋的脸上满是失望的神情。当我毫不认输向他看时，职员偏着脑袋问道：

“要是能告诉我这红酒将用在什么样的聚会上就好了。”

“那，那个，直接给个普通的就行了！”

我们的眼睛看着别处，最终还是给出了相同的回答。

作为初夜的最后一道准备程序，我们来到二手唱片店。智勋将他经过深思熟虑后挑选的唱片放在了收款台上，然后对我嘀咕道：

“强烈的、有力的、火热的、充满激情的！”

我将另一张唱片放了上去，然后用眼神指了指我选择的唱片。

“浪漫的、柔和的、舒缓而有深度的更好吧？”

虽然相互都不是认真的，但我们都带着“求你了……”的表情看着对方。

“二位这是好上了吗？”听到唱片店的职员问了一句，“我们是命中注定的一对呢”，智勋将手放到了我的肩膀上并回答道。

“两张都买吧。先听这张柔和的，下次再听这张强烈的就行了啊。”

“那就，好吧？”

智勋有些难为情地看着我。

“一天……听两张唱片，这行得通吗？”

我看着他，没有隐藏这种微妙的心情。说完我也不好意思了，于是用手悄悄地遮住了自己的脸。说出两张都要的智勋也感到了害羞，尴尬地干咳了几下。

如果这个夜晚我们总有一天都要面对，那么我想以更加单纯的方式去面对它。因为是第一次，所以更让人想要珍惜的夜晚。身为女人，肯定会梦想第一次的夜晚。比起身体的接触，我更想在那个夜晚实现心与心的触碰。

智勋开始在房间各处点起了浪漫蜡烛。缓慢升起的烛光、柔和的音乐、萦绕在嘴边的甜美酒香，还有情侣睡衣那柔软的触感……这一切都在不知不觉间温柔地包围了我和智勋。

正当我无法先开口对他说什么，也无法先靠近他，所以只好在床边徘徊时，坐在床头的智勋突然抓住我的手并拉了过去。他一边用双手环住我的腰部，一边抬头看着我并露出了温柔的笑容。他那努力地掩饰着紧张的目光在向我诉说着。他将在今晚用我想要的浪漫来将我充满。不同于兴奋的激动，不同于高潮的期待。他那温柔地抚慰着我的眼神在我的身旁徘徊了很久。

我对着正在环视蜡烛的他小声地耳语道：

“漂亮吧？”

“嗯。”

我朝着他低下头，和他轻轻地吻了一下。当我再次低下头的那一刻，智勋一边对我挠着痒痒一边将我推倒在了床上。很快，因为痒痒而发出的笑声停止住了。

智勋悄悄地抬起手，抚摸了我的头顶。他的动作让人舒服而温暖，我不禁闭上了眼睛。当我慢慢地睁开眼睛时，智勋正用无比爱怜的目光看着我。在我们彼此的视线中，他的嘴唇越靠越近了。他的嘴唇调皮地从我的脸颊吻到了额头，然后是鼻梁。

他将我紧紧地抱在了怀里。他的嘴唇和我的嘴唇贴在了一起。在那摇晃的烛光中，一段不同于平常的时间渗入了我们之间。他的呼吸声沿着全身流淌了下来。我和他的吻在我的心中留下了印迹。这个仿佛会永远持续下去的夜晚，只属于我们两个人。

硕贤

坐在客厅里工作的时候，我的思绪一直都是混乱如麻。娜弦敲笔记本电脑键盘的声音逐渐变得遥远了，钟表秒针的移动声再一次向我靠近了。我看了看表。半夜两点。悦梅现在会在做什么呢？我不愿意去想这些，所以最终还是闭上了眼睛。

“看来姐姐今晚不会回来了呢。”

娜弦的无心之言在我的心头低沉地滑过。不知从哪里传来了猫叫声。虽然我闭上眼睛努力想甩开它，但这时一声更悠长的猫叫声传了过来。

“娜弦啊，去院子里看看吧。好像有猫来了。”

“猫吗？”

“出去看看吧，猫来了。”

娜弦的脚步逐渐走远了。突然，一阵更近的猫叫声萦绕在了我的耳边。而且悦梅身上的热度也向我靠近了过来。我闭上眼睛轻轻地拍起了不知何时已经紧紧贴在我怀中的悦梅。悦梅轻轻地睁开眼睛，抬头看着我。“喵喵”的猫叫声。她继续调皮地“喵喵”学着猫叫，那叫声在我耳中产生了全新的感觉。我闭着眼睛幸福地笑了一会儿，然后想到这已经不再是现实，于是立刻收起了笑容。

觉得自己什么都没有失去是一种错误的想法。我预感到自己肯定会失去悦梅，而且那种痛苦说不定永远都不会结束。我的心中发出了巨大的声响。

当我痛苦地睁开眼睛时，娜弦走了进来。娜弦一边在沙发上坐下一边偏着脑袋说道：

“没有猫啊，前辈。怎么找都找不到呢。你能听到猫叫声吗？”

我很痛苦。我没有回答，而是抬起手搓了搓脸。

“你怎么了？”

“你真的听不到猫叫声吗？我可听到了呢，你听不到吗？”

娜弦摇了摇头。娜弦一会儿看看焦躁地在客厅里踱步的我，一会儿看看表，然后小心翼翼地问道：

“要不要给姐姐打个电话啊？”

“不用，别打。”

我不知道这种让人眩晕的不安感何时会消失。这种不安感说不定会永远像旋涡一样在我的心里旋转。正当我努力地想要抑制住心中涌出的各种感情时，娜弦指着吊在推拉门上方的自行车说道：

“前辈，咱们出去骑自行车吧。”

深夜，一股清风让全身都变得湿乎乎的，那种感觉很好。我骑在自行车上，和娜弦一起骑了好一会儿。感觉虽然很平静，但是并不忧郁。当我们偶尔并排骑行时，我就和娜弦一起欢笑，同时欣赏四周的风景。深夜里，浓郁的绿荫和空气都沉淀了下来，让我感到很舒服。这让我的心情也沉淀了下来。

我们坐在公园的长椅上休息了一会儿，这时娜弦看着我嘀咕道：

“太愁人了，真是的……”

娜弦的眼中不知何时已经挂满了泪水，似乎马上就要坠落下来了。

“如果你要这样……还不如打电话呢，或者去把姐姐带回来。”

我勉强地笑着喊了娜弦的名字。娜弦用袖子擦了擦眼角的泪水，然后等待我的下一句话。

“你为什么喜欢我啊？”

“……我本以为你是个成熟的大人，所以喜欢上了你……但自从知道你是个脆弱的人之后，我就更喜欢你了。”

“男人脆弱有什么值得喜欢的啊？”

“不知道。反正我就是那样。”

“如果表现出了脆弱的样子，她会更加爱我吗？”我一边在心里这么想着，一边看着黑暗中的远山。好辛苦，好孤单，好痛苦，好悲伤，好心痛。如果我将自己艰辛的一面直接展示给她看，现在的我们会有一些不同吗？

我用力地摇了摇头。早知如此，我就应该告诉她，我想让她留在我的身边，我想永远地跟她在一起，我当初就应该这么说的。因为如果不说出这些话，其他的任何话语就都没有意义了。

“你能保证自己将来不会对现在这副样子感到后悔吗？”

“我不会后悔的。因为我从来没有对自己的决定后悔过。”

我是真心的。不，应该说我在此时此刻希望那是真心的。

悦梅

听到智勋的声音，我睁开了眼睛。从百叶窗透进来的阳光和他那枕在我脑袋下面的胳膊太过温暖，使我用无比爱恋的目光抬头看着他。光是能一起迎接这个早晨，我们就已经感到了幸福。可能是一直看着我熟睡的样子，智勋的视线一直没离开我。

“再睡一会儿吧，智勋。”

我拥在他的怀中，再一次慢慢地闭上了眼睛。

“……不过，我再也忍不下去了，悦梅。”

“嗯？”我睁开惺忪的睡眼再次看着他。

“我的胳膊……出了点问题。你起来一下吧。”

“怎么回事呢？”我如是想道。智勋也跟着我一起坐了起来。智勋不自觉地眉头紧锁着，用手敲起了他那只给我当枕头的胳膊和肩膀。

“你怎么了？”

“我的胳膊动不了了。”

为什么？为什么动不了？突然这叫怎么回事啊？我看了看他那张痛苦的脸和疼痛的胳膊。智勋想要移动那只不肯挪动的胳膊，但最终却发出了小声的惨叫。

“你昨晚用胳膊给她当枕头了吧？”

医生看了看X光片，然后笑着问道。

和我并排坐在诊疗室里的智勋悄悄地看了我一眼。

“这是桡神经麻痹，也被称为‘星期六之夜症候群’。看来你让她枕了你的胳膊很久啊。”

智勋有些难为情地点了点头，表示赞同。我活这辈子还是头一回遇到这种事情呢。我叹了一口气，然后安静地听起了医生的话：

“这是由肱骨和桡骨的神经遭到压迫而引起。枕胳膊的时候会对肌肉、神经和血管造成压迫。适当地枕一会儿没什么，但如果压迫得太久了就会造成‘星期六之夜症候群’。你应该很难受吧，怎么没把胳膊抽出来啊。”

“你何必那样啊？”我用有些伤心的目光问智勋。可能是感到了害羞和尴尬，智勋只是轻轻地耸了耸肩膀。

“你需要吃药并进行拉伸。如果到了这种程度，不管你是个多么健康的男子，症状也至少会持续一个星期呢。他应该很难动弹，所以新娘子得在旁边遭点罪了呢。”

医生盯着我说。我被“新娘子”这个词吓了一跳，赶紧点了点头。智勋看到我的这副样子，噗的一声笑了出来。

走在医院的走廊里，我突然停住了脚步，回过头看着智勋：

“你傻么？疼的话就应该把胳膊抽出来啊！”

“不，我昨天就是想让你枕着……你难道不感动吗？”

“再怎么说，以那种方式感动我也不行。”

我心中的难过实在是难以消减，所以我对他千叮咛万嘱咐，今后一定不要再那么做了。

硕

贤　当我跟娜弦面对面坐在餐桌旁吃着午餐时，悦梅走进了客厅。看着她从我身旁走过的样子，我发现她身上还是昨天出门时的那套装束。我试探性地向悦梅问了一句。假装一副什么都不知道，也什么都不在乎的样子。

“昨天回来晚了吗？”

她说了句“嗯……是啊”，然后走进了房间，脸上带着慌张的神色。

“看来是没回来啊。”我用放松的眼神看着悦梅，最终跟着走进了她的房间。

悦梅开着房门，从衣柜里取出了旅行包。看着她从化妆台的抽屉里取出内衣和衣服并一件件装入旅行包的背影，我冷静地问道：

“我能问你一件事吗？”

“随便问，反正我会行使沉默权的。”

“行使沉默权在咱们之间算犯规啊，不是吗？”

“你问吧，反正我会说谎的。”

“就那么办吧，那样我会反着听的。”

悦梅继续地收拾着行李吐出了一句：

“问吧。”

“你昨晚是在黑胶板的家里过的夜吗？”

悦梅突然停住了手上的动作，转过头看着我。虽然我表面上平静地看着悦梅，但我的心中已经燃起了熊熊烈火。悦梅是不会撒谎的。正因为她就算撒谎了，脸上的表情和身上的动作也会拆穿地，所以在此时此刻，我的心中冒出了无名怒火。

“嗯，是。”

悦梅简短地回答了一句，然后继续收拾起了行李。

“你说过你要撒谎的吧？我应该反着听吧？”我在心里想着。

虽然她那泰然自若的表情正在诉说着这是事实，而且我比任何人都更加了解她，但我还是想否认这所有的现实。

“那你干吗要收拾行李啊？”

“智勋的身体有点问题，他把胳膊给弄伤了。”

悦梅正要走出去时，被我一把抓住了胳膊。

“然后呢？”

“一条胳膊动不了了。所以这段时间我得牺牲一下。”

“你，刚才说的是牺牲吗？”

心中飞溅而出的火星在一瞬间变成了一个巨大的火球。一股无法控制的热气涌了上来。到现在为止一直控制着的一切在此刻变成了无法遏制的愤怒。从悦梅口中说出的“牺牲”二字让我实在无法忍受。悦梅感受到了我的愤怒，愣在原地看着我。

“疼啊……哥。”

悦梅用动摇的眼神低头看着她那被我不知不觉间用力抓住的胳膊。

你竟然说牺牲？“牺牲”是个我从未期待悦梅能够做到的词语。之所以没有期待过，正是因为我比任何人都更了解她。从小到大，她从来没有彻底为谁奉献过真心。因为无法将她关在那名为顺从和牺牲的樊笼里，所以我每一次都要选择离开，这一点她绝对不可能会知道。据我所知，“牺牲”这个词是跟悦梅最不相符的一个词。

我努力地压制住了怒火，然后对悦梅说了句：“你再说一遍”。

“就你还牺牲吗？那个词是你能说出来的吗？”

“我也……觉得我能有这种想法是一件很神奇的事情。但是你怎么了啊？你不是整天都说我自私吗。还说那是我必须改正的缺点……”

悦梅用充满了恐惧的眼神反问了我一句。

她那真心感到恐惧的模样更加刺激了我的神经。我不能就这样把她送走。我从悦梅的手里夺过了旅行包。

“你不能走。不行。绝对不行。”

我盯着悦梅，用力地说道。

“你，要是敢去那小子那里做什么牺牲……小心我亲手弄死你。绝对不许去。给我记住了。”

我将悦梅的包扔在了卧室里，然后大声地关上了门，惊恐地看着她和我之间在不知不觉间已经出现的一种锐利的寂静。

笑脸就是他的真心

悦梅

我坐在床上，用复杂的表情看着被硕贤扔掉的旅行包。他那似乎是因为“牺牲”一词而露出的凶狠的目光落到了那个包上。我跟智勋打了个电话说可能会晚一些，然后在房间里犹豫了起来。

关于到底是什么让硕贤突然气成那样，不管我怎么想也想不出个所以然来。对智勋的嫉妒吗？那不可能。他明明满不在乎地和我分了手，又满不在乎地看着我跟智勋谈起了恋爱。事到如今再来嫉妒他吗？我觉得这一推测实在是不合情理。既然如此，他到底为什么会这样呢？

我细细地回想了一下他说的话。

“你，要是敢去那小子那里做什么牺牲，小心我亲手弄死你。绝对不许去。”

我再次看向了我的包。我不能就这么出去。

当我推开房门走出来时，硕贤正在厨房里喝着威士忌。竟然大白天喝酒，这太不符合他的风格了。硕贤连看都没看我一眼，直接又倒了一满杯的威士忌。当他拿着杯子走向推拉门时，我用身体拦住了他。

“咱们谈谈。”

“我要睡觉。别惹我。”

“你现在还能睡得着吗？都把我的内心闹得翻江倒海了，你竟然还要去睡觉！”

“想去你就去吧。你去照顾他，或者做什么牺牲吧。一切随你便。”

“牺牲怎么就让你那么不爽了？你不是还整天骂我自私么，到底为什么你那么生气啊？”

“因为你能说出牺牲这种词，这本身就是胡扯。”

硕贤看着我冷笑道。他那不屑地上扬的嘴角让我彻底地上火了，于是我立刻站到了他的面前。

“这事就那么值得嘲讽么？”

他收起了笑容，重新用冰冷的目光看着我。我在他的目光中读出了嘲笑和轻蔑。他为什么要用那种目光看我呢？我实在是无法理解。

“除了黑胶板之外，你还为别人做出过牺牲吗？只知道为自己考虑的丫头突然把‘牺牲’这样伟大的词挂在嘴边儿，这还不好笑吗？你为我做过那种事情吗？”

当他残忍地推开我的肩膀打算离开时，我迅速地抓住了他。

一股火热的气息霎时间沿着我的身体扩散开来。愤怒让我变得呼吸急促起来：

“我怎么着你了啊？我做得有那么糟糕吗？你哪一次依靠过我吗？你对我坦白过自己很吃力、很痛苦吗？”

我是真心的。因为一直以那种态度让我心痛的人正是尹硕贤。

“每当看到你有些吃力，想到你身旁安慰你一下时，你就总是把人家推开。人家想知道的事情，你连问都不让人家问你。每到那时就会锁上房门、关上手机。让周围的人变得战战兢兢的人是谁啊？你知道在你那么做的时候，我已经担心成什么样了吗？”

一想到以前的事情，我就热泪盈眶。看来我还没能从那时候的委屈中解脱出来啊。但是他却以残忍的表情嘲笑起了我的这份真心。他拧着一侧的嘴角，冰冷地说道：

“要我告诉你原因吗？因为你毫无希望。”

希望？我的肩膀立刻冰冷地变僵了。他想说的到底是什么呢？

“为了别人而忍耐、等待、给予关怀、牺牲这种事情，你打出生时起就根本没有希望能做到。只觉得自己的感情最重要，只知道为自己着想的自私之人，那就是你。我对你这种人能有什么企盼呢？能有什么期待呢？”

他的话还没说完，我也抽出了自己隐藏着的利刃：

“不，你错了。这一切都是因为你从一开始就是以那种想法来对待我的。”

我没有错过硕贤目光中的动摇，向前迈出一步，将利刃深深地刺入了他的心脏：

“你根本就没有相信过我！”

我很想告诉他，他根本就是错的。所以即使此刻看到他的眼角已经是一片晶莹，我也依然在他的心里大肆地挥砍着。

“你现在看看吧，我是那种人吗？”

我很想告诉他，自从遇到申智勋之后我就变得不一样了，说不定我本来就不惧怕什么牺牲。我看到他的心中情感在翻涌，但我是不会心软的。

他仿佛受伤的野兽一般，一边喘着粗气，一边用炽热的目光盯着我。

“看来是那家伙让你发生了改变啊……我没做到的事情，那家伙做到了，是这个意思吗？你是这个意思吧。”

“如果相爱……这不是理所当然的吗？你却连那种机会都没给过我啊！”

“你……说你很喜欢那个家伙吧？”

硕贤的眼睛像残忍的刀刃一样散发出了寒光。

“但是我不相信你说的话。因为你是个没有真心的丫头！因为我知道你的真心有多么下贱！”

他带着夸张的笑声，用充满了嘲弄的声音，比任何时候都更加确定地说道。

“爱？说出来有什么用？那东西说变就变了。你以为你跟那家伙就不会变吗？你是怎么对待我的，你有多喜欢我，有多缠着我，你自己好好想一想吧！而且牢牢地记住吧，你那了不起的真心到底是怎么发生改变的！”

他的话语火辣辣地燎过了我的内心，让我感到自己的身体和心灵当场冻住了。正当我什么都说不出口，勉强站在原地时，他说：“当时相爱了，现在却改变了吗？你会改变正是因为那不是爱啊。你对我从来都不是真心的。”

硕贤笑了。

我隐藏了自己动摇着的内心，艰难地聚集起力量看着他。

“那你就爱我了吗？既然你爱我，那你是依靠了我啊，仰赖了我啊，还是信任了我啊？在我的真心发生改变的时候，你到底干什么去了？除了嘲笑我的真心，你到底都做了什么？”

他脸上的那股冷笑消失了。在我们剑拔弩张地怒视对方的目光中，一股指向对方的愤怒在燃烧着。

“我再说一遍，你说你爱申智勋的那种话，我不信。所以你说出牺牲这种词才无比可笑。”

我现在已经找不出任何可以回击的词语，只能红着眼圈抬头看着硕贤。硕贤的眼角也湿润了。当我想着“我绝对不会哭”，努力地控制着自己的感情时，他从我身旁走了过去。我忍耐已久的泪水落了下来。听着背后传来的他打开推拉门、走回自己家的声音，我陷入了短暂的沉思。说不定他从我面前走开也是为了去尽情地大哭。

就算我来到了智勋的家里，复杂的心情也难以抚平。我竟然对硕贤说了一些如今已经毫无意义的话，彼此造成了伤害。我们说出了不该说出的话，也听到了不该听到的话。尹硕贤和我一直都是那样。可能是一直在忍着哭的缘故，我的嗓子很疼。智勋把手放在了我的肩膀上，然后一边说着“小乖乖”一边看着我的脸。当我看到他的目光停留在用来做咖喱的土豆上时，我才将手里的刀子放了下来。可能我也是不自觉地在刀上多用了点力气，土豆被切成了一堆乱七八糟的碎块。

“土豆做了什么对不起你的事情吗？”

我深深地叹了一口气说道：

“有个人对我进行了猛烈的攻击。”

“谁啊？”

我犹豫了一下，然后诚实地给出了回答。

“我哥。”

“他说什么了？”

那都是一些无法告诉智勋的内容。虽然硕贤的话锐利得仿佛匕首一般，但随着时间的流逝，我不得不承认他的每一句话都很在理。其实，是这一事实让我变得怒不可遏了。我也能成为一个不错的人吗？智勋回答说，我是一个俏皮的、可爱的、本身就很不错的人。但他的话在今天却无法让我感到丝毫的安慰。此时此刻，他什么话都能说得出来。悄悄地看着我的智勋轻抚着我的头发喃喃自语道：

“我最喜欢的是你的直率。”

“那个快把我给逼死了，我总是想什么说什么啊。”可能是读出了我的这种心思，智勋用一种满是爱怜的神情扑哧一声笑了起来。

“那就从发脾气开始改吧。你，看好我的手。要是我用手捏一下你的大臂，你就再考虑一次吧。”

智勋用手捏住了我的大臂，然后轻轻地用了点力。我看了看被抓住的胳膊又看了看智勋。当我想着“这样能有效果吗”时，智勋仿佛让我记住一般，再一次用力地捏了一下。直到这时我才对他笑了笑，表示我明白了。

吃完晚饭后，我给智勋洗了头，正在用电吹风给他吹头发。硕贤的话依然在我的脑海中盘旋着，这使我再一次陷入了沉思。

“爱？说出来有什么用？那东西说变就变了！你以为你跟那家伙就不会变吗？”

硕贤的那句话宛如锋利的玻璃碎片一般刺中了我的心灵。虽然我努力地想要甩开，但硕贤的那句话却让我无法忘记。

就在那时，智勋在空中一下子抓住了我的手。他用放松的表情夺过了电吹风并关上，然后拍了拍身旁的沙发，让我过去坐下。他用眼神询问道，“现在说说发生了什么事情吧”。虽然有些事情很不想被人发现，但看来我真的很不擅长隐藏什么呢。我勉强地笑着看了他一会儿，然后吞吞吐吐地低语道：

“……心意这东西，最终还是会变的吧？”

“我自己也会变，智勋你也会变吧？”智勋仿佛听出了这一层潜台词，于是轻轻地点了点头。他略带怜惜地看着我问道：

“你害怕会那样是吧？”

“嗯，害怕。我现在真的很喜欢你，但咱们也会相互憎恨吗？”

“说不定会那样呢。毕竟天底下最残忍的就是时间。”

“其实，我是个非常善变的人。我总是对自己没什么自信。我都信不过我自己呢。我要是又跟你说要分手，你会怎么做啊？”

“就算你要跟我分手，我也会牢牢地抓住你的，不要担心。”

他用灿烂的笑容诉说着一切都还好，并给予了我安慰。你不必感到不安。你可以信任我，跟从我。他那仿佛饱含真心地诉说着的目光显得又可爱又可信，使我感到内心那个被不安和愤怒层层包裹住的心结被剪掉了。

信赖和幸福。兴奋与欢喜。这一切都被申智勋这个名字取代了。

“而且恋爱不是你自己一个人的事情，而是咱们一起创造出来的。你如果信不过自己，那就相信我吧。我会让你不变的。如果你变了，我会等着你的。”

我一把抱住了他的脖子。我轻轻地笑了笑，用双手捧住了他的脸颊，然后和他吻了很久。

硕贤

我从床上爬了起来。也不知道我已经辗转反侧了多久，虽然我已经好几天没睡好了，但却依然睡不着。只有喝完威士忌之后的那迷迷糊糊的感觉才能稍微地抚慰我的心灵。

我闭着眼睛坐在了椅子上。在房间里萦绕的钟表声逐渐消失了。时间消失了。感情消失了。一切都停止了，在这空荡荡的空间里只有悦梅留在了原地。

她是个因为太过火热，所以总是会动摇我内心的女人。悦梅是个让我很难承受的女人。而在悦梅不在我身旁的此时此刻，我感到自己内心的平衡已经彻底地崩溃了。

当我换好外出的衣服，下楼来到客厅时，正呆呆地坐在沙发上的娜弦向我问道：

“你要出门吗？”

我没有回答，自顾自地推门走了出去。娜弦急急忙忙地跟着我从家里跑到了小巷，又从小巷跑到了闹市区。我马不停蹄地走了很久，但最终还是停下脚步，转过身看着娜弦。

娜弦突然停住了跟随我的脚步，反而向我拜托道：

“我什么都不会做的。我不会找你说话，也不会搭理你的。我就这样跟在你后面走。你别让我走就行。”

我本来想让她走的。我很想让她别管我，让我独自待一会儿。在娜弦说出“你别让我走就行”之前是那样的。那一刻我突然想起了跟着我去和顺民宿的悦梅，嗓子眼里感到了一阵火热。那时候我对悦梅说的话就是“你，走”。在植物园里，奇贤倒下的时候，我在救护车前面也是那么对她说的。

我并不知道。自从娜弦来到我家的那天起，我就一直在对她重复着相同的话。

“你，走。”在烤猪皮店里，因为娜弦乖乖地起身离开了，所以我没能体会到。

“给我站住。”当我摔了悦梅的自行车时，因为娜弦大步地朝我走了过来，所以我没能明白。

“回家去。”就算在工作时随意地让她走，娜弦也不会有半句怨言。

我感受着那样的娜弦，同时看着她。她犹豫地看着我的脸色，小心翼翼地说道：

“我不走，今天真的不能走。我太担心你了，所以没法走。”

我带着复杂的心情看着娜弦。娜弦进也不是退也不是，只是那样站在原地。这时她的脚映入了我的眼帘。她光着脚，穿着一双大大的拖鞋就跟来了，那副样子让人难过得想哭。在娜弦的真心面前，还有在悦梅的真心面前，我竟然是这样一个人，这一事实让我感到了一阵凄凉。我本以为自己是个不错的人，没想到我其实是一个无比糟糕的家伙。

我平复了一下感情，然后无言地转过身走了起来。娜弦立刻跟了上来，而我没有劝阻她。等我走进了一家鞋店之后才喊了一声正在店门口呆呆等待着的娜弦。在店里挑选鞋子的她脸上喜气洋溢，这让我感到自己原本凄凉的内心上方笼罩了一层浓浓的阴影。

我走在大街上想着，想着那个每当被我绝情地推出我的世界时，总会不知疲倦地再次靠近我的悦梅。我以为她是一个不害怕受到伤害的女人。我没想到她那样其实是在为了能更加爱我，更加理解我而可怜地在我的世界外面徘徊。如此看来，我还从来没有好好地看过她那受伤的背影。因为我总是会对她说“你，走”，然后自己先转过身去。

“在我的真心发生改变的时候，你到底干什么去了？”

我给她造成了深深的伤害。而不得不对她造成伤害的我，在此时此刻也感受到了一种无法忍受的痛苦和折磨。她的身旁已经有了一个可以为她抚平伤口的人。这清楚的现实在此时无比凄惘地刺穿了我的内心。

随着时间的流逝而逐渐变得清晰的一点是，如果我现在不把悦梅找回来，今后也就找不回来了。而我也有了一种自己会因此而后悔终生的预感。我已经没有时间来逃避或者犹豫了。原本在胆怯地隐藏真心的我，此时此刻应该从自我中挣脱出来，在一切还来得及时将悦梅找回来。

我突然转过身子，面朝正在远处跟着我的娜弦。今天要是没有娜弦，我肯定会很孤单、很落寞的。她光是陪在我的身边就已经给了我足够的安慰，但我果然还是应该独自待着。

“娜弦啊，我本来不想再对你说这句话的……但是今天你就听我的话吧。”

娜弦将装有拖鞋的纸盒紧紧地抱在怀中，静静地看着我。

“你走吧。”

为了不造成伤害，起码这一次，起码在今天，我不得不再次说出了那句话。

“我现在要去找悦梅。如果跟着我，你会受到伤害，而我也不想将自己不堪的一面展示给你看。所以，你走吧。”

"求你了"，我在心里想道。在满溢的阳光下，娜弦只是低头看着地面。我第一次慢慢地在娜弦面前转过了身。在确定娜弦的脚步声没有跟上来之后，我才开始了呼吸急促的狂奔。

悦梅

实在是无法相信。此刻走进了智勋咖啡店的人竟然是尹硕贤。硕贤看了一下四周，然后立刻大步地朝着我走了过来。硕贤走到了我的面前，一下子就抓住了我的手腕。

"悦梅……我得把她带走了。"

硕贤看着智勋，平静地说道。

"这到底又是什么情况？你干什么啊？"我一边想着，一边用力地想甩开硕贤的手。但是硕贤更加用力地抓住了我的手腕，然后小声地说了句"跟我出来"。

"我不要"，说完我最终还是甩掉了硕贤的手。智勋悄悄地捏了捏我的大臂。我吓了一跳，抬头看着不知何时已经站到我身旁的智勋。这是他和我定下的约定。我们说好了，每当他像这样捏我的大臂时，我都会平复下激动的心情，重新考虑一下。当我明白了"原来我这是要发火啊"时，那喷涌而出的怒火竟然一瞬间就灭了下去。智勋捏着我的胳膊，用冷静的表情看着我。

"看来你找她有话要说呢，希望你能在天黑之前放她回来。我现在胳膊不太舒服，所以需要她的帮助。而且我想跟悦梅一起吃晚饭。"

智勋发现我已经冷静了下来，于是放开了我的胳膊并对硕贤说道。

“你去跟他谈谈吧。职员们会准时过来的，店里的事情你就不用担心了。”

接着智勋淡然地看着我说道。

硕贤将我因为智勋而产生的变化看在了眼里。一瞬间，硕贤带着无比凄凉的表情，仿佛无法忍受一般转过了身。我说了句“那我去了”，然后一边脱着围裙一边看了看对我笑着的智勋和渐渐远去的硕贤。

在公园的林荫路上，硕贤走在我的前面。我跟在他的身后走着。我斜着眼睛对着无言的硕贤看了好一会儿，最终靠到了他的身旁。

“这是去哪儿啊？”

硕贤的回答是回家。“我不去”，说完我立刻停住了脚步。

“我不去，我暂时要留在智勋家里。”

原本不会轻易流露感情的他，此刻却在用仿佛一切都已经崩溃的眼神看着我。

“哥，你到底是怎么回事？我真是无法理解。你就不能别管我吗？”

“我让你变得不幸了吗？”

“你一直都很奇怪啊。你到底为什么这样啊？我跟智勋交往了之后真的很幸福。不管你再怎么嘲笑我的心意，这对我来说就是真心。我想跟智勋好好地相处。我甚至想要跟他结婚。”

“婚……非得结吗？”

他艰难地问了一句。

“明明相互喜欢，却在咱们这个年纪不结婚，那才叫奇怪呢。因为彼此喜欢，所以想要在一起，还想生下孩子。”

“孩子！”

他在出人意料的时刻抬高了嗓门，然后闭着眼睛喘起了粗气。硕贤立刻平复了感情，然后对我反问道：

“那种事情有什么了不起的？”

“就算对你来说有些下贱，对我来说可不下贱。世人将它称为正常的人生。明明跟一个女人交往了十二年却不肯结婚，这样的男人才是不正常的！”

“……重新……开始吧。”

这是什么意思？我在等待他的下一句话。这是要开始什么呢？

“重新开始吧，咱们回到以前吧。”

事到如今还想重新开始？还回到以前？这真是让我难以置信。我实在是太意外了，只能呆呆地站在原地。

“没有你，我活不下去了。”

真是太让人震惊了。不知何时，硕贤已经用悲伤的眼神说出了那句话。

“我会努力的。你不喜欢的方面，我会改的。我会变得坦率的。喜欢我就会说喜欢，而且也会经常说爱你的。我会重新考虑结婚问题的。咱们重新开始吧。”

“你干吗……突然这样啊？”

“把一切都忘掉，回到三年前吧。再给我一次机会吧。我会好好对你的。”

“你不是说了不愿意么。你不是说你受不了我这样的女人么。彻底分开之后就觉得遗憾了么？”

硕贤的否定回答还没有说完，我就示威般地将带着伤疤的手掌伸到了他的面前。我知道这么做很残忍。我感到他看着我的手掌，浑身变得像石头一样僵硬了。我清清楚楚将手掌展开放在了他的眼前。

“看好了，尹硕贤。我剩下的只有这个。”

我知道，硕贤正在心痛地面对着我的伤疤。这些话不应该说的。虽然在跟尹硕贤交往和分手的过程中，我曾经在盛怒之下说出了很多狠毒的话，但此时此刻的我说的却不是气话。在说这话之前，我已经充分地考虑过了。为了和这个男人彻底地一刀两断。

“我自己去急救室缝了十七针呢。”

虽然泪水挂在了眼眶上，但我依然冷静地说了下去。我必须清楚地告诉他，他已经没有机会了。那就是我能为他展现的亲切。我变了。虽然表面上我依然像以前一样把话说得很绝情，但我还是变了。因为我以前说残忍的话都是为了自己，但现在却是为了尹硕贤。我无法回去。我不想再像以前那样感到孤单了。

我放下手，看着硕贤用力地说道：

“哥哥你……不管我离你有多近，我都感觉不到你离我很近。虽然住在同一个家里，对我来说却是那样陌生。我不会回去了。

对不起，这就是我现在的心意。”

说完我就当着硕贤的面转过了身。这是第一次我首先背对他。但一想到我们已经结束了，我便头也不回地沿着公园的林荫道走了出去。

他用那些残忍的话弄伤我的原因原来就是这个啊。想回到从前原来就是他的真心啊。我现在才细细地思考起他的心意，回想过去走过的路。尹硕贤是个擅长将真心层层隐藏起来的人。对于他的真心我比任何人都更加了解。我为他后知后觉地独自品尝痛苦的样子感到难过。

智希曾经说过，一想到尹硕贤，那感觉就像靠在一堵结实的石墙上一般让人踏实。对于这种人，早知道就把他当成石墙，偶尔倚靠一下，偶尔看一下了，为什么还要和他谈恋爱呢？为什么要爱他呢？他还会留在原地吗？我感到自己无法忘记当我将手掌放在他面前时，他那张瞬间变得煞白的面孔。我的眼前开始变得模糊了。当我还没明白自己很想哭时，泪水已经打湿了我的整张脸。我停下了脚步，靠在了一棵水杉上，然后想道：在恋爱之中，加害者和被害者的转换原来只是一瞬间的事情。如果说造成伤害的人是加害者，那么拒绝的人肯定会成为加害者。在和硕贤的关系中，我竟然会成为加害者，这让我感到惊奇，也让我感到了钻心的疼。

我一直以为自己在单方面地受到伤害。因为在我成为加害者之前，并不知道造成伤害的一方也同样会感到痛苦。加害者也会感到心痛啊。尹硕贤肯定因为我而心痛了很久啊。我到这时才后知后觉地发现，原来他对我的爱其实也如此深厚。

所有的关系都如风水轮流转。根据情况的不同、位置的不同、对象的不同，我们会心甘情愿地扮演恶人或者善人。一边用手背擦拭着眼泪，我一边明白了一个事实。比起美好的恋爱，美好的离别更加难以实现。开始比结束容易，而分手却比相遇困难。所有的缘分都是如此，恋人关系尤其是如此。

我看到智勋正在远处的咖啡店路口徘徊着。原本一边看着手表一边等我的他对着正在走近的我挥了挥手。他露出了灿烂的笑容。我也给了他一个灿烂的笑容。我跑向了智勋，用力地抱紧了他，差点把他推倒。然后我将脸埋在了他的怀里。

“干吗啊？”

“咱们就这么抱一会儿吧。”

内心的麻与痛让我甚至忘了自己是怎么走到智勋的咖啡店门前的。

“我从那边走过来时，看到智勋你的笑脸，我的心情一下子就变好了呢。”

原本愁云密布的心情在看到智勋的一瞬间逐渐变成了晴空万里。“没关系，我只是说了我应该说的话。我没错做什么，也没发生什么坏事”，当我在心里如此想着时，智勋笑着说道：

“朱悦梅，去见完别的男人之后还知道感到抱歉啊。”

“才不是那样呢。是因为喜欢你啦，真的是喜欢你。”

我是真心的。感受着智勋的笑容将我的内心晒得干爽无比的感觉，我一下子挂在了正用一只手臂抱着我的他的怀里。只是存在着就让我感受到温暖慰藉的人。此刻他能在我身旁，真是让人感到庆幸。我闭上了眼睛，更加用力地抱住了智勋。

跟智勋面对面地坐在餐桌旁吃晚餐时，我看着他的胳膊问道：

“胳膊怎么样了？”

“能抬到这里”，说着智勋就将胳膊往旁边伸了伸。他将身侧的胳膊慢慢抬到下巴旁后自言自语道。

“其实也能抬到这里，就是有点疼。”

“好转了不少啊？”

“嗯，不过要对我的女朋友保密哦。”

为什么啊？我用表情问着他，然后偷笑了起来。

“因为我想以此为借口，一直跟她在一起。”

他瞪大了眼睛，无声地用口型说道。

“有我陪在你身边，感觉很好吧？要我一直陪着你吗？”

“有一半很好，但有一半却让我很难受。”

“为什么难受啊？”

“我真是进退维谷呢。女朋友陪在身边，但胳膊却变成了这样。”

智勋用调皮的眼神扫了我一眼。在那之后他露出的微笑似乎带有一点羞涩，智勋偷偷地避开了我的视线。虽然听懂了他的话，但我却说了一声“嗯”，然后故意开玩笑似地将脸伸向了智勋。智勋冲着我轻轻地白了一眼：

“我昨晚特别难受，行了么？”

“要我吻你一下不？”

我嘿嘿笑着从座位上站起了身。

“呃，不行。我会变得更难受的。我真心地拒绝你。今天就忍忍吧，朱悦梅。”

他摇着脑袋可爱地撒了个娇，然后立刻从座位上站了起来。我说了一句“就吻一下吧”，然后跟上了狼狈逃窜的他。我们俩绕着餐桌转起了圈子，每当快要抓到时总会错过，一阵让人心痒的笑声回荡在屋里。反过来在我身后抓住我的智勋一瞬间抱住了我。他的嘴唇从我脸颊吻到了耳朵，最后停留在了嘴唇上。将我的身体转过来的智勋用深情的目光看着我说道：

“你收拾行李搬到我家来吧。咱们一直在一起吧。”

“好啊。”

虽然所有的缘分都有开始和结束，但在我们的人生中，最重要的时刻永远是现在。听了他的话，想到专属于我们的现在可能会被重新书写，我感到喜悦万分，一把抓住了他那正在抚摸我头顶的手。接着，智勋的嘴唇立刻又靠了过来。在这个深吻持续进行的时间里，我感到他的那股深情的温热充满了我的内心。

硕贤

当我坐在床上修改剧本时，娜弦用手敲了敲书柜的侧板。

“电影公司打电话来了，问你什么时候把剧本发给他们。”

“你就说时候到了就给了。”

“那是……什么时候啊？”

娜弦用有些不满的神色问道，脸上写着“要是那么说，我会很难办啊”的表情。我无力地笑了一下，然后对娜弦回答道：

“要我今天晚上全都写完么？”

“前辈，咱们去跳舞吧。”

因为我的笑容而获得勇气的娜弦跑到我的床旁边说道。

“想去就自己去吧。”

“咱们去夜店玩吧。既然你讨厌我，咱们就各自去泡马子钓凯子。怎么样？”

我知道娜弦正在因为我而费心。虽然觉得有些荒诞，但我还是笑了笑，没有拒绝。

人如果装出一副开心的样子就会真的变得开心，娜弦如是说道。还说这是每当她感到心情不好时就会使用的方法，让我信她一回。但是在假装无所谓、假装很高兴这方面，我其实比娜弦厉害多了。当然，我现在是做不出来的。

悦梅那在公园里逐渐走远的背影突然闪现在了我的眼前。悦梅赤裸裸地将她忠实于现在的心境毫无掩饰地展现了出来。即便在我第一次在她面前表露心迹的那个时刻也是如此。回想着悦梅那仿佛马上就会哭出来的神情，我自言自语地对着娜弦嘀咕道：

“娜弦啊，以前吧……我对悦梅真的是无法理解呢。她为什么总是将我往她身边拉呢？为什么一次也不推开呢？为什么不会假装自己还好，或者假装她不爱我，而是将自己焦急的一面全都展现出来呢？但是我最近好像明白悦梅为什么会那么做了。”

悦梅是个不会隐藏自己心意的人。我到现在才明白，她因为太喜欢我而根本无暇去装模作样。因为我是个一旦被推开就会头也不回地离开的家伙，所以悦梅根本不敢推开我，而是一味地将我往她身边拉。

以前没来得及了解的事情，如今已经出现在了我的眼前。在时间面前崩溃掉的一切让我感到凄凉和落寞，使我反而苦笑了起来。

“失去了一切之后再领悟道理有什么用……”

“我也是那么想的。我领悟得太晚了。是吧？”

“说不定你将来还会因为错过我而感到后悔呢，所以现在先抓住我如何？”

娜弦努力地开着玩笑，我冲她笑了笑。娜弦对着我白了一眼，然后用手指头敲了敲自己的额头。

“让我打你吗？你起码得挨三下吧？”

我拿起铅笔对着正闭着眼睛点头的娜弦伸了过去。当当当！看着从嘴里发出额头挨打声音的娜弦，我更加平静地，而且真心地笑了出来。

我在智勋家的门口徘徊着。我看了看智勋那已经灯灭的咖啡店，然后又抬头看了看他那亮着灯的家。在明亮的三楼阳台上，挂在晾衣架上的悦梅的衣服吸引了我的视线。我的心里拧成了一个疙瘩，使我艰难地收回了视线。

走廊的灯从上往下一层一层地亮了起来，同时传来了有人走下楼梯的脚步声。最后，悦梅拿着垃圾袋出现在了我的面前。一看到我，悦梅立刻愣在了原地。

我走到悦梅面前，将她手里的垃圾袋接了过来。悦梅什么话也说不出来，只是尴尬地指了指堆放垃圾袋的地方。我大步地走向了垃圾分类回收场，而她跟在我的身后。

我扔掉了垃圾袋，然后站在了不知所措的她面前。她用满是不安的表情抬头看着我。真漂亮、真可爱！不管做出什么样的表情，她都吸引着我。我带着微笑的表情抚摸了一下她的脸颊。这是一种我已经失去的触感。一种已经不再属于我的触感。已经不再属于我的她此刻正站在我的身旁，这让我感到难舍难分，但我还是抽回手转身离开了。因为我不想失去这种依依不舍的感觉，因为我想记住这种珍贵的感觉。

我因为想念悦梅，所以去看了她。那份感情让我无法忍耐。我先告诉她，我之前一直很想她，现在也很想她。那些原本在悦梅恳切期盼的时刻没能说出的话，如今已经因为她不肯接受而说不出口了。当我在一边黑暗的小路上走了一会儿，然后突然转过身望去时，她已经不在那里了。

当我打开大门，走进客厅时，坐在沙发上的娜弦愣愣地站了起来。看到娜弦将手机抱在胸口，满眼含泪地看着我，我用讶异的目光看着她："你怎么了？"娜弦手里的手机映入了我的眼帘。"那不是我的手机吗？"就在这时，泪水从娜弦的眼眶里落了下来。

怎么了？我夺过手机看了看，通话记录中显示着妈妈来过电话的记录。她连续打来了好几通电话，但都成了未接来电。还有一段很短的通话，估计是被娜弦接听了。接着娜弦艰难地止住了哭声，对我说道：

“听说你妹妹……”

当我紧张而恐惧地看住娜弦时，“她……去世了”，那句话最终还是从娜弦的口中说了出来。

“前辈。”

娜弦走过来抓住了我的胳膊，却被我一把甩开了。

虽然这一切都在我的心中快速地旋转了起来，但那个一定不能知道这一事实的人却还站在那旋涡的中心。别人我不管，但起码那个人必须永远地远离我那本想彻底埋藏的真相。因为在这么多年里，我所期盼的事情只有这一件。

娜弦带着满脸的泪痕，等待着我的下一句话。我冷静却又坚决地，一个字一个字清晰地对着面前的娜弦说道：

“要是敢告诉朱悦梅，我就弄死你。”

“为什么？为什么不行啊？为什么？”

“别告诉她。她跟我已经结束了。彻底地结束了。别告诉她啊。别人我不管，但是她一定不能知道。就算你听不懂我的话，也要按照我说的做。向我保证！”

娜弦擦着泪水，艰难地点了点头。

“也别告诉电影公司那边。告诉他们原稿可能会晚一些送过去。”

"为什么啊！真是的。就跟个疯子似的。前辈你就没有真心吗？为什么假装没事啊，为什么？你明明说你不会装模作样的……"

娜弦拦住了我的话头，哽咽着说道。我一边帮娜弦擦去泪水，一边真心地拜托道：

"你不要哭，也不要出家门。来了电话就接，你就按我说的做吧。"

娜弦无言地点了点头，表示知道了。我轻轻地按了按娜弦的肩膀，然后走出了家门。

我在车辆稀少的公路上开着车。我加快了速度，穿过了隧道。在隧道内那仿佛要将我吸进去的灯光中，十年前的记忆突然向我奔来。那段将希望、期待和未来一点一点地从我的人生中夺走的凄惨记忆。

在植物园里，我刚刚看到正躺在急救床上的奇贤。

"哥哥，我怎么了？"

奇贤一边说着，一边显出一副无法保持手脚平衡的样子。奇贤的手脚不由自主地颤抖的模样，像利刃一样插进了我的内心深处。

当奇贤在病房里熟睡时，妈妈和我一起坐在了已经灭灯的诊疗室里。我们没有说一句话，只是各自看着不同的地方。我用凄凉的表情对着远方看了一会儿，接着转过头看着妈妈并艰难地开了口：

“她得的是跟爸爸一样的病吗？”

原本在静静看着地面的妈妈突然流出了一串泪水。

“这是……遗传的吗？”

我很害怕。我不愿意相信。看到妈妈不肯回答，我只得又问了一遍。

“这病遗传吗？是吗？这是遗传病吗？”

她得的是“亨廷顿氏病”。这种病一旦发作便无法保持手脚的平衡，而且走路的模样就像跳舞一样，所以也被称为“亨廷顿氏舞蹈症”。这是一种在出现无关自己意志的颤抖症状后，身体逐渐变得衰弱，变成痴呆，最终引发并发症的不治之症。

这是一种自发病之日起便逐渐走向死亡的病症。亨廷顿氏病有很高几率遗传给子女，属于典型的遗传病。百分之五十的概率。它不但是被遗传的概率很高，就连遗传后发病的概率也相当高。

“看来奇贤她……也会像爸爸一样病下去，最终浑身僵硬而死啊。”

我最终还是将怒火倾泻到了正安静坐在我身旁的妈妈身上。

“为什么要生孩子啊。为什么要生下我和奇贤啊？您难道不知道吗？”

妈妈抽泣的声音在空荡荡的诊疗室里回响了起来。

那天晚上，这一让人无法找到怨恨对象的事实让我感到了钻心的疼。我抓着奇贤的手，压低了声音哭了很久。在奇贤的有生之年里，她将逐渐变得衰弱。仿佛跳舞一般地摇晃着身子，她将最终四肢僵硬地死去。就像爸爸那样。

当我们搬到悦梅家时，爸爸进了疗养院。为了不让我和奇贤看到他病重的样子，他固执地做出了这样的选择。当我最后一次去疗养院看他时，我已经不在爸爸的记忆中了。妈妈和奇贤也不在了。爸爸那遗忘着一切死去的模样一直清晰地映在我的脑海中并支配着我。

我可能也会患上这种病。这枚隐藏在我体内的定时炸弹说不定哪一天就会将我像爸爸和奇贤那样推入死亡的深渊。即便如此，即便是这样，我也什么都做不了。要说我在这人生中可以改变什么，那就只有当那不知何时会到来的痛苦降临时，只能无可奈何地接受它的自我了。我的泪水不停地滴在奇贤的脸上和手上。为了忍住那即将喷薄而出的哭声，我将头埋在了奇贤的身上。那一夜，无穷无尽的不安一点一点地将我的时间蚕食掉了。

电话铃声响了。我用冷静而坚决的表情接听了妈妈的来电。

“是，是我。我正在过去的路上呢。大概两个小时之后就到了。”

话筒中传来了妈妈的哭声。我那抓着方向盘的手用力地握了起来。

“请您不要哭。反正咱们早就知道了。请不要哭。”

涌出的泪水反射着车窗外的灯光。泪水不断涌出，让我感觉世间所有的风景全都变成了一片模糊。

我在奇贤的遗像前放了一朵菊花。遗像中奇贤那灿烂的笑容让我感到了彻骨之痛，使我连哭都哭不出来了。我知道这件事早晚都会发生。一个黑暗而巨大的，但却无声无息的旋涡从远处向我的心中卷来。它席卷了一切，但非常沉寂；它推倒了一切，但非常静谧。

我活到现在，一直在想着这一时刻。我必须用仿佛看着人生最后一页般的心情生活下去，其原因我一刻也不曾忘记。我面无表情地在心中重复道：是啊，我早就知道了，这件事早晚都会发生的。只不过那一时刻就是此时此刻罢了。就算身在这巨大的旋涡之中，我也依然冷静地办着葬礼。我会这样并不是因为我没心没肺或者感觉还好。我只是比任何人都更加清楚地知道，如果不能直面现实，或者不能承受住它的打击，我的余生就只能活得像行尸走肉一般了。

悦梅

当我为了在智勋家里住一段时间而回家来拿行李时，硕贤并不在家。娜弦说他去参加活动了。

我将内衣和其他衣服取出来放进了箱子，突然发现有件衣服找不到了，于是偏着头想了想。那件有蓝色条纹的T恤衫去哪儿了呢？在我的衣柜里，不管怎么找也找不到。难道是混在硕贤的衣服里了吗？

我走进硕贤的卧室，翻了翻他的衣柜。我打开了第一个和第二个抽屉，最后连第三个抽屉也打开了。当我在翻找衣服时，手上突然触到了一个硬硬的东西，于是我将藏在衣服中的一个小箱子取了出来。

当我犹豫了一下，最终打开盖子时，只见硕贤和我的回忆正原封不动地堆在里面。我们过去也有过这样的时光啊。我看了看自己写给硕贤的信，看到在轮船游时拍下的照片，突然停止了动作。这是什么？硕贤怎么会保管着这个呢？硕贤明明在轮船游时残忍地拒绝了我的表白啊。我实在是无法理解他为什么会保留这些照片。

照片的旁边放着一个小盒子。当我用颤抖的手打开盒子时，一对戒指出现在了我的眼前。我记得硕贤和我当时明明将戒指丢进了饭店的那个放骨头的铁桶里。“这到底是什么呢？这些到底意味着什么呢？”我实在是无法相信。错乱的感觉瞬时间膨胀了起来，让我变得不知所措了。

也不知道时间过去了多久。随着太阳落山，硕贤的房间被阴影笼罩了起来。我坐在硕贤的床上，用更加平静的表情看着膝盖上的箱子。对于应该如何接受箱子里这些给我带来了一连串疑问的东西，我现在必须做出一个决定。

当我们在人生中遇到困难的谜题时，我们可以有两种选择。一种是努力地解开那道谜题，另一种则是安静地放弃。

我面色平静地关上了箱子的盖子，然后把箱子重新放回了硕贤的抽屉里。在过去的岁月里，尹硕贤的内心对我来说一直是一个谜题，而我则在其中找到了一个答案。那就是那个名为申智勋的男人。所以我选择了放弃。

我打开了智勋的抽屉柜，整理起了我的衣服。我将里面的空间分成了两半，一半放智勋的衣服，一半放我的衣服。当我快整理好时，门铃声响了起来。又不会有客人找上门来，会是谁呢？当我偏着脑袋打开门时，走进来的不是别人，正是智勋。

“我回来了。”

“搞什么啊，回自己家还要先按门铃再进来吗？”

“我一直都想这么试试呢。”

智勋笑着从身后抱住了我。他对着转过身来的我笑道：“我从下面往上一看，发现灯居然开着。家里本来一直是黑黢黢的。从那时起我这心里就小鹿乱撞了呢。”

智勋对我眨了眨眼睛。

看到他的那副可怜模样，我再一次将自己的身体依偎到了他那紧紧拥抱住我的怀中。智勋抱着我，在我的耳畔低语道：

“明天，咱们要去个地方呢。”

听到我问去哪里，智勋放开我的身体，灿烂地笑着回答道：

“去我妈妈那里。”

第二天早晨，为了见到智勋的妈妈，我们在一栋住宅前等了很久。在智勋去保育院前，智勋的妈妈再婚了，还有了新的家庭。所以他每次都只能像这样在远处看看妈妈。

“但是我今天要跟她打个招呼，所以你先在这儿等着……如果我带着无比凄惨的表情走回来，你只要紧紧地抱住我就行了。明白了吧？”

为了消除紧张而深呼吸的智勋，让我心头一沉。就在这时，智勋的妈妈打开大门走了出来。我用无比紧张的心情看着走向妈妈的智勋，生怕他会受伤。

我看到智勋的妈妈摸了摸他的脸，接着是智勋和他妈妈紧紧相拥的温馨一幕，然后智勋很快就面带喜色地朝我跑了过来。

智勋打开了副驾驶座的车门。他抓住了我的手，再一次朝他妈妈跑了过去。

“她就是我想娶的女人。”

智勋将我介绍给了他妈妈。

看到我打招呼，智勋的妈妈温和地笑了笑。

“这是我的名片。我看您有些吃惊，今天我们就先走了。如果您想我了或者有什么想问我的就联系我吧。”

妈妈接过了智勋的名片，然后看着智勋和我露出了温暖的笑容。他朝着妈妈露出了灿烂的笑容，而我则在一旁久久地看着他。

“我超级紧张呢。”

在回去的路上，智勋将手放在胸口说道。

“怎么不早点去问候她啊。”

“她有个上高中的儿子呢。”

“原来如此啊”，我没有说别的，而是静静地抓住了他的一只手。

“她应该……会给我打电话吧？”

他的眼中闪烁着光芒。智勋用期待大于害怕的表情问道。

结婚，智勋在他妈妈面前提到的那个词一点点地成为了现实。我的东西一点一点地充满了他的家，而我们也一起梦想起将来的生活。除此之外，我还需要向一个人征得关于结婚的同意。我点着头，突然对智勋问道：

“智勋，咱们去见我外婆吧？”

“今天吗？”

“不是，我外婆比较挑剔，所以需要一点时间。我要去见见她，跟她说一下。去的时候要带一张你的照片。”

“知道了。”

我对着智勋轻轻地笑了笑，然后转过了头。一辆车正从对面驶过来。那是硕贤的车。我看到了身穿黑西服，打着黑领带的硕贤。“娜弦不是说他去参加活动了吗？今天就回来了吗？”我漫不经心地回头看了看从智勋的车旁驶过的硕贤的车。

但是很快，智勋又用力地握住了我的手，使我的视线回到了智勋和我握在一起的两只手上。

硕贤

我将车停在了家门前，然后将室内镜拉下来看了看自己的脸。

有的人在痛苦的时候无法去依靠任何人。那种独自承受一切，决定一切的强者，是我一直梦想成为的样子。因为我知道这辈子永远不会离开我的人只有我自己。

我下了车，穿过院子走了进去。我脱下了黑色的正装上衣，搭在了胳膊上。接着我解开了脖子上的黑领带，然后在心里想着，虽然我很短暂地忘记了一切，但一切又都变得清晰了。什么都没有改变。

当我走进客厅时，原本在悦梅家里的娜弦急急忙忙地穿过推拉门跑了过来说：

“丧事……办完了吗？你还好吗？”

面对着小心地对我察言观色的娜弦，我尽可能平淡地笑了笑。

“当然还好了。”

当我走向悦梅的厨房时，娜弦跟了过来。

“姐姐来过了呢。”

趁着我喝水的工夫，娜弦的声音从我背后传了过来。

“看来她要在那儿住上一阵子了呢。”

我用力地甩掉了被束缚的情感，漫不经心地用眼神指了指燃气灶上的锅。

“你在做饭吗？”

“是啊，做给你吃的……”

娜弦关上了燃气灶的火。

我打开了汤锅，然后无奈地摇了摇头。

“喂，我在那儿都喝了三天的牛肉辣汤了，怎么又是牛肉辣汤啊，嗯？”

“不是啊……我就是怕前辈你没胃口。”

“你自己都吃了吧。”

虽然嘴上那么说着，但我向娜弦看时已经换上了一副笑脸。娜弦的诚心让我感激不已。但是这可笑的一幕让我实在是无可奈何，于是我朝着娜弦的额头伸出了手。

“你打算挨几下？”

“短促而强力地弹一下脑门。”

娜弦的话还没说完，我就已经打完了一下，然后温暖地笑了起来。我真心地感到了内心的宁静，于是很难得地笑了很久。

悦梅

我朝着走进酒店咖啡厅的外婆挥了挥手。身穿黑色正装的外婆病恹恹地坐在了桌子的对面。

“瞧瞧你眼角那皱纹吧。真不知道你哪儿来的自信，竟然连除皱素都不打。”

外婆严厉地对着正在笑着的我责备道。她一直在操心我这唯一的外孙女没有嫁人的事情。因为知道外婆是在真心地担心我，感到心头一暖的我更加灿烂地笑了出来。

“是啊，我老了吧？别人该把我当成外婆你的朋友了，是吧？”

“你要是今年再嫁不出去，来年就更嫁不出去了。”

“我……有男人了呢。”

我从包里试探性地取出了智勋的照片。“戴上老花镜仔细地看看哦”，说完我将照片递到了外婆的面前。外婆用仿佛在说“你哪来的本事”的目光看了我一眼，然后又瞄了一眼照片。

“所以这家伙到底要不要跟你结婚啊？”

“怎么那么快就看完了啊？他可是你的准外孙女婿啊。”

“男人都一样。随便挑一个都那么回事。给他吃给他穿，把他教育成人就行了。”

“这是领养义子么？”

“那就是婚姻啊，你个傻丫头。”

“你打算什么时候见他？”

“明天就带过来吧，咱们好定日子。”

我高兴地笑了起来，但是外婆那身黑色的正装却再一次吸引了我的眼球。

“话说你去参加葬礼了吗？”

问到这里，我突然想起了匆匆驶过的硕贤的车。这么看来，硕贤也分明是一身吊丧的打扮。

“难道你……跟硕贤哥参加的是同一个葬礼吗？”

外婆没有回答我，只是静静地搅拌着咖啡。外婆静静地看着我的目光给出了肯定的回答。

“谁死了啊？”

“奇贤……死了。”

“奇贤怎么会啊？”

听到奇贤的名字，我条件反射般地问了一句。外婆没有回答我。

“奇贤得的是会死人的病吗？她不是因为贫血太过严重而去乡下的吗？”

我实在是无法相信。听到这仿佛晴天霹雳一般的消息，一切都变得模糊了。奇贤竟然死了。我从来都没有料想过这件事。不是别人，而是奇贤啊。

“那家人不是有遗传病么。”

“外婆！”

我无法控制住自己突然爆发出来的音量。理性之线断掉了。在思维之线也被剪断后，那里已经什么都不剩下了。除了一个疑问之外。

“这件事你怎么才告诉我啊？你怎么能到现在才告诉我这件事啊！”

我没有理会面带惊色地看着我的外婆，急急忙忙走出了咖啡厅。我的身体和心灵都像被火焰烧到一般，烫得让我无法再坐在那里了。

我走在夜色中的大街上，感到头脑一片混乱，心中无比疼痛，只得不停地往前走。

我什么都无法知道，不，应该说我什么都没能知道，这让我对自己产生了巨大的愤怒。那个什么都不肯告诉我的，打算将一切都隐瞒到底的硕贤也让我气愤不已。我以为我对他是无所不知的。但是那些我真正应该知道的事实却没有人在我真正想知道的时候告诉我。

我踩着路灯的灯光向前继续走着，将自己的影子踩在了脚下。当我走上过街天桥时，我看到了那个在某一天从二楼跑到厨房的自己。那个在不知不觉间对硕贤造成了伤害的我自己。

“阿姨也真是太可怜了”，我说道。

当时的硕贤刚刚打开了放在餐桌上的快递箱子。硕贤的妈妈送来了她亲手种植的蔬菜，那一样样新鲜无比的蔬菜光是看起来就非常好吃。正在将蔬菜分装在塑料袋里的硕贤问道：

“可怜什么？”

“难道不是吗，她的人生……不是说你爸爸在奇贤出生后不久就生了病，在病床上整整躺了十年才去世的吗。不过你看看吧。奇贤到现在都已经病了多少年了啊？同样作为女人，我真是太可怜她了。要是换成我，根本连做梦也过不了啊。”

当我在摇晃着脑袋时，硕贤已经换上了一张冷峻的面孔。

“不是啊……我就是觉得阿姨这么牺牲也太可怜了。”

“谁还让你牺牲了么？我让你过那种人生了么？”

我的话还没说完，他就无比冰冷地说了起来，让我感到非常讶异和奇怪。

“怎么了啊，干吗突然变得这么严肃啊？”

硕贤没有理会我的话，自顾自地放下塑料袋，走过了推拉门。

我本来只是以为硕贤太过敏感了。一说到他妈妈，他就会立刻火冒三丈，这让我无法理解，所以就想当然地那么认为了。

在天桥上走了一半，我静静地停住了脚步。我的心已经痛得让人无法再动弹了。我闭上了眼睛。

“你，刚才说的是牺牲吗？那个词是你能说出来的吗？”

硕贤的声音突然在我的耳边响了起来。

“要我告诉你原因吗？因为你毫无希望。为了别人而忍耐、等待、给予关怀、牺牲的这种事情，你打出生时起就根本没有希望能做到。只觉得自己的感情最重要，只知道为自己着想的自私之人。那就是你。我对你这种人能有什么企盼呢？能有什么期待呢？”

我当时并不知道在面对牺牲这个词时，他为什么会如此严厉地斥责我。

我擦掉了流出的泪水，然后悄悄地抬起手按了按胸口。我已经知道了一切。他那些原本让我无法理解的举动到现在终于能说得通了。

他那在植物园里羞涩地将戒指交给我时的模样，说着自己跟我没有婚约而逃跑似地远去时的模样，在明洞的大街上跟我一样地发疯时的模样，在饭店里哭着说要和我分手时的模样，说孩子有什么重要时的模样，以及最后对我说非我不可时的模样，这一切都因为一块新的拼图的出现而完整地拼合在了一起。

我虽然一直很想知道他的真心，但到了现在才彻底明白。在那段恋爱中，爱得更多的一方其实是尹硕贤。我的泪水冒了出来。已经结了疙瘩的心中一直在往外喷涌着某种东西。在岁月的激流中逐渐显露出来的一块真正的拼图，让我看到了一个前所未见的答案。笑脸就是他的真心。

“手，咱们就这么牵着吧。”在香草农场里，硕贤紧紧地握住了我的手。

“我觉得这样就挺好啊。”在漫无目的地外出郊游时，硕贤一直在灿烂地笑着。

“怎么就往你脸上弹啊。”硕贤一边帮我擦着弹到我脸上的猪皮，一边深情地笑着。

“今天晚上，咱们在一起吧？”硕贤抚摸着我的脸颊，露出了让人心痛的笑容。

在耀眼的阳光下一边将牛奶杯递给我一边学猫叫时，还有在工作室里静静地看我唱歌时，他的脸上一直挂着笑容。

他是一个特别爱笑的人，我在当时就应该猜透明白那一切。但是我却没能猜透，这让我觉得自己让人寒心、可恶至极，结果忍耐已久的泪水就那样淌了出来。这是一股让我完全无法承受的震惊、混乱、后悔和伤痛。我最终还是瘫坐到了地上，开始大声地哭了起来。那一夜，仿佛世间所有的痛苦都集中到了我的身上。

硕贤

正当我将娜弦煮好的汤往小盒子里盛时，悦梅回到了家里。我默默地看着悦梅，而原本站在原地看着我的悦梅却走了过来。今天她的目光显得无比深邃。我用眼神指了指盛着牛肉辣汤的盒子问道。

“娜弦煮了牛肉辣汤，你要不要拿一盒回去？”

“奇贤她……还好吗？”

我无法给她任何回答。我转过视线，盯着悦梅。难道她知道了什么吗？悦梅用淡淡的声音再一次问道：

“奇贤她……到底还好不好？”

“应该还好吧……”

我看着悦梅，假装漫不经心地回答道。我必须装出一副若无其事的样子。就像我这些年做的那样。

“帮我转告奇贤……让她一定要好好的。顺便告诉她我也还好。”

带着湿润的眼角喃喃自语的她艰难地说了下去：

“顺便转告她一句……对不起。”

我感到她的那副样子很不正常，无比不安地看着悦梅那走向卧室的背影。

我敲了敲悦梅的卧室门。透过被缓缓打开的门缝，只见悦梅正呆呆地坐在床边上。悦梅回头看了我一眼，然后立刻又看向了地面。

“怎么回事啊？”

当我搭着床沿坐下时，“你觉得应该是什么事？”悦梅反而冷静地反问了一句。

悦梅那始终很消沉的模样一直压着我的心。我无法知道她到底知不知道奇贤的事情，她那模棱两可的态度让我很在意，于是我只能故意装出一副泰然自若的样子问了一句：

“干吗突然问奇贤的事情啊？”

"就是想她了。"

悦梅用和我一样平淡的目光看着我。

"应该可以见到她吧。"

"那要到什么时候啊？"

我偏了偏脑袋回答道：

"这个嘛……"

悦梅用心痛的眼神盯着我。每当从悦梅的口中提到奇贤时，我总会努力地躲避开。今天悦梅的视线让我更加难以承受，于是我只好转移了话题。

"你要走吧？来拿什么东西吗？"

"嗯，笔记本。"

"拿好笔记本出来吧，我送你。"

我努力地隐藏起自己复杂的表情，先走出了悦梅的卧室。

悦梅

我换好睡衣，在智勋的身旁躺了下来。卧室里灯光朦胧，只能听到智勋在翻书的声音。我紧紧地抓着他的一只手，闭着眼睛喊了一声智勋。他简短地回答了一句"嗯"。

"只要在智勋你的身边，我就会感到安心。不知道为什么，就是感到安心。"

"难道不应该感到心动吗？"

"虽然心动也很好，但我更喜欢安心的感觉。"

智勋放下书，抚摸着我的头发问道：

“干吗突然回家一趟啊？”

“是啊，我干吗要去呢？”

就算我闭着眼睛也能明白。智勋正在用“为什么要去啊”的眼神看着我。我感受着他抚摸我头发的动作，小声地说道：

“我要睡了，智勋。但是你要再摸一会儿我头发，然后等我睡着了再睡。”

我呼唤着智勋。不知道是不是在做梦，透过他那给我抚摸头发的温柔动作，我听到了他暖心的笑声。

“太可怕了。”

仿佛梦呓一般，我小声地嘀咕道。我背对着智勋转过身来，悄悄地蜷起了身子。

“什么那么可怕啊？”

“看来是我做了噩梦呢。”

“睡觉的时候别说梦话。”

我感受着从身后抱住我的智勋，握住了他那只放在我肚子上的手。我感到一切都是那么模糊，于是又叫了一声智勋的名字。他紧紧地握着我的手，一股热气传来。

“我就在这里，直接睡吧。”

“再给我讲讲你以前给树浇水的故事吧。”

“以前我妈妈再婚了，所以我在保育院里住了一段时间，而那里有一棵特别大的银杏树呢……”

当我希望这一切都是梦境时，智勋的声音渐渐消失了。我一边盼望着这个梦永远不要醒，一边沉沉地睡了过去。

第二天早上，当我从睡梦中醒来时，智勋正在等待着我。智勋将我抱起来放到了餐桌前，然后将刚煮好的鸡肉汤放在了我的面前。

“你知道你睡觉时显得有多难受吗？吃完接着睡吧。干吗总是在睡梦中说害怕啊？你外婆说她不喜欢我吗？”

“不是，她很喜欢你。”

“她要是更了解你一些，肯定会更喜欢你的。”看着智勋喜笑颜开的样子，我感到一阵怅然，于是艰难地收回了视线。

“对了，你昨天回家干吗啊？在那之后你就一直垂头丧气的……要不我别问了啊？”

听到智勋淡淡地问了一句，我对他嘀咕道：

“哥哥的妹妹死了。”

“那……那个人还好吗？”

突然站起身的智勋问道。我的泪水突然落到了餐桌上。

“我还好。”

我感到智勋正在静静地看着我，于是赶紧用手擦了擦眼泪。

“我……手上之所以会有伤疤，是因为我跟我哥还有他妹妹一起去植物园时受了伤，所以才会留下这个伤疤。”

我一边喝着鸡肉汤，一边开始喃喃自语了起来。

“我本来不想告诉你的。因为那天是我最后一次见到奇贤……我哥的妹妹叫奇贤，那天是我最后一次见到她。我不愿意再回想起那天的事情了，因为回想起来就会想见她，想见她就会担心她，担心她就会想去问我哥，而我一问，我哥就会生气。”

因为心痛，我反而用平淡的声音说了出来，这让我感到了一阵陌生。“原来如此啊，尹硕贤原来是这样的啊。那个人也因为太过心痛，所以一直这么淡然和冰冷啊。”我在心里想道。

“在跟我交往时……他会一直将我推开也都是因为奇贤。听说我哥他们家里有遗传病。虽然有可能不会发病，但一旦发病就会先病上十年，然后丧命。”

我没有看智勋的眼睛，而是淡然地说了下去。

“他跟我分手并不是因为讨厌我。”

“要不……我今天就不出去了吧？”

我可以理解智勋想要陪在我身边的心意。那份心意让我在今天感到格外感激和抱歉，于是我看着智勋勉强地笑了笑。

“不用了，我在家里休息，等你回家。晚上回家时记得先按门铃再进来哦。”

智勋努力地笑着回答了我。我们俩面对面坐着，无言地喝起了鸡肉汤。

硕贤

我将植物园的照片放进了奇贤的骨灰盒里。我仔细地抚摸了一下相框中奇贤的笑脸。

“奇贤啊，哥哥来了。将你送走时，因为人太多了，所以很多话我没能说出口。过得还好吗？”

奇贤的脸干净而美丽。当奇贤穿上那件白得耀眼的连衣裙时，如果我们能提前知道那天是她最后一个健康的日子。如果是那样，我们就不会如此心痛了吗？一个亭亭玉立的年纪。一个应该去爱别人，也被别人爱，并在成长过程中偶尔和人拌嘴的年纪。如果奇贤还很健康，那么我就会不懂得这份真实的珍贵吗？越是将悲伤埋藏心底，温暖的微笑就越是会出现在脸上，所以我比任何时候都更加真心地笑了出来。

“过得还不错吧？我都知道啦，丫头。要是那里不如这里，肯定会有人回来的，但是他们都在那里待着，可见那里比这里好多了，是吧？”

眼泪最终还是滴落了下来。

“哥哥我其实不太悲伤呢。比起你生病的时候，还是这样更好。虽然我很想你，但我也不是太痛苦。毕竟活着的时候大家也不怎么见面。”

当我再一次擦去落下的泪水时，那感觉就像在给奇贤擦眼泪。

“而且不管我再怎么悲伤也还想活着呢，难道还能比死去的你更悲伤吗？”

我闭上眼睛，将照片里的奇贤抱在了怀里。自从奇贤开始生病之后，我的心就一直在滴血。我感到怀中的奇贤仿佛在说着一切都还好，并抚摸着我的心。

“所以我无法感到悲伤呢。哥哥我就那样。”

虽然流出了眼泪，但我还是平和地笑了笑。我将奇贤的照片抱在怀中，在那里站了很久。

悦
梅

我在看奇贤骨灰盒里放着的植物园照片。智希不停地用手绢擦着泪水，在景的眼角也已经湿润，而我却反而非常淡定。照片中我们三人那灿烂的笑容让人心中无比憋闷。除了这里之外已经再也见不到奇贤了，这一事实让我们难以相信。

坐在骨灰堂的休息室里，在景和智希一直在看着远方的山。

“他的妹妹死了，怎么都不跟咱们说一声啊？她得的是什么病啊？”

听到在景的问话，我静静地摇了摇头。在景用和刚才一样满是不悦的声音再次问道：

“所以咱们根本就不能提这件事吗？”

“应该是吧？”

“太不像话了。那你打算就那么对前辈不管不顾吗？”

因为暂时还不知道该怎么办，所以我无法给她任何的回答。

“想想你以前上高中的时候吧。你妈妈去世的时候，前辈是怎么对你的。那时候的前辈才上高三啊。给你准备便当，每天送你上学接你放学，还做饭给你吃。说实话，如果不是你，前辈肯定能上一所更好的大学。”

智希说得都对。在我的人生中，如果没有那时候的硕贤也就没有现在的我，对此我比任何人都更清楚。

“真不知道我为什么总是想知道一切。如果他不肯开口，我就只管安安静静地为他做些力所能及的事情就行了啊。”

“所以啊，你还是到前辈的身边去吧。就凭他那自尊心，挽留你是一件容易的事情吗？他那么挽留你，你却还是拒绝了啊。”

在景碰了碰智希的胳膊，仿佛她说得不像话一般嗔怪道：

“喂，她还有个黑胶板呢，怎么到前辈身边去啊？我们只是把他当成前辈来喜欢，而不是把他当成男人啊。你瞧瞧，他都不肯把奇贤的事情告诉咱们呢。”

“不是啊，她跟黑胶板交往了也没多久啊。老实说，你会喜欢黑胶板也是因为你跟前辈分手在先，而他刚好又在你难过的时候找到了一个好时机啊。”

我低低地却坚决地否定了一句，说那是智希想错了。

“你啊，还是别想其他的事情了。反正爱情都是会变的”，对于在景的话，“我……觉得你还是跟前辈重新开始比较好……”智希显出了一副丝毫不在乎的样子。

在景在这时给智希使了个眼色。

“你别那样！”

智希也毫不示弱地回瞪了在景一眼。

“我就是觉得她应该回去啊，你让我怎么办！”

“我以为我跟他已经什么都做过了呢。但是在遇到智勋之后，我偶尔会想，原来智勋对我做的这些才是真正的爱啊。一旦他喜欢上一个人，就会迁就对方的一切。我觉得他会那样并不是因为他暂时被我迷住了，而是因为他本来就是个会为心爱的人奉献一切的人。”

在景给智希扮了个鬼脸。

“你瞧瞧。”

“但是我从来都没能给过我哥那种爱。我整天都只觉得自己的心情才是最重要的，只想着自己想要的东西。而对于哥哥他的想法如何，心情如何，为什么会那样，我却从来都没考虑过。我就是个小孩子啊，一个不懂事的小孩子。所以哥哥他才无法相信我，也没有依靠我。”

“所以你就跟前辈重新开始吧，好不好？”

在景拍了一下智希的后背。智希责备地看了在景一眼，“爱情……真是困难啊。恋爱真是太累人了。就像吃饭一样，像呼吸一样，像喝水一样简单地凑合一下就行了呗……累死人了，真是的”，然后叹了口气，摇了摇脑袋。

“如果爱情那么容易，怎么还会有那么多独自彷徨的人呢？”

智希瞪大了眼睛，仿佛很意外似地向在景反问道：

“对你来说也很困难吗？”

“那当然了。再怎么说也是跟另一个人产生某种关系啊……”

我没有理会智希和在景的对话，只是静静地陷入了沉思。

我到达智勋的家里后立刻开始收拾起了行李。我打开了抽屉柜，将衣服又放进了箱子里，然后心痛地看了看这抽屉里那空荡荡的一半空间。

我一直以为就算在一起也会感到孤单的便是爱情。因为不管我再怎么向硕贤表达爱意，硕贤都不肯接受，所以我们最终才会变得孤单。但是我现在明白了。我从来都没有将他想要的爱情给予过他。而之所以即便如此他还依然陪在我身边，正是因为他真正地爱着我。

如果没有智勋，我肯定不会明白，明白我和硕贤的那段本以为已经结束的恋爱，其实根本就没有好好地开始过。他把我推开并不是因为讨厌我。他跟我分手并不是因为对我产生了厌烦。我很想将这份我本可能永远都无法知道的爱情还给硕贤。不，我必须还给他。即使这件事为时已晚。

我拿起旅行箱，放在了客厅的一个角落，然后走向厨房，打算去喝水。当我打算打开冰箱门时，上面贴着的便笺纸映入了我的眼帘。

“本来想回家吃个午饭的，结果你不在家呢。冰箱里有便当，热热吃吧。”

这是智勋温柔的留言。我讪讪地笑了笑，然后将便笺纸放进了衬衫的口袋里。门铃声响了起来。

“是谁啊？”当我一边问着一边打开门时，“看！”智勋将一束花递给了我。我接过花束向智勋问道：

“你去花市了吗？”

“嗯，我本来想吃完午饭后看情况带你出门的，你去哪儿了啊？”

“跟朋友们一起去了奇贤的骨灰堂。”

“怎么不跟我说一声啊，那样我就送你过去了。”

我早就料到智勋会这么说了。智勋的这份善良和体贴让我在今天感到格外心痛。我无法再接受他的好意了。我将花束放在了桌上，然后喊了一声智勋。当他转过身来时，我艰难地开了口：

“你过来坐一下，我有话要跟你说。”

智勋用害怕而不安的目光看着我。我静静地看了看他，最终先在沙发上坐了下来。他冷静地环视一下四周，最终看到了我放在客厅角落里的行李。然后他又看着坐在沙发上的我。

他读出了我那“都说了我有话跟你说啊”的表情，然后陷入了沉思，但结果还是在沙发上坐了下来。接着，智勋抓住了我的手。我眼眶红红地低头看了看他的手，最终还是狠了狠心，面对面地看着智勋：

“从现在起，我将……让智勋你感到心痛。”

“你一定要……坚强一点。”我说。

因为我比任何人都更加清楚这一事实，所以面对着不闪不避地看着我的智勋，我只能这么说。

“我不会心痛的。反正不管你说什么，我都会把它当成你爱我的话来听。”

“我……要回到那个人的身边去。”

“是啊，他肯定很痛苦，你去他身旁陪陪他吧。把婚期推迟一下也没关系，你不住在这儿也无所谓。虽然我很想跟你一直在一起，但即便只是偶尔见一面也没关系。”

“我不是那个意思。”

智勋也很清楚，我一边放开智勋的手一边说出的话到底是什么意思。

“我要去跟那个人重新开始。既然我知道了他推开我并不是因为讨厌我，那我还是回去比较好。智勋你也知道我有多喜欢那个人啊。”

“再考虑一下吧。”

“不管再怎么想……我也没有其他办法。”

“再想想吧，看看是不是还有别的办法。”

“我已经决定好了，智勋。”

“在那个决定里没有我的存在啊。我的心意就不重要吗？”

“你就……管我叫坏女人吧。”

“给我一天的时间吧。你的想法，还有那个人的情况……我会充分地考虑到的。你不能独自做决定。你的事情就是我的事情。”

智勋真挚而坚决地拜托道。我的眼角已经湿润，只是低着头看着地板。眼泪似乎立刻就要喷涌而出，却被我艰难地忍住了。智勋那依然冷静的声音在我的心头响起：

“一起考虑一下吧，一起……”

那天晚上，我坐在旁边看着先入睡的智勋。带着刺痛的心抚摸了一会儿智勋的脸，然后擦了擦湿润的眼角。然后我立刻站起身来，拿起箱子走向了大门。白天放在一旁的花束那鲜艳的色彩再次让我感到一阵心痛，眼眶也变红了。为了不产生动摇，我最终还是走出了智勋的家。

当我拿着行李箱走出智勋家门前的巷子时，智勋把车停在了我的身旁。他从车上无言地走下来，从我手里夺走了箱子。他将行李放进车里后，又拿着《月亮代表我的心》的唱片走了过来。

“你怎么能连一天的时间……都不给我啊？”

我因为感到抱歉和痛苦而没能作出任何回答。

“你以为我只会考虑自己吗？你就那么信不过我吗？”

因为不是那样，所以我无法给出任何回答。

“我会充分地考虑你的心意，还会考虑到那个人的情况。毕竟他对你来说是个很珍贵的人。我不是说了我知道吗！”

我用几乎马上就要哭出来的表情看着智勋。

“不要哭。毕竟你是自愿回去的。不要让我看到你哭泣的样子。因为我不希望看到你难受的样子。虽然我不会再挽留你了，但我会等着你的，记得回来。”

“我无法……向你保证。不要等我了。我会跟那个人努力一下的。”

“我不是说了不管你说什么，我都会把它当成你爱我的话来听吗！我会等你的。我的话，你给我记住了！”

智勋将唱片塞进我的怀中，用坚信不疑的口气说道。我无法避开他那射入我内心的霸道目光。

“别忘了咱们是怎么好上的！也别忘了我现在是以怎样的心情将你送走的。就算在地球上兜上十圈，咱们最终还是会再相遇的。我相信一定会这样的！”

智勋抓着我的手走向了他的车。他无言地开着车，而我则坐在一旁紧紧地抱着唱片。智勋的车很快就到达了我家门前。看到我下了车，智勋也跟着走了下来。他从后座上取出了行李箱，然后帮我拿在了手里。

“进去吧”，智勋小声说道。当我哭丧着脸看向智勋时，“我等你进去了再走”，智勋努力保持着冷静说道。

我转身走进了院子。我用力地抱住了怀中的唱片，迈着大步离开了他。我头一次没有回头看他，因为怕自己一旦回头看了就会跑过去扑进他的怀里。

硕贤

我拿起床头柜上的温度计，叼在了嘴里。38.9 度。突然袭来的疲劳症不见好转。我在自己身上按压了半天。笃笃，卧室门被敲响了。本以为是娜弦要进来，于是我抬起头看了过去，却看到了让人难以置信的一幕。悦梅竟然站在那里。

“喝鸡肉汤吧，哥。”

悦梅若无其事地将床桌递过来的模样让我感到很陌生，于是我静静地看着她，带着“你怎么会在这里”的目光。

“体温计在哪儿？”

“找那个干什么？”

“我生病了，所以你肯定也生病了吧。我不用去医院，只需要吃点退烧药就行了。嗓子有点疼，浑身有些刺痛，但是不咳嗽吧？”

悦梅带着“我也那样”的表情呆呆地说道，这让我感到很郁闷。

“我没病。”

“说谎。”

“咱们一起生病的事情被你说得好像有多大意义似的，但你生病了而我却没病的情况其实也有很多。别偶尔一起生一次病，你就给它贴上一个很感性的理由。我可不喜欢这样。”

“随你怎么说吧，反正我不会再相信你的话了。”

“她这是怎么了？”当我还因为悦梅突然跑过来照顾我而感到讶异时，“我跟申智勋分手了”，悦梅装作无所谓的样子继续说道。

我表情凝固了。“朱悦梅，那种话你怎么能用那么漫不经心的表情说出来啊？”我在心里想道。

“咱们重新开始吧。”

那一刻，我怀疑起了自己的耳朵。重新开始？听到那句话，我立刻感到一股怒火直从我的嗓子眼往上冒。我感到呼吸困难，不知不觉间皱紧了眉头。

“详细的事情等到烧退了再说吧。”

我没有理会悦梅递过来的勺子，自顾自地爬了起来。

当我下楼来到客厅时，悦梅跟在我的身后。我的脚步声和悦梅的脚步声重合到了一起。

当我死皮赖脸地挽留她时，悦梅明明残忍地拒绝了我。我以为自己在那时候已经看透了悦梅的真心。所以在此时此刻，悦梅的所有举动都将我的自尊心撕成了碎片。我实在弄不明白悦梅现在这么做到底是出于什么样的意图。什么？咱们重新开始吗？

喷涌而出的怒火让我喘起了粗气。我的心脏开始猛烈地跳动了起来。浑身上下的刺痛和眩晕同时向我袭来。我转过身来，带着满脸的愤怒狠狠地瞪着跟着我的悦梅。

“你觉得我很好欺负么？”

“我从来都没觉得你好欺负。”

她那泰然自若的态度让我的愤怒又升了一级，也不知道她是否懂得我的这种想法。“吃完饭咱们去散步吧，路上顺便去药店买点药。今天天气这么好，为了纪念咱们重新开始，你今天跟我一起约会吧”，悦梅把自己想说的话全都说了出来。

我真是无奈了。当我怒容满面地静静看着她时，“真对不起，我错过了跟你和好的机会，我没有在你让我回来的时候回来。但是咱们总是会那样啊。咱们能因此而紧张起来，我觉得也挺好的”，她看着我的眼睛说道。

虽然一直是那样，但这一次我以为并不是如此。那个永远地将我推出她的世界，让我无法再对我们的关系抱有任何期待的人不是别人，正是悦梅。

“我会努力的。但是你可得比我更努力哦。毕竟不管是因为什么样的契机，我变了但你却没变。而且如果你还像以前那样卑鄙地隐藏真心，独自躲闪逃避，那我还是会再离开你。所以你也要努力。”

不管悦梅的真心为何，我依然感到很不爽。因为心中的愤怒难以驱散，我瞪了她一会儿，然后直接走出了家门。

我坐在公园的长椅上正摸着雷克斯的头，不经意间抬头一看，只见悦梅正从远处走过来。怎么还有这种人啊。她是怎么知道我会到这儿来的？

当我带着雷克斯站起身来时，站到我面前的悦梅喊住了我的名字。带着“你牵着狗，除了这儿还能去哪儿啊”的表情，悦梅用充满豪情的声音说道：

“我可是个能在明洞的闹市区毫无羞耻地打架的女人。你要去哪儿啊？你想在这儿也打一架么？”

“你嗑药了么？疯了么你？看来你的脑子是彻底地秀逗了。”

“赶紧吃退烧药吧”，说着悦梅将手里的药递给了我。

“我干吗要吃你给我的东西啊？”

“生病了才会吃药啊，如果没事又何必吃药？”

“都说了我没生病啊。”

“要是想继续病下去，那就拿去扔了吧。”

听到悦梅的话，我将手里的药丢进了垃圾桶，然后走开了。悦梅从垃圾桶里将药重新拿了出来，将药袋在身上蹭了蹭，然后跟上了我。

“你要一直跟着我么？”

“这个公园是你开的么？”

我真是要疯了。她的这张厚脸皮到底是从哪儿长出来的啊？我努力地无视着她，转过身和雷克斯一起走了起来。

当我走出公园时，悦梅也跟着走出了公园。当我过马路时，悦梅也跟着过了马路。我走在大路上，而悦梅则一直跟在我的身后。我已经忍无可忍了，突然转过头看着悦梅：

“你打算跟我到哪儿啊？”

“我不会跟着你的。”

悦梅走着就过来抢走了雷克斯的绳子。“你跟妈妈一起回家去吧”，悦梅对着雷克斯嘀咕道，而我则很无奈地看着她。

“你在外面透透气，好好想一想吧。九点之前要到家哦。在景和智希会过来的。你又没什么了不起的，别让三个女人等你一个，早点回来。”

当悦梅牵着雷克斯正打算转身时，我一把抓住了她。

“奇贤过得还好吗？”

当时悦梅突然地问了我这么一句，这让我非常在意，于是我突然向她问道：

“你……知道什么事情了吗？”

“嗯，我知道了申智勋其实是个不怎么样的男人。”

说完悦梅就牵着狗走了。悦梅和申智勋之间真的发生了什么吗？

当悦梅需要我时，我不得不将她推开；当她离开后，我才明白了她的珍贵。当我迫切地需要她时，悦梅却不在我的身旁。当我因为这件事而感到庆幸时，她却又回来了。

我们总是在错过彼此，而且说不定永远会这样错过下去。一边这样想着，我一边用无比混乱的心情看着渐渐远去的悦梅。

当我回到家时已经过了约定的时间。沙发已经被挪开了，地上铺了一大堆被子，三个女人仿佛等待已久一般转身看着我。

这又是怎么回事？

“前辈，咱们今天要合宿哦。”面对眨着眼睛笑着的在景，“我为什么要跟你们一起睡啊？”我很不情愿地回答道。

“跟我们还分什么彼此啊……上次在加平的度假村，咱们四个不也是一起睡的嘛。”

“在江原道就没一起睡么？在济州岛不也一起睡了嘛。”

继在景之后，智希也说道，而且带着“到现在了还害羞什么”的目光。

“放着房间不睡，这是搞什么鬼啊。”

仿佛根本就没把我的话当回事一般，在景笑着指了指卧室：

“赶紧去把睡衣换上吧，咱们来下大富翁棋。”

悦梅在一旁开心地笑着，举了举手里的棋盒。

我们四人坐在客厅里玩了很久。虽然觉得这是一个与往常相同的夜晚，但家里这种热闹的气氛却以另一种方式让我冷静了下来。在那段让我感到孤独寂寞的时间里，三个女人的笑声一直没有断过。那些指向我的声音和手势，这一切让我感到熟悉和温暖，使我时常微笑。

不是孤身一人的感觉真好。我无须独自熬过漫长的夜晚，这感觉真好。我无须独自走在黑暗之中，这样真好。也不知道我们已经多久没有这样过了。我跟三个女人一起沉沉地睡了过去。那一觉睡得很沉很香，没有做梦。

悦

梅　在所有人都熟睡的夜晚，我独自蹲在家门口抬头看月亮。月光太过明亮，让我无法入睡。渗入心中的月光太过耀眼，使我很难躺在那里。

“有一天白天我没能给它浇水，所以晚上去补浇，结果当时正值某个月的十五，天上的月亮特别大。我大概浇了二十趟的水，然后抬头看了看月亮。我一下子就明白了，‘原来这就是爱情啊’。”

我突然回想起了跟智勋一起坐在他的树下看月亮的夜晚。

他说爱情就是那种让你感到担心，想要为对方做点什么，做完之后很有成就感的东西。因为感到智勋那慈爱而温暖的声音突然渗入了我的心中，我深深地吸了一口气。光是想想就无比吃力。我用力地闭上了眼睛，仿佛想要消去那段记忆。

光是这样下去，一切都不可能有任何好转。为了将那个清晰地记着我的身体和心灵的他驱赶出去，我不得不这么做。如果那些会让我想起他的东西从我眼前消失，情况会不会有所好转呢?我将头埋在了膝盖之间，然后用毅然决然的表情抬起了头。

我拿着垃圾袋走进了卧室。我将智勋的照片相框和那束被硕贤晾干的、智勋送给我的花放了进去。《月亮代表我的心》唱片也被放了进去。我提着袋子来到了家门口。我将袋子放在了堆满垃圾的地方，然后带着决然的表情转过了身。

当我走进家门时，智勋送我的那辆自行车又映入了我的眼帘。我用有些动摇的目光看了一会儿，然后立刻决绝地将它推到了智勋的咖啡店。虽然咖啡店已经关了门，但是咖啡店里的灯却还亮着。“智勋肯定在那里面的某个地方吧”，光是这么想想我就感到了心痛，于是我只好努力地收拢了一下心神。我将自行车停在了智勋的咖啡店门口，然后毫不犹豫地转过了身。他已经没有机会了，我已经再也回不去了。这不是做给他看的，而是做给我自己。

硕贤

我实在是睡不着，于是睁开了眼睛。悦梅的铺位上已经不见了人影。听着智希和在景轻微的呼吸声，我静静地坐了起来。推拉门对面传来了悦梅的声音。拿着什么东西走出去的声音、她走过院子时的脚步声、大门被打开后过了几分钟她又走回来的声音。然后……安静了很久。

悦梅会坐在院子里的哪个角落呢？我站起身来拉开了窗帘。悦梅正背对着我坐在门廊上看向院子的方向。悦梅正抬头看着的是十五的满月。悦梅一动不动地抬头看着月亮。在过了很久之后，悦梅推着自行车走了出去。后来，悦梅是独自回来的。自行车已经不见了。

我的心……怎么了？

硕贤

我经常看望奇贤，比她活着的时候去得更频繁。夕阳西下时，我不知不觉间已经坐在了驾驶座上。当我清醒过来时，已经到了奇贤的面前。虽然没有再哭出来，但心里却比奇贤活着的时候更加的难舍难分。心里明明这么痛，我却还能活下去，这让我感到很神奇。我之所以能支撑下来，都是因为悦梅到我的身旁来陪伴我了。

回到家里的悦梅一直在围着我打转。她每天都会以打扫房间为由进出我的工作室好几趟，或者做一堆不怎么样的煎饼给我吃，甚至会毫无理由地在客厅里徘徊着看我的脸色。晚上当我在二楼的卧室里正要睡下时，总能听到悦梅小心翼翼地上楼梯的脚步声。即便在我闭着眼睛的时候，我也能感受到她静静地从上方俯视我的眼神，或者帮我掖被角的动作。

她为什么会回来呢？她会不会已经知道了奇贤的死呢？虽然我也有过这样的猜测，但她的眼神却总是很泰然，就好像我们之间什么都没发生过一般。仿佛她离开我而去申智勋身边的事情只是一场梦。

悦梅没有去工作室，而是一直待在家里。她会在临近中午时将我叫起来，和我一起在院子里吃早午餐，或者牵着雷克斯和朱蒂陪我一起在附近的公园里慢慢地散步，抑或去我们经常去的超市买一些生活用品。一种深深的宁静渗入了我们之间，但这份宁静却让我感到无比陌生，所以我会经常去看悦梅的眼睛。她那原本火热、坚决而又坚强的目光似乎笼罩上了一层阴影，又似乎变得平和了一些。

就算在我出门去看奇贤的时候，悦梅也没有问我去哪里。当我从奇贤那位于坡州的骨灰堂回到家时，她的厨房里正咕嘟咕嘟地煮着大酱汤，然后我们就面对面地坐下来吃起了饭。

这些日子过得无比平和。悦梅变得更温顺了，而我则变得更深情了。我们没有将“爱”这个词挂在嘴边，就这样小心翼翼地维持着这份平和。如果什么事情都不发生，就这样生活下去，我们似乎就能变得幸福。

悦梅

我打开了卧室的窗户，打算吹一吹夜风。一股清凉的风从后院吹了过来。白天的太阳无比毒辣，而那股热气却被大地吞噬，我感受着这股清凉，轻轻地闭上了眼睛。

自从回到家之后，我就很难入睡。虽然醒着的时候会有意识地去想硕贤，但快要入睡时却总会不自觉地想起智勋。每当我入睡时，智勋那温暖而深邃的目光就会在我的梦中出现。智勋温柔地抚摸我头发的动作让我分不清那到底是梦境还是现实，所以我经常会从梦中惊醒。

智勋过得还好吗？他正在怎样忍受着这一切呢？看到我留下的自行车，他会是怎样的心情呢？他妈妈会联系他吗？他又见到他妈妈了吗？就算他跑到我身边来用无比恶毒的话咒骂我，我也无话可说。

我吸了一口气。浓郁的绿荫在雨后散发出的味道让我感到心旷神怡，使我更加用力地吸了一口。从轻眠中醒来后砰砰乱跳的心脏逐渐镇定了下来。这时传来了硕贤的卧室窗户被打开的声音。刚睁开眼睛就在对面的窗户上看着我的硕贤很安详地笑了笑。看到他的笑脸，我再次回到了现实。我明白了自己是以何种心情回到这个家的。我努力地对他笑了笑：

“剧本写完了吗？”

硕贤点点头，表示肯定。

“作为纪念，咱们去吃块蛋糕吧。”

“幼稚死了，又不是头一次完稿。”

硕贤可爱地白了我一眼，然后重新抬头看着天空。

“月亮可真够亮的，是吧？”

“是啊”，我跟着硕贤一起抬头看了看月亮，然后立刻低下了头。内心的刺痛让我喘不过气来。

智勋在月光下向我跑来的身影在我的眼前晃动了起来。当我努力地平复着呼吸，想要忘掉那模样时，“你还记得咱们小时候因为月亮而吵架的事情吗？”硕贤问道。

是吗？我没有想起来，只是偏了偏头。

“我说这世上只有一个月亮，结果你直接哭了。不记得了吗？”

看到我摇了摇头，硕贤轻轻地笑着继续说道：

“你不是说首尔的月亮怎么可能在釜山也有，而且每个地方都一样，还说这世界上其实有好几个月亮嘛。就算我拿着书给你解释地球是圆的，而且月亮怎么怎么样，你也一直坚持说不是啊。”

原来如此啊。不管怎么想我都不记得这件事了。

“每当我看到月亮时都会想起那时候呢。但是看来你已经忘记了啊。”

听到硕贤的话，我再一次抬头看向月亮。然后想起了申智勋。那个前所未有地猛烈敲击我心扉的人。在月下领悟到的他那种无条件的理解与爱让我感到了一种刻骨铭心的思念，我无法再抬头看天空。

“不过哥啊，就算现在想来，月亮也应该是有好几个。”

我对着硕贤抛出了这样一句。看着一个月亮也会有成千上万种想法，既然有了成千上万种想法，就不能说月亮只有一个。就像我现在的心情一样。

硕贤

当我合上书躺下时，悦梅上楼梯的声音传了过来。伴随着笃笃的敲门声，悦梅将头探进了门里。

“干吗啊又。”

“就是想知道你睡得好不好……”

悦梅含糊地说着并悄悄地走到了我的身旁。

“我睡不熟啦，都怪你。昨晚你也在我房间进进出出了好几次。你到底搞什么鬼啊？”

悦梅没有回答，而是说了句“还记得这个吗？”并从身后拿出了两个枕头。

我看了看正嘻嘻笑着的悦梅和两个枕头。我不可能会忘记。那个与今天不同的，号啕大哭的悦梅。

那是在悦梅的妈妈去世之后。回到家之后便独自坐在房间里痛哭的悦梅让我实在是放心不下，所以我根本无法让她独自待着。在妈妈和奇贤已经入睡的深夜，我敲响了悦梅的房门。

当我悄悄地把头探进房间里时，原本坐在床上哭泣的悦梅静静地看着我。她的怀里抱着她妈妈的遗像。

“我能进去吗？”

我做着“嘘”的手势，小声地问道。

悦梅轻轻地点了点头。那是什么？我没有理会她看向我怀中两个枕头时的疑惑眼神，径直坐到了床上悦梅的身旁。

“睡不着吧？”

“就是无法相信妈妈已经去世了……”

悦梅那有些淡然的声音让我感到心中一阵憋闷。

“要不要一起睡？”

对着正在用意外的眼神看着我的悦梅，我晃了晃手里的两个枕头。

“用枕头分开两边睡就行了啊。你睡左边，我睡右边。”

我将两个枕头叠放在了床的中间。

“要是让阿姨知道了，肯定会挨骂的……”

虽然嘴上那么说着，但悦梅并没有拒绝。“我会在我妈起床之前回去的”，我对着正在呆呆望着床上两块空间的悦梅嘟囔道。

“我躺下了哦。”

当我犹豫了一下，最终先躺下时，悦梅才将一直抱在怀中的遗像放到了床头柜上。我看着一边躺下一边关灯的悦梅。

我很想陪在她的身边。比起语言，我想用行动来让她明白，我在你的身边，我想永远跟你在一起。黑暗中传来了她那哭声渐弱的呼吸声。怀着无比庆幸的想法，我轻轻地将手从枕头上方向她伸了过去。我牵着悦梅的手，给她唱起了摇篮曲，直到她沉沉地入睡。

那一夜是我们第一次一起入睡的夜晚。

在明亮的阳光下，我睁开了眼睛。我看到悦梅正蜷缩着身子在枕头的另一边熟睡着。我将被子盖在了悦梅的身上。她的脸在最近显得格外温顺。我充满依恋地抚摸了一下悦梅那张熟睡的脸。

平平的额头和修剪得当的眉毛、可爱的耳垂和显得很固执的下巴都被我用手指仔细地抚摸了一遍。那熟悉的触感，还有熟悉的体味……我闭着眼睛，摸索着抓住了她那只放在枕头上的手。即便闭着眼睛，我也可以摸到她手掌上的那个伤痕。

我闭着的双眼变得湿润了。虽然还想拥有更多，但我觉得此时此刻已经足够了。没有对我强求任何关于未来的约定，也不爱其他男人的瞬间，只是以朱悦梅的身份留在我身旁的瞬间。回想起来，我最爱悦梅的瞬间正是这种她既不属于我，也不属于其他男人的瞬间。

就像此时此刻一样。

悦梅

我跟硕贤面对面地坐在餐桌旁，吃起了一起做的糖醋肉。虽然是第一次做，但做得还算成功，于是我们叽叽喳喳地聊了半天关于食谱的话题。硕贤在这时夹起一块糖醋肉给我递了过来。熟悉的动作、熟悉的笑眼，硕贤那温柔的动作让我感到安心，于是我将肉吃进了嘴里，然后说了声“真好吃”。

这一天过得很温馨。我们笑着、聊着，若无其事地做着日常的事情。

“你为什么跟黑胶板分手啊？”

虽然我早就知道硕贤肯定会问我，但我很想轻松地一带而过。因为我越是刻意地去隐藏就越是会被看穿自己的真心。看到硕贤问完了之后还在若无其事地吃着糖醋肉，我故意很调皮地回了他一句：

“如果你非要听，我也可以告诉你。”

"如果你肯说，我就肯听。"

"如果你肯听，我就肯说。"

原本斜视着我的硕贤停下了话头，正面地看着我：

"什么啊？别开玩笑了。到底是为什么啊？"

"……因为我又喜欢上你了……"

面对着无比紧张的硕贤，我淡淡地点了点头，表示这是真的。

"你已经彻底地让我看到了你的真心，所以不好这么说吧。你不记得了吗？你拒绝我时的语气有多冰冷。"

他落寞地笑了笑，淡淡地说道。

"你对我可说过更过分的话呢，而且以更加过分的方式拒绝过我。"

"我对你真是太了解了，根本不可能会被你重新喜欢上我这种话骗过去。"

他的眼中出现了阴影。他的心痛也感染到了我，他的心伤也影响到了我。

"你只要对一个人敞开了心扉，就不可能轻易地离开他。如果你离开了一个人，那肯定不是因为你很坏，而是因为那个人太坏了。但是……黑胶板那家伙我虽然只见过几次，可他应该不是那种会对不起你的家伙啊。"

听着硕贤的话，我重新明白了一个道理。我们不但会直接给对方制造伤害，还会因为太过熟悉彼此而间接给对方造成伤害。

"到底是为什么分手的？"

面对着他向我袭来的架势，我已经避无可避了。

“为什么分手就那么重要吗？”

“对我来说很重要。因为那样才能知道你为什么会回来。”

虽然知道奇贤的事情，但我不能说自己知道，所以只能静静地看着糖醋肉发呆。

“自从你回到家之后就一直很奇怪啊。拒绝了朴导演的工作之后又不做别的工作，一直在家里围着我打转，晚上睡不着还总往我屋里跑。到底是为什么啊？”

“对我来说……你是最重要的存在。比我自己更重要。”

我是真心的。我就是因为那个才回来的。尹硕贤比我的心意更珍贵——那喜欢申智勋的心意。回来之后我重新明白了，即便是在争吵的时候、他拒绝我的时候、已经分手的时候，甚至恨他恨得想要杀掉他的时候，我也一直喜欢着硕贤。这件事让我自己都感到无法理解。我对硕贤的喜爱之情在此时此刻也如涨潮一般涌了过来，仿佛此时此刻当我们面对面地坐在一起时，我们并没有分过手。就好像我们一直都在一起一般。

“……婚，不结也没事。咱们就这么一起生活吧。那样不就行了。”

“你不是一直都很想结婚么？怎么事到如今变成这样了？”

“我之所以想结婚是因为你总让我感到很遥远，所以我很想跟你捆绑在一起。但是现在已经不用了。光是这么在一起也不错。”

硕贤犹豫了一下，然后装作漫不经心地问道：

“那么……申智勋呢？”

我感到心中突然一沉，什么话也说不出口了。

“你没喜欢过申智勋吗？你不是喜欢过嘛。现在呢？不喜欢了吗？”

硕贤的话把我的内心压得很痛，使我的眼中含满了泪水。如果没有和他四目相对，说不定我可以说出谎话。当我的眼角变得湿润时，他只是在一旁看着。我不得不承认，我对智勋的那片心意也是真的。智勋让我明白了一种新的爱情，也使我明白了自己之前的恋爱其实算不得恋爱。智勋那没有止境的接纳和理解让我产生了变化，给了我慰藉，也让我因为硕贤而受的伤得到了治愈，这些都是事实。如果没有智勋，我肯定也无法体会到自己对硕贤的爱。而在另一方面，我越是理解硕贤，我就会越是思念智勋，这是一件无可奈何的事情。

他看着我已经湿润的眼角，而我也感受着他眼中的动摇，最终说出了一句：

“是啊，申智勋……我也喜欢。”

硕贤

什么叫申智勋你也喜欢？你知道自己正在说什么吗？

每到决定性的时刻，悦梅总是很坦率。她因为坦率得过了头，最终总是会连别人不想知道的事实也一并说出来。悦梅并不知道这样对我会造成多大的伤害。她竟然还说什么“我也不知道该怎么向你解释”。

她到最后竟然还这么赤裸裸地对我说，这对我造成了一种新的伤害，也让我感受到了另一股怒火的上涌。

“就是因为不像话，所以你没法解释啊！”

“就算没法解释，也不代表我做错了啊。”

我忍着仿佛被人打了一记的痛感，低头吃了几口糖醋肉，但最后还是感到无比郁闷。我最终摔下了筷子，对着悦梅大喊了一声，“喂！”

“你回来干什么？”

悦梅停住了筷子，只是静静地看着我。“你这人到底是怎么回事啊？我竟然跟你一起活了三十年也没法适应你。像话吗？这像话吗？怎么能两个人都喜欢啊？”带着这样的想法，我收回了怒视悦梅的视线，粗暴地站了起来。我感到很痛苦。虽然我很想消气，但实在是难如我愿。悦梅那些让人无法理解也无法接受的话使我变得更加悲惨了。刚走没几步，我又折了回来，对着悦梅喊了一声，“你！”

“这些话……你……在黑胶板面前也说了吗？”

“虽然我没说出来，但他应该能明白。”

“那小子就这样还喜欢你吗？”

悦梅什么话也没说，只是安静地看着餐桌。

同时喜欢两个人，这种事情我从来就没想过，或者说我认为这种事情根本就是不可想象的。撇开对对方的礼仪和自尊心不谈，这种事情在我心里根本就是不被容许的。如果我做出一副爱一个悦梅之外的人的样子，那肯定是因为我爱悦梅，想要彻底地离开她。所以现在的悦梅我到死也无法理解。

她是一种自己也无法理解自己，所以我对她发脾气也没办法的状态。一想到悦梅的态度没有改变，我感到我的内心在一瞬间就冻成了冰坨。怎么还有那种人啊？这是把自己心里的想法都说出来了，然后让我看着办啊。她知道听的人心里有多复杂吗？干脆一开始就别说啊！

我用冰冷的目光瞪了一眼悦梅，最终粗暴地打开推拉门回到了自己的家。

误会一个人和理解一个人之间到底存在多少距离呢？爱一个人不意味着可以理解对方的全部，努力了也未必能得到对方的理解。那些虽然想理解对方却无法靠近对方的心灵，还有想要得到对方的理解却无法靠近对方的心灵，它们到底将在何处落脚呢？很明确的一点是，在此时此刻，悦梅和我的内心因为彼此错过了太多次而早已停留在无法接触到对方的地方。

第二天下午，悦梅小心翼翼地走进了工作室。她说雷克斯的皮肤出了问题，可能需要去医院看一下。

在一起从动物医院回家的路上，原本牵着雷克斯走着的悦梅偷偷地用一只手牵住了我的手。当我转过头看时，悦梅微微地对我笑了笑。原本因为生了一天的气，怨恨难以消散而感到难受的内心似乎在悦梅的微笑面前一点点地变得好受了。

我用不是很反感的表情甩开了悦梅的手，走在了前面。我们一直是那样的。即便悦梅和我无比生气，甚至恨对方恨得想要杀人，我们最终还是会在对方的笑容面前轻易地走向和解。不知何时已经跟上来的悦梅又牵住了我的手。在共度的岁月里，我不难明白。此时此刻她充满了对我的歉意。“对不起，我太直率了。对不起，我在不知不觉间伤害到了你。”她没有这么说，而是向我伸出了和解之手。

当我打算再一次甩开悦梅的手时，悦梅说了句：“再甩开一下试试！”然后更加用力地握住了我的手。

这次我也用力地握住了悦梅的手。昨天的事情属于昨天。当我们摇摆着手向前走去时，悦梅突然脸色一白，停住了脚步。我还没弄清楚状况，悦梅就一下子放开我的手并转过了身。“你怎么了？”因为感到奇怪，我将头转向了她刚才看着的方向。申智勋正站在那里。他手拿着药袋站在药店门前，脸上带着和悦梅一样的吃惊神色。

当着智勋的面转过身去的悦梅流下了眼泪。可能是不想让我和智勋发现她簌簌落下的泪水，悦梅牵着雷克斯原路返了回去。这一瞬间发生的事情，尤其是悦梅那张变得惨白的脸在我的心中掀起了滔天巨浪。

我看了看她远去的背影，然后看着正在目送悦梅的智勋。智勋的视线很快也转向了我。智勋那悲伤而痛苦的表情让我内心深处的一个角落也感到了一阵刺痛。智勋转过了视线，走向了悦梅的反方向。如果我不在，他说不定会去追悦梅。智勋转过身去径自离开的背影被我看在了眼里。他会像那样转身离开肯定是出于一种对我的关怀。如果他一直盯着我看，我肯定会不知所措的。

我站在路中间，用复杂的表情看了看朝着两个方向渐渐远去的悦梅和智勋。

我坐在公园的长椅上想悦梅。悦梅到底在想什么呢？虽然爱着申智勋，但悦梅还是来到了我的身边。对于使她变得如此坚定的原因，以及让她最终回到我身边的原因，我只能回想着往事，一样一样地理清头绪。

说不定悦梅已经知道了奇贤的事情。在她第一次回到家的那天，不，应该是在她问奇贤是不是过得还好的那天就已经知道了。忍受着巨大的心痛，悦梅最终还是离开了智勋。越是看懂她那些原本让我讶异的举动，我就越是感到心中的每一个角落都在被刀割着。我以为她在拒绝我的表白时已经表露出了她的真心，所以我没有相信她的话。我被她的坦率对我造成的伤害所折磨，结果没有接受她的真心。我不得不明白一个事实。我对她来说，比起她自己，比起她的心意更加重要。第一次明白了这一点的悦梅现在想要到我身边来保护我。

而在那一切的尽头，还站着一个明知道悦梅心里揣着两份爱却还是将她送到我身边来的申智勋。在我推开她时接受了她的男人。他让我赤裸裸地感受到了那些连我自己也不清楚的、无比爱着悦梅的心情。

虽然自己心里痛苦难忍，但他却对悦梅最后的选择表示出尊重，这对我来说有了一种与以前截然不同的意义。那些我从来都没有想过的事情，说不定我现在是时候为了悦梅而想一下了。对于悦梅的这份被我后知后觉地体会到的心意，我现在是时候接受它并向她迈出一步了。因为在此时此刻，最重要的一个事实便是悦梅正陪在我的身边，仅此而已。

悦梅

给雷克斯洗完澡之后，用电吹风给它吹毛时，硕贤和我没有说起在路上见到智勋的事情。将雷克斯送到院子里之后，硕贤先开了口：

“我……就当没听到吧。”

我停下了收拾电吹风、药和毛巾的动作，静静地看着硕贤。

“昨天中午吃饭时听到的话，我会假装没听到的。刚才在路上看到的一切也会假装没看到。”

听到硕贤的话，我突然想起了在路上见到的智勋。看着硕贤和我牵在一起的手，智勋的目光中满是痛苦。我比任何人都更清楚智勋到底有多心痛，也知道他看到那一幕后会更加的心痛。当我如条件反射般地转过身时，我的心中仿佛崩塌掉了一般，而智勋会明白吗？我会转身是为了不给他造成更多的伤害。那就是我能展现出的另一种爱。

我轻轻地点了点头，表示明白了他的意思。看到我温顺地点头，硕贤伸出了手，抚摸了一下我的脸颊。目光中带着怨恨和怜悯：

“我要跟你一起过。所以你就直接……跟我过吧。”

我知道。硕贤将对未来的约定丢进了“直接”这个词里，并想要将属于我们的现在变得更加坚固。在川流不息的时间长河中，我可以让那些思念被冲走，也可以一点点擦去那些突然冒出的想法，我如是想道。因为我们在一起。

我将手叠放在他抚摸我脸颊的手上，然后明朗地笑着回答道：

“那可不是直接过啊，哥。我喜欢你，而且也喜欢现在这样啊。而且我很容易变的。”

“智勋的事情马上就会过去了。”虽然这种想法让我的心口感到了一阵刺痛，但我还是笑了出来。

“是啊，马上又会变了。”

硕贤似乎也听出了我的潜台词，于是点了点头。

对任何一个人的爱或者恨，在将来是否也会随风逝去呢？我对智勋的感情也会变成那样，我们对此深信不疑。不，是想要相信，所以硕贤和我看着对方笑了很久。

同时爱两个人是一件可以办到的事情吗？

我坐在工作室里敲起了键盘。一个音符，两种想法。星星散散的音实在是让我不满意，于是我决定只专注于一个想法。

我和硕贤的恋爱就像特快列车一样。有过兴奋、有过火热，而且最重要的是非常快。硕贤在一个地方突然向我表露了真心，然后又立刻消失得无影无踪。硕贤那不会在每一站都停靠的内心在多年来一直是我一道难解的谜题。而在谜题已经解开的此时此刻，我就算不刻意地去跟上硕贤也不会感到焦急，亦不会感到不安。随着我在一瞬间接受了陪在我身旁的硕贤对我是真心的这一事实，我们的爱情呈现了比以前更加平稳更加柔和的发展趋势。

而反过来，我和智勋的恋爱就像一列慢车一样。缓慢、准确，所以温暖人心。智勋的心每时每刻都会陪伴着我。就算我对他造成了伤害，在列车外面徘徊，智勋也始终敞开着心扉，久久地等待着我。智勋那种就算不用我心情急躁地跟上去也照样不会错过的心意，在很久以前就在我的内心深处萌发出了新苗。为了能让那棵新苗长出发达的根系，为了让它能在多年之后长成参天大树，我依然将和智勋的爱情珍藏在心底。

在慢车和特快列车并排停靠的车站里，我不得不面对自己心中升腾而起的疑问，思考爱情的速度、爱情的深度。在考虑这些之前，爱情真的是唯一的吗？如果是唯一的，哪一边才是真正的爱情呢？

我胡乱地按了一会儿键盘，接着突然停住了动作。因为听到了硕贤的声音，我转过头看向了门的方向。

“什么时候来的啊？”

我莞尔一笑，对着硕贤问道。

坐在旁边的硕贤用激动的眼神看着我：

“不唱歌吗？”

熟悉的笑眼，他那让我无比喜爱的微笑，还有低低的声音。

“那就唱吧？”

“就唱之前唱的那首。”

孤单而凄美的情歌。这是一首我曾经独自坐在工作室里一边想着硕贤一边唱过的歌。在本以为我们的爱情已经重新开始的某一天。就算没说什么话也觉得他接受了我的心意的某一天，在那个有一点紧张又有一点激动的独处时刻给予了我慰藉的歌曲。我一边弹着前奏一边问了一句“这个吗”，硕贤笑着说了句“嗯”。

“我自己唱会很不好意思的。要是你陪我一起唱，咱们就唱。”

硕贤点点头表示知道了。

我从笔记本旁边的文件夹里取出歌词并递给了硕贤。硕贤带着有些羞涩的眼神清了清嗓子。我开始弹奏起了旋律。在缓缓的旋律中，硕贤和我的声音渐渐地重合到了一起。虽然有些不自然，但我们还是一起唱起了歌。我们时而交换着眼神，时而害羞地避开对方的视线，时而又笑了起来。

看着和我一起唱歌的硕贤，我又明白了一个新的事实。当年我独自唱这首歌时，硕贤其实在火热地爱着我。虽然我们什么话都没有说，但我那认为他已经接受了我心意的想法并没有出错。他没有一刻不在爱着我。

我觉得现在这样很好。不用多也不用少，只要能像现在这样生活下去，我便别无他求。悲伤时感受悲伤，喜悦时享受喜悦的人生。只要感叹一句“我现在很幸福啊”，然后照原样感受此时此刻即可的那种人生。

而且此时此刻，我能够将申智勋忘个干干净净，这实在是万幸。即便是一段曾经可以支配我内心某个角落的爱情，也可以在某个时刻像现在这样被擦个干干净净，这让我感到神奇。与硕贤交换的笑容和眼神充满了我的内心，让我感到了幸福。从此不必再因为想要在一起而感到落寞的我，以及不必再将想要在一起的心意推开的硕贤，一起露出了前所未有的真挚笑容。

硕贤

那天晚上，当我和悦梅一起坐在客厅里看 DVD 时，门铃响了起来。我看了看大门的监控，发现是那位住在我们旁边的蓝门田园住宅里的大婶。大婶来做什么呢？我偏了偏脑袋，然后说了“我出去看看”便走向了大门。

大婶将垃圾袋递给了我。在垃圾袋里，那束原本被我挂在悦梅房间里的干燥花一下子就映入了眼帘。我不难明白，垃圾袋里装着的肯定都是和智勋有关的东西。我从大婶手里接过了垃圾袋，然后静静地坐在门廊的角落里平复起了呼吸。我无法就这样走进家门。

悦梅肯定是在在景和智希来家里玩大富翁棋的那天晚上把这东西给扔掉的。因为心里太过刺痛，因为实在无法再保管下去，悦梅不得不将这些东西从自己的眼前拿开。更让我心痛的是，悦梅因为怕我会看到，所以不得不将那包东西丢到别人家的门前。因为不知道自己提着这包东西进去时该用怎样的表情去面对悦梅，我只好怀着憋闷的心情对着垃圾袋看了很久。

《月亮代表我的心》唱片、一首题目的意思为“月光代表了我的心意”的歌曲。悦梅和智勋有着怎样的回忆呢？我这时才想起了那个每天都抬头看月亮的悦梅，于是努力地从垃圾袋上收回了视线。悦梅肯定正在想着那些和智勋有关的回忆。悦梅肯定会因为无法抛弃渗入内心的珍贵时刻而每天都看月亮到深夜，到最后也难以入睡。我以前怎么就不明白悦梅其实是在努力装出一副若无其事的样子呢？虽然那个事实让我感到了无法忍受的落寞，但并没有让我悲伤。

我看着悦梅那坐在窗户对面的背影。对于不得不连自行车也还给申智勋的悦梅，我不想以任何方式去触动她的心灵。因为我完全理解她感到的那种痛苦，不，其实是因为我自私地想让她留在我的身边。我很清楚对于悦梅的那些不肯说出来的想法，我现在也必须装出一副不知道的样子。于是我下定了决心，装出一副什么都不知道、毫无感情的样子。毕竟我越是悲伤，悦梅也就越会感到悲伤。

可能是听到了我走进大门的声音，悦梅在客厅里问了一句：

"蓝门住宅家的大婶来有什么事啊？"

我一边将塑料袋放在客厅的角落里一边漫不经心地回答道：

"她说这个没做好可回收资源的分类，所以一直堆在咱家门口呢。她都发脾气了，说要是那东西搞不好会被罚款的。"

"可回收的什么？"

悦梅抬起头对着我问道。

"好像是你的呢。"

我用下巴假装很随意地指了指放在大门旁边的塑料袋。

那一刻，我感受到了回头看去的悦梅脸一瞬间就凝固住了。悦梅对着塑料袋看了一会儿，然后静静地提着它走向了房间。

那是一副仿佛立刻就会哭出来的表情。我甚至听到了她的理性之线断掉的声音。因为感到不安，我看着她远去的背影，在心里想道：请你平安无事地度过这个夜晚。

悦梅

我提着袋子走进了房间。我将身体靠在门上，闭着眼来了个深呼吸。我感到原本努力维持的平和在一瞬间就崩溃掉了。艰难地撑过来的每一天都在悲伤中崩塌掉了。我无可奈何地劝慰着自己，告诉自己只要坚持下去，一切就会好起来。

坐在卧室里，我拿出了《月亮代表我的心》。一直忍着的泪水簌簌地落在了上面。

“不要哭。毕竟你是自愿回去的。不要让我看到你哭泣的样子。”

智勋那冷静而坚决的声音在我的心中回响开来，让我感到阵阵心痛。

仿佛智勋就站在我面前一般，我艰难地摆脱了这种心痛，擦干了泪水。因为这是我做出的决定，所以我无法在智勋面前落泪。而且即便再怎么难过，我在硕贤面前也不可以落泪。因为那样会让硕贤感到更心痛。

在洗衣间里，我站在回收废品的地方将从相框里取出的照片、唱片封皮还有干燥花分开放了起来。我静静地看着照片。年幼的智勋手提着铁桶站在树下的明亮模样在我眼前模糊地呈现了出来。

我用力地撕了一下照片，然后立刻将被撕出一个裂口的照片上缘重新抚平了。那感觉就像撕裂我的内心一般，所以我实在是下不了手。我将照片对折了起来，塞进了堆放废纸的内侧。我带着满眼的泪水和落寞的心情瘫坐到了地上。我以为我还好。只要不停地告诉自己，我还好，我还好，我就真的会好起来……我很希望能如此。

我擦干了眼泪，开始用剪刀将干燥花剪成小碎片。我感到浑身都虚脱了，耳畔传来了心脏用力跳动着的声音。如果消去这些痕迹，我心中的记忆也能被消去吗？被剪碎的花瓣散落到了地上。在这仿佛停止住的时间中我到底该如何坚持下去，我不得而知。

我又回到了房间。我背靠着床瘫坐到了地上。因为心太疼了，呼吸太困难了，我敲了敲自己的胸口。为了消解掉这似乎永远不会止住的泪水，我悄悄地闭上眼睛。

“我是有段位的跆拳道练习者，所以就不拐弯抹角了。我喜欢你。”

智勋曾经将他的内心全部交给我，还说我可以肆意地玩弄他。智勋的那份我以前没有经历过的自信其实是源于他那海纳百川的包容力，但我一开始并不知道这一点。

“来，尝尝看。我已经很努力地做得清淡了呢。”

智勋曾经在深夜为了喜欢的女人而心甘情愿地做红豆刨冰。我正在被爱着啊，他真的很珍惜我啊。智勋那每次都将我的内心填满无限爱意和深情的举动成为了我生活中的全新幸福。

“所谓喜欢就是要准确地知道哦。”

智勋曾说过，按照对方原本的样子来看待对方才能算真正的爱。会担心对方，想为对方做点什么，做完之后感到心里很满足。他说那就是爱。不为满足自己的私欲，而是为我的安宁着想的那份爱无论何时都让我感到惬意和踏实。

那个在我忘记了约会而迟到了两个小时的时候，说了一句“来了就行了”并静静地拥抱我的智勋，我怎么能忘得了呢？当我因为另一段爱情而饱受伤痛并彷徨徘徊时，智勋就那样将我拥在了怀中，这使我不管怎么甩也无法将他从我的心头甩掉。我觉得这个人永远都不会从我的身边离开。我觉得无论在何时，他都不会主动离开我。起码在我主动离开智勋之前是这样。

那个说着“你答应我要结婚了哦”并幸福地笑着的申智勋，那个问着“你不会再随随便便地提分手了吧”的他，让我此时此刻产生了一种无法忍受的思念。智勋献给我的那份真心太过耀眼夺目，让我感到疼痛难忍。

越是试图放下，我和智勋的记忆就越是变得鲜明。我最终还是放声大哭了起来，哭声已经灌满了我的嗓子。不管我再怎么抚摸胸口，那疼痛也不见消散。

在心中，我没有丢掉也没有被丢掉任何东西。花钱买来的自行车可以被丢掉，但智勋给予我的心意却无法被忘记。它似乎永远都不会被忘掉。

我不知道自己该如何放开智勋，于是就直接哭了起来。

硕贤

我站在了悦梅的卧室门旁边。从卧室里传来的悦梅的哭声让我感到伤心痛苦，我只好在门口徘徊。

门被打开了。悦梅的心痛也让我感到了心痛，我也带着湿润的眼睛看着悦梅。站在门口抬头看着我的悦梅哭了起来。仿佛无法控制住心口涌起的悲伤一般，哭得稀里哗啦。

“哥。”

我对着一边喘粗气一边哭泣的悦梅看了一会儿，然后坐到了她的面前。

“没关系，哭吧。”

我深情而心痛地用眼神安抚着悦梅。我将正捂着胸口的悦梅拉入了怀中。悦梅的哭声刺痛了我的内心。想要挽回已经太晚，而想要承担却又太过沉重。我已经无法再躲避这种在我们之间渐渐扩散开来的黑暗。

“哥，我的心……我的心……怎么了？我怎么了？”

当年在植物园里被救护车运走的奇贤的声音模糊地和悦梅的哭声重合在了一起。

“哥，我怎么了……我又怎么了……”

因为无法再承受下去，我闭上了眼睛，用力地抱住了悦梅，仿佛这是最后一次一般。我的泪水落到了悦梅耸动着的肩膀上。明知道她的心意却努力维持至今的平和就这样结束掉了。我们就那样一起哭了起来。

每天都要说爱你

硕贤

怎么会变成这样呢？我在大白天走进了学校的运动场。我像曾经的悦梅一样画了一个大大的圆圈，然后大步地走了进去。悦梅的声音仿佛幻听一般在我耳边响起：

“在那个圆圈里，你永远是孤身一人！”

如果让时间回到我最幸福的时候，我可以活出不一样的人生吗？我回想起了自己在圆圈里错过的无数瞬间。

当悦梅来和顺的民宿找我时，如果我抓住了她的手，现在的我们会变得不一样吗？如果我坦白出自己不想结婚的话其实并非出于真心，如果我在她不愿意放开我的手时留住她，如果我在她跟申智勋交往前就说出我有多爱她，我们的人生会和现在不一样吗？

那些本可以挽回一切的机会，被我一个不落地全都错过了。

我瞪着圆圈看了一会儿，然后噔噔地走了出去。然后我去了趟房产中介所，打算把房子卖掉，还拜托他们尽快把房子卖出去。

刚走进家门，我就穿过了推拉门。就在这时，正在准备开饭的悦梅脸上露出了复杂的神色。昨晚，她在让我看到了她对智勋的真心后，肯定心痛了一整晚。我给了她一个灿烂的笑容，并将手里的购物袋对着她晃了晃。

“我买了炸猪排，咱们可以一起吃呢。”

当我泰然自若地准备着盘子时，悦梅问道：

“哥你干吗总是笑啊？”

“要不我别笑啊？”

“别笑了。你知道我现在有多难过吗？”

她的声音变得含糊起来。因为总惹悦梅哭泣而产生的自责刺穿了我的心灵，让我感到无比心痛。我伸出手抚摸起了悦梅的脸颊。我看着她湿润的双眼问道：

“吃完饭要不要去旅行啊？”

悦梅这才止住泪水笑了起来。

我们沿着悦梅想走的路线在国道上跑了起来。不管目的地是哪里，朝着某个方向前进时的悦梅一直显得很开心。她仿佛从未哭过一般地笑着，那笑容让我心中无比哀痛，于是我只好努力地跟着她笑。我想让她的笑容持续得更久一些。

当我们沿原路返回时才暂时地停了一下车。这就是刚才来过的地方啊。当我开着停车灯环顾四周时，悦梅看了看远处的香瓜田又看了看我，然后用眼神示意我下车。

我和悦梅一起吃着香瓜，环顾起了窝棚旁宽阔的香瓜田。一股香甜的味道被风吹了过来，熟透的香瓜在阳光下发出了金灿灿的光芒。原本模糊的记忆浮上了心头，我悄悄地回忆起了奇贤。而且我也明白了现在已经到了我走出圆圈的时候。

“以前跟奇贤一起来香瓜田的事情……你还记得吗？”

听到我提起奇贤，悦梅的肩膀变得僵硬了。悦梅逐渐将视线转向了我，她的瞳孔变大了。这是我第一次主动跟悦梅提起奇贤。到昨天还以为自己说不出口的话，现在必须说出来了。

“那时候奇贤好像才七岁吧……应该是在上学前吧？”

悦梅一边吃着香瓜一边点头称是。

“看到香瓜田的时候，她吓了一跳呢。还说香瓜不是长在树上的吗。”

一直在城市里长大的奇贤以为西瓜也是长在树上的。悦梅记起了奇贤对花生过敏的事情，还说每次吃花生时都会想起来：

“每当我看到穿校服的女初中生时就会想起奇贤。想着那时候的我妹妹真的很漂亮呢……”

我回想起了一边说着“哥哥，你看这个”一边身转圈的奇贤。那是在初中入学典礼的前一天。因为想到会长肉，而且个子也会长高，考虑到这些因素而买回来的校服和奇贤的身材相比显得宽大了许多。要是早知道她会生病，所以没法一直穿到最后，我从一开始就应该给她买一件刚好合身的校服的。越是回想我就越是哀痛，于是我只好含糊地没有说完，努力地忍住了眼泪。不知何时，悦梅也已经含着满眼的泪水，低头看着地面。

“没能对你说的话太多了。”

我温柔地帮悦梅擦了擦眼角。

“你怎么样？有没有想爸爸或者想奇贤的时候？”

以前悦梅这么问我的时候，我的回答总是一样的。

“那种事情干吗问我？我可不想谈论那种事情呢。咱们说那种事情有什么好处呢？说那种话只会让自己变得心软。”

我为何会对她如此绝情呢。说不定我其实是因为太过想念爸爸和奇贤，所以才会那么敏感地对待悦梅。我怕自己一旦说出想念他们的话，我的内心就会崩溃掉。

我为何会如此不坦诚呢？如果想他们了，明明只要说想他们了就可以啊。如果想他们了，只要感受那种涌起的思念就好了啊。

跟悦梅牵着手走在仙才岛的防波堤上，我将这些年没能对她说的话一样一样地说了出来。那些沉在我心底的话。那些因为心痛而根本无法说出口的话。

每当我想念爸爸时就会刮胡子。妈妈曾说过我的下巴跟爸爸的长得很像。当我长出胡须后刚开始剃须时，妈妈经常会站在浴室门口看我刮胡子的样子。她还说我刮胡子的样子跟我爸爸一模一样，真是有其父必有其子。从那时起，每当我在浴室里刮胡子时都会想到爸爸。而且也会回想起在说出“有其父必有其子”的妈妈脸上闪过的一丝不安和恐惧。对于那种因为血脉而将在未来的某一时刻缠上我的疾病，妈妈在每次看我刮胡子时肯定也会想起来。所以她才会以如此悲伤的表情站在我的背后。一想到那样的妈妈，我的心里就感到很堵。虽然很想好好待她，但因为每次见到她时我们都会感到心痛，所以我不太想经常去看她。我这个家伙的爱永远是这么一副德行。

那些从未跟悦梅说起过的事情，今天在我跟悦梅一起走着的时候都被说了出来。悦梅什么话也没说，只是用力地抓住了我的手。站在防波堤的尽头，我停下了脚步，静静地和悦梅面对面地站着。

“我……觉得你在来之前已经知道了。”

黑暗中传来了波涛的声音，而她的眼神在一瞬间产生了不安的动摇。

“我之所以没有把奇贤和我的事情告诉你……”

“是因为我还是个小孩子。因为我是个自私的、只知道为自己着想的小孩子。”

悦梅拦住了我的话头，最终哭着说了下去：

“我没能给予你信任，对不起，我是一个小孩子。”

事情这才明朗了起来。在这段恋爱中，没有给予对方信任的人不是她，而是我。

“不是因为信不过你……而是因为爱你。我曾经很爱你，悦梅。”

然后……在那一刻，我明白了爱的反义词是什么。“爱”的反义词既不是“恨”也不是“讨厌”。“爱”这个词的准确反义词其实是“曾经爱过”这一过去式。这让我感到了心痛。到头来，我终究还是没能主动地对悦梅说过一次“我爱你”。

“我好幸福”、“我喜欢你”、“我好爱你”，悦梅总是毫不吝惜地把这些话挂在嘴边。还说只要把这些说出来，那种感情就会变得更加深厚。当她毫不停歇地对我表达爱意时，我却认为感情越深就越会将那些话埋藏在心里。因为我一直觉得，只要我将“我爱你”这句话说出来，我就将一个无法保证的未来也放到了悦梅的肩膀上，而且无法负责任的爱情是没有意义的。因这一切而产生的悔意让我感到了刺骨的痛。

“之前去轮船游的时候你对我说过吧？不管要走到哪里，你都要跟我一直走下去。”

看着正在努力地忍着泪水的悦梅，我觉得现在是时候将我白天在学校运动场上想到的一句话讲出来了。但是我却在犹豫，无法轻易地将那句话讲出来。

“这里……”

我理顺着自己的呼吸。因为无法将后面的话讲出来，我闭上了眼睛。但我最终还是无比坚决地将剩下的话说了出来：

“这里……就是咱们的终点。”

仿佛无法相信一般皱起眉头的悦梅轻轻地摇了摇头。我没有将视线从悦梅身上挪开，而是仿佛绝对不会回头一般，一字一句认真地说道：

“咱们就在这里结束吧，悦梅。”

悦梅

硕贤的话深深地刺穿了我的心。他那比任何时候都更加冷静的态度让我的心中产生了无法控制的紧张。什么叫在这里结束？我无法接受。尹硕贤又要逃跑了。逃离我、逃离这个现实。

“你再考虑一下！”

与正在浑身发抖的我相比，他显得非常沉着。

“别用感情来想问题，听好我说的话。咱们已经输了。咱们输给了时间，我输给了你，你也输给了我。我让你……改变了，而你也变了。我已经失去了你，而你也已经离开了我。”

站在硕贤的面前，我感到自己的脚上渐渐地用上了力。我不得不咽下那已经涨到嗓子眼里的悲伤，竭尽全力地说了出来：

“不要放弃我。稍微等我一下吧……哥哥。”

他从我身上挪开了视线，转头看向了灯塔。他那紧闭着的嘴唇和毫不动摇的均匀呼吸声使我明白了他的决心有多坚决。

“真的……有一点我要谢谢你，谢谢你没有在我送你走之前先离开。谢谢你能回到我身边，一直等到我愿意将你送走。谢谢你能陪在我身边，直到我可以变得坦率。真是谢谢你了。”

“不要……”

“你去找申智勋吧。你不是喜欢那个人吗……去跟他幸福地生活吧。”

我无法战胜这个男人。在这次旅行之前，他已经下定决心要送我走了。说不定他昨夜一直在想这件事，所以今天才会对着我笑。只要下定了决心，他就没有办不成的事情。我再一次明白了这个男人到底有多么冰冷。

“哥哥你……错了。我还没有输给你呢。我也没有输给我的内心。我正在努力地硬撑着，让自己不要输给自己的内心啊。输给我的人是你。输给时间的人是你，想要离开我的人也是你。”

硕贤没有回答，只是心痛地看着我。我收回了怒视他的视线，转过身走了起来。我回到车上，从后座上取出了背包。

“我要自己回去。”

看着正在低声喊着我名字的硕贤，我坚决地说道：

“你不是说这里是咱们的终点吗？所以你就别管了。”

我将背包背在了肩膀上。硕贤没有再劝阻我，而是一动不动地站在了原地。

“你以为你让我去找申智勋我就会去吗？我可不能将我的人生交给别人。我的人生要由我来选择。就算我要去找申智勋，那也是我要选择的事情。从现在起，我是孤身一人，你也是孤身一人。所以别再操心我了，你走吧。”

说完我就转过身走了起来。走着走着，我还想他是不是会跑过来抓住我。但是在我的身后，什么事情都没有发生。当我停下脚步回头看去时，他的车已经开远了。开往和我相反的方向。

他最终还是离开了我。

硕贤离开后，我走在仙才岛的路上，在这条混杂着海鸥叫声与波涛声的陌生道路上，我踽踽独行着。在这路灯偶尔才亮起的道路上，我该走向何方呢？因为每次都在重复着独自期待然后崩溃的过程，所以我以为自己已经不会再心痛了。但是在今天这种夜晚，我的心再一次被撕碎了，于是我以手抚胸，痛苦地笑了起来。

那个说出“咱们就这么过吧”的人不是别人，正是硕贤。虽然明知道我心里还残留着对智勋的爱，但硕贤还是那么说了。所以我以为硕贤的这句话应该可以说明这次的我们可以跟以前有所不同。我以为他今后真的会和我一起承受悲伤和痛苦。毕竟这些年他一直没有做到这些。

虽然如此，但我又成了孤家寡人。到底为什么？

我瘫坐在黑暗的路边闭上了双眼。共同承担、共同克服，这种事情我们真的能办到吗？我实在不知道我们该如何生活下去。如果有人能帮我决定我的人生就好了。如果我能按照某人的指使，顺着某人的推动，听着某人的忠告，就那样按照别人的想法单纯地生活就好了。但这种想法也只持续了一会儿。“清醒一点吧，朱悦梅。”

我将头埋在了怀里，用力地摇了摇头。那种生活不可能会幸福啊。于是我抖擞起精神站起来，收拾好背包，开始认真地向前走了起来。我深深地呼吸了一次，稳住了心神。

我真正想要的是什么呢？如果要选择什么，那就必须由我来做决定，而且那个决定必须是为了我的幸福而做的。我必须弄清楚我想要的是什么，以及在我的心底到底隐藏着什么。

在这世上能弄明白那件事的人只有我自己。我不能就这么回去，于是不停地向前走了起来。

硕

贤　回到家之后，我摘掉了大门口的门牌。将我的名字取下来

后，那里只剩下了悦梅的名字。那个熟悉却又陌生的名字。那个一直在我人生的边缘徘徊的名字让我感到了心痛，于是我轻轻地摸了摸悦梅的名字。

我沿着每天和悦梅一起散步的小路，牵着雷克斯和朱蒂散了步，还沿着每天和悦梅一起走的路去了趟超市，买回了足量的生活用品。那些在日落时分坐在门廊上看书，以及坐在客厅里发呆直到东方出现破晓曙光的日子。在那些日子里，寂静的孤单和落寞会突然地涌起，然后又重新消失不见。

我一边等待着悦梅，一边做起了悦梅不方便做的事情。虽然已经过了一整天，但悦梅还是没有回来。我蹲在洗碗台的下面换起了洗碗池的水管。已经过去两天了，悦梅还是没有回来。我给悦梅的房间换了新的灯泡。过去四天了，但悦梅还是没有回来。我在洗衣间里整理可回收垃圾。当我打算将废纸聚集起来捆绑好时，《月亮代表我的心》唱片的封皮从废纸堆中露出了一个角。一瞬间，一股热流涌上了心头，于是我紧紧地闭上了双眼。我理顺好心绪后才重新睁开了眼睛，然后将唱片、封皮、申智勋的照片以及相框一样一样地挑了出来。

清晨，我在院子里徘徊了很久。想要在悦梅回来时若无其事地跑过去拥抱住她的想法，以及希望她在我离开前不要回来的想法在我脑海中混乱地闪过。

悦梅在哪里呢？难道直接就去找申智勋了吗？如果去了，现在会感到幸福吗？

时间已经过了一个星期，但是悦梅还是没有回来。用一条大白布将客厅盖起来并收拾好行李之后，我环顾了一下四周。渗透在这空间每个角落里的那些和悦梅有关的记忆变得鲜明了起来，接着立刻变得模糊了。她那灵动的笑声、哭泣时用力吸鼻子的声音、透过推拉门传来的她那充满生动感的脚步声……因为彼此陪伴而变得深情的气息渐渐地蒸发掉了，就好像这个空间从一开始便是空荡荡的一般。

直到我做好了离开的准备，悦梅也没有回到家。这真是一件值得庆幸的事情。

悦梅

走了有多久呢？走在炎炎烈日之下，我开始觉得天旋地转起来。仿佛袜子上已经渗满了血渍一般，我浑身的神经先是刺痛了很久，最后又变得迟钝了。我还要再走多久呢？还要走多久才能知道在我的心底隐藏着什么呢？虽然已经变得一瘸一拐了，但我还是没有停下前进的脚步。

我一边走一边想着尹硕贤。随着内心逐渐地平静下来，我不得不真实地面对硕贤交给我的真心。他希望我能得到真正的幸福。虽然他对我的期望只有这一点，但他觉得当我在他身旁时是做不到如此的。因为感到内心突然再次疼了起来，我停下了脚步，调整起自己的呼吸。他那份我从未面对过的真心竟然又是因为对我的爱而产生的，这让我再一次流出了眼泪。

我坐在路边脱掉了鞋子，将走疼的脚揉了好半天。我从包里取出水喝了起来，并抬头看向了远方。当我正准备盖上水瓶的盖子时，身旁的杂草映入了我的眼帘。一边将水瓶里余下的水洒给杂草，我一边无可奈何地想起了智勋，想起了智勋的那棵银杏树和曾经用铁桶运了二十多趟水的年幼智勋。

树木在生长过程中需要水、阳光和风，除了这些条件之外还需要不断地面对考验。不知何时就会袭来的台风，还有能让根系也彻底变干的旱灾，以及能将躯体瞬间劈成碎片的鸣雷闪电。说不定能让树木克服这些考验的并不是树木本身，而是那能让树木成长起来的环境。对于智勋为什么要不惜浇水以保护那棵树，我似乎明白了。

就在那时，我的心底突然闪过了一道光。我心中的树就是尹硕贤。只有被深深地爱过的人才能给予他人更加深厚的爱。对于我已经变了多少，又对硕贤有了多少包容和接纳，我自己其实根本不知道。

“别跟过来。”

在一个四周空无一人的破旧车站里，我放下了自己对智勋的思念。“千万别跟过来，我不会回头看的。”我走在侧柏树绵延不绝的路上，再一次将对智勋的思念放了下来。这些被丢在路边的心意总有一天会消失掉吧。说不定所谓的思念之情其实根本就不算什么。一边这样想着，我一边又明白了一个事实。我之所以会感到痛苦，并不是因为我留在硕贤的身旁而无法去找智勋，而是因为其实我自己比任何人都更清楚我该怎么做。

我以无比糟糕的身体状态走在首尔的街道上。我穿过了我家那熟悉的社区，一直来到了之前放下自行车的智勋的咖啡店门前。

我看向智勋咖啡店看板和自行车的视线不知何时已经模糊成了一片灰蒙蒙。我躲在门廊旁边，看着智勋那身在店门紧闭的咖啡店里的身影。心中的刺痛让我无法忍住的泪水掉落在了地上。虽然走了一个星期，但我走到智勋面前时，我的心再一次动摇了。

智勋关掉咖啡店里的灯并走出咖啡店的声音传了过来。我低头看着自己的脚尖，而他则似乎在愣愣地看着我。我转过头看着智勋。显得有些清瘦的他用不敢相信的眼神仔细地打量着我。我的皮肤已经被阳光晒黑，衣服也已被汗水浸透，鞋子已经变脏，嘴唇已经破皮……看到他的眼中逐渐充满了担忧，我最终哭了出来。当我正要张开自己一直紧闭了一个星期的嘴时，突然感到了一丝哽咽：

“我想你了，所以来看看你……就是想最后一次来看看你。”

智勋眼角湿润地笑着对我点了点头，然后大步地走上前来，像以前一样用力地抱紧了我。温暖而悲伤，惆怅却深情，这些感觉涌上心头，让我无言地在他的怀抱里待了很久。

硕贤

我带着行李，打算离开了。但是车开了一会儿，突然在智勋的咖啡店门口停了下来。在远处的门廊前，智勋和悦梅正紧紧地拥抱在一起。终究还是去找智勋了啊。我满是依恋地对着悦梅看了一会儿。一阵心痛袭来，我只好悄悄地用眼神抚慰着她。

比起跟已经不再相爱的我住在一栋房子里，还是跟申智勋结婚并一起生活可以让她得到更多的幸福。在我亲眼确认了自己的结论没有出错后，一股比预想中更加剧烈的痛苦向我袭来。

难道我不该将她送走吗？悔意再一次席卷了我的全身。难道我应该告诉她，我愿意再努力一次，让她在我身旁也能得到幸福吗？我应该告诉她，我明白她那份已经回到我身旁的真心吗？我应该向她保证，我愿意为她拭去泪水，我愿意陪她度过每一夜，我愿意和她分享她的悲伤吗？一想到这份悔意将一直充斥在我的心灵直到我死去，我用力地摇了摇头。

看着悦梅拥在别的男人怀抱里的身影，我用手隔着玻璃对她抚摸了起来。不知何时我的眼眶已经变红，于是我艰难地拿开了手。没关系，一切真的会好起来的。我甩掉了哽咽，安静地踩下了油门。

我希望这一切总有一天可以成为回忆。多年之后，这一切都可以成为我谈笑回顾的往事，我希望事情可以变成这样。走在黑暗的道路上，我感受到了从自己的嗓子眼涌上来的哭声。悦梅也会是那样的吗？因为虽然很想抓住彼此，但彼此总在对方抓不住的地方；因为虽然深深地爱着对方，但不得不彼此错过；因为想要表达悲伤却不知道别的方法。所以悦梅也曾这样痛苦吗？悦梅肯定也是那样的。所以在此时此刻，我想要感受自己原原本本的样子。我痛哭起来。

虽然我此刻正在痛哭，但总有一天会想起笑着的悦梅。如果她能获得幸福，我肯定也能变得幸福。她的幸福将成为我余生中新的原动力。即便我们再也见不到彼此了。

一阵哭声过后便是一片寂静。跟智勋面对面地坐在咖啡店的桌子旁，我拿着马克杯摆弄了好半天，最终还是先开了口：

“我在路上徘徊了一个星期，一直在思考。但是……我无法到智勋你的身边来。虽然我知道你是个好人，而且也知道我对你还怀有好感……”

我努力地隐去了哭腔说道。想着那两份心意，不，只想着一份心意。智勋那刺骨的目光渗入了我的身体各处。他的目光从我的头脑到内心，一处不落地渗透了进来，而我也毫不躲闪地感受着这种渗透。毕竟这就是我让这个人感到心痛的代价。

“既然智勋你是给树浇水的人，肯定也能明白我的想法。”

那样说着的我太过心痛，于是只能艰难地忍着哭声说了下去：

“对我来说，因为旱灾而即将枯死的树……其实是那个人。就算我想上好几百遍，就算我走得脚都破了皮……我也是那么想的。”

就算将来需要拿起一个比我的身体更大的铁水桶，我也很想拥抱那棵无言地生着病的大树。要想保护那棵树，我所知道的方法只有一边爱它，一边留在它的身边。我只能陪着它一起遮风避雨，一起挨着电闪雷击，一起承受不知何时会找上门来的考验直到最后，就这样陪在它的身边。

“那个人知道你的这片心意吗？”

“智勋你给那棵树浇水并不是因为它懂得你的心意啊。树……就只是树而已。智勋你不是说过吗。所谓爱情就是一种会担心对方，想要为对方做点什么，做完了之后心里会很满足的东西。是你告诉我那就是爱的啊。”

我的内心被水浸湿了，那水不知何时已经溢出了我的眼角。虽然智勋的眼角是湿润的，但却在用温暖的目光看着我。那双眼睛正在对我说着，你已经长这么大了啊。智勋努力地笑着说道：

“早知如此就不告诉你了。”

“对不起，我让你心痛了。”

“不，只要你能变得幸福，我就知足了。因为对我来说，你就是那棵树。”

是的，我就是智勋的树，在这片名为申智勋的平整土地上切实地感受着爱意的一棵树。因为我得到了智勋的爱，所以我也可以去滋养别的树木了。如果就算离开了智勋的身边我也可以继续生长，那同样也是因为智勋曾经陪伴在我的身旁。因为对这一切太过了解，我最终还是哭了出来。因为彼此太过了解对方的心意所以感到悲伤，因为无法留住对方所以只能放声哭泣。

“不要哭。我……没事。”

智勋伸出手帮我擦干了眼泪。这份悲伤会被风干吗？这些眼泪可以被止住吗？就算这痛苦的瞬间看起来似乎永远不会结束，我也知道它最终肯定会过去。虽然我们此刻正在哭泣着，但这些眼泪要不了多久就会被风干，而我们说不定又会开始一段新的爱情。当我们重新遇到一个人，怀抱关于爱的梦想，并因为一些小事而争吵乃至分手，这段让人发疯的青春最终也会结束掉。

我站在门廊上牵起了智勋的手。我们紧紧地拥抱住了对方，为了不忘记现在的这片心意。放在门廊一个角落里的自行车映入了我的眼帘。我闭上了眼睛，感受起从内心深处涌上来的火热的依恋。我再一次用尽全力抱住了智勋。为了记住我的人生中曾经有过智勋的存在，也为了不忘记那些从他那里得到的爱。

我走出了智勋的咖啡店，头也不回地走向了家。回到家里之后，我要对他说，不管他说什么，我都不会离开他。我已经不是一个星期以前的那个我了。

就算这辈子都听不到他说爱我也无所谓。婚就算不结也无所谓。就算尹硕贤说他不再需要我了，说他讨厌我了，或者说他喜欢上了别的女人，我都有自信能丝毫不产生动摇。因为我已经知道了他在将我送往申智勋身边时的真实想法是什么。

在开大门时，我怀疑起自己的双眼。他的门牌已经不见了。我穿过院子走进去时，心脏疯狂地跳动了起来。该不会，难道说，你可别！

我深吸了一口气，用颤抖的手拉开了推拉门。看到他的客厅里已经盖上了很多白布，我的双腿瞬间就无力了。他已经彻底地离开了我。我从出生到现在第一次希望自己能赶快变老。我希望我的心也能尽快变得麻木，让我可以不用再感受这种痛苦。

我用发抖的双腿走进了卧室。硕贤帮我放在床上的智勋的相框和唱片刺入了我的内心，使我瘫坐在地上大哭了起来。我哭得捶胸顿足，哭得好似野兽，直到我的哭声将他离开后的这个家完全充满。

在这段不再流动的硕贤与我的时间中，我与智勋的回忆也被关了进去。心里的钟表走得越来越慢。那些时间和回忆已经在不知不觉间被蒙上了厚厚的灰尘。我那些在它们前面流动着的时光也逐渐变得缓慢起来。然后，我计算着在他回来之前，我要挨过多少时间。那段说不定永远都不会结束的时间。我真的能撑过去吗?

硕贤

四季更迭了一次。和顺的民宿跟十年前相比没什么变化。清晨时，江边会弥漫起蒙蒙的雾气，沿着院子的外围生长的野花也在风中摇摆起了身体。可以不打破这里蕴含着的平和而待在这里的感觉很好。我可以在自己希望的时候吃饭、散步，在日落时分还可以在江边看天边的晚霞。

我经常会想起悦梅。想起就会思念，思念就会心痛。因为越是努力忘记就越是痛苦，我干脆将我的心交给了思念。

我爱过你。爱过那个羞得满脸发红的你。爱过那个曾在小小的雨伞下不停说着话的你。爱过那个有着一双圆圆眼睛的你。爱过那个让我发笑的你。爱过那个用温暖的眼神看着我的你。爱过那个喊出我名字的你。爱过那个无法掩饰自己感情的你。爱过那个即使在受伤后疼痛不已时也努力不放开我的你。爱过那个有很多缺点的你。爱过那个连翻白眼的表情也很可爱的你。爱过那个想要对爱进行确认的你。爱过那个每当我感到难过时就费尽心思想要留在我身边的你。

我爱过你。

悦梅

去公园散步，做水平不见进步的煎饼吃，见朋友并享受那小小的喜悦，我的生活中渗透着祥和与静谧。在录音室里工作，同时对自己拥有的一切心怀感恩并且无比充实地度过的每一天充满了那长达一年的时间。在地球重复着自转和公转的过程中，我的生活并没有发生太过显著的变化。除了在硕贤离开后，时间已经过去了一年这一点之外。

天边布满晚霞时，我会停下手头做菜的动作，看窗外夕阳西下的景观。思念和孤单突然涌上了心头。那所有的感情从远处向我走来的感觉很好。我悄悄地闭上了眼睛，想起了尹硕贤。一想到他正活在这同一片蓝天下的某一个角落，我就感到了一种前所未有的慰藉，于是我又笑着获得了再活一天的力量。

每当思念硕贤时，我就会去他家看看。硕贤的房子还没有被卖出去。他那空荡荡的空间已经不再让我感到心痛了。本来就是空着的，现在应该重新将其填满了，不管是空间还是人抑或是时间，一切都是如此。当我接受了这一事实后，任何感情都不再停留在我身边。在变得宽容一些之后，我在心里想道："硕贤也肯定了这份落寞吗？"每当我觉得在某个时刻，与他相伴的感觉比真正跟他在一起时更强烈时，我就会想着硕贤说不定也有着跟我一样的想法。每当我那么想着时，内心深处涌起的孤寂就会反而变成笑容，甚至变成幸福而回到我的身边。

而且我也经常会想起智勋。那些每当我喝咖啡时，或者看到身旁经过的自行车时，就会如连锁反应般浮现出的与智勋的回忆偶尔会让我轻轻地笑一笑。

到了夜里，我经常会抬头看月亮。每当明亮的月光照入我的房间时，我都会无法入睡，在院子里徘徊许久。智勋还是老样子吗？智勋的树长得更高了吗？我们的银杏树变成了什么样呢？保育院的孩子们过得还好吗？想问的话和想听到的话都很多。

我打开大门跑向了智勋。我上气不接下气地跑到了智勋的咖啡店门前。梦中的我一下子扑进了梦中的智勋怀里。对不起，我来晚了。对不起，让你心痛了。梦中的我哭着对梦中的智勋说道。虽然明知道是做梦，但现实中的我却每次都会把枕头哭湿。为了能多看一眼梦中的智勋，现实中的我舍不得清醒过来。

如果我哪天梦到了智勋，我就会先等到自己的泪水流干，然后重新站到院子里。在我体会到“原来我想回到智勋身边去啊”之前，我就会打开家门走进屋里。但是，我无法再走进巷子了。我抓着心中涌起的思念，瘫坐在地上哭了很久。

而且，我会更经常地想到尹硕贤。那个我深爱着的，而且让我后知后觉地明白，当时使我哭泣多过欢笑的男人。我在爱智勋时是在欢笑，而在爱硕贤时却是在哭泣。随着时间的流逝而逐渐变得清晰的一点是，因为我对尹硕贤的爱已经深入了骨髓，所以我只能哭泣。由于每时每刻都包含着纯粹的爱情，因而我在深深的感情面前只能哭泣。所以我在跟硕贤分手后只会笑得更多。因为泪水似乎在替我们诉说着我们的欢喜和愉悦还有幸福。

我抬着吸尘器进了硕贤的卧室。我在收起白布时被灰尘呛出了咳嗽。突然，我看到抽屉柜。硕贤那个满载着与我有关回忆的箱子还在那里面吗？我最终还是带着半是害怕半是犹豫的心情打开了抽屉柜。

箱子还在那里。我从里面取出了戒指盒，然后戴上了那枚曾经属于我的戒指。我静静地低头看着戒指陷入了沉思。我当时并不是因为留在硕贤身边时感到不幸或吃力才会哭泣的。因为倾尽了心力爱过了彼此，我们才能够为对方擦干眼泪。硕贤在离开时并不知道这一事实。而我也在此时此刻才得以明白。

我们是因为不知道自己爱对方胜过爱自己才会如此踌躇的。

硕贤

悦梅过得怎么样呢？她还是那么幸福吗？她跟智勋过得还好吗？生孩子了吗？那个孩子会长得像谁呢？从江边走回来时，我突然笑了起来。悦梅那张说不定正在笑着的脸突然清晰地浮现在了脑海中，仿佛她此时此刻就在我的面前。光是回想起她的笑脸，我就感到很幸福。

我走进民宿的院子，坐在了木地板上。

“悦梅啊！”听到我的喊声，院子角落里的狗屋里跑出了一条小狗。我拿着从房间里取出的面包走到了小狗的身旁。看到我笑着递过一小块面包，小狗亲昵地摇起了尾巴。

“没想哥哥吗？想了吧？”

当我笑着抚摸小狗的脑袋时，突然一转头，发现真正的悦梅正站在那里。我转过视线，落寞地笑了笑。我所思念的事物从来不会到我身边来。如果我所思念的事物会出现在我面前，那肯定不是真的。要么是幻觉，要么是做梦。

我安静地转过了视线，给小狗喂起了面包。

“悦梅啊，看来哥哥又做梦了呢。是吧？”

当我自言自语的时候，大颗大颗的泪水流了下来。因为就算是做梦我也无比高兴，于是我擦了擦正在落下的泪水。虽然我忍了一下，但最终还是又哭了起来。我擦干了眼泪，回头看着悦梅。看到悦梅站在那里，就算这是做梦，我也很想过去抚摸一下。

我站起身来向她走了过去。我和悦梅四目相对。看到她还没有消失，我无法相信地缓缓伸出手，抚摸起了她的脸颊。手指尖传来了悦梅的温热。感受着这让我思念已久的，无比生动的触感，我这才明白这一切都是现实。因为感到泪水上涌，我从悦梅身上收回了视线，看着远处哭了起来。我实在是无法相信。悦梅来找我了，她眼角湿润地站在原地看着我。

我一边擦着眼泪一边哭了很久，最后重新将视线转到了悦梅身上。

“现在……回家吧……哥哥。”

悦梅将那只有伤疤的手悄悄地伸到了我面前。那只曾经沾满了伤痛、后悔和留恋的手。如果这世间能够存在可以踏过伤痛的现在，那么也应该有可以踏过后悔的信任和可以踏过留恋的努力。但是在那之前，现在已经到了必须说出我一直很爱她，一直很思念她的时候了。

“我好想你，悦梅……”

我抓住了悦梅的手，接着将她紧紧地拥在了怀中。对于那些因为不知道是爱情而彷徨了许久后产生的伤痛，我不会再置之不理了。伤痛时就一起忍受，难过时就陪伴在她身旁，我要和悦梅开创出新的未来。就算那些日子偶尔会带来眼泪，但我会将那些也当做幸福，永远地爱悦梅。

我轻轻地将她从怀里推开，然后我俩便互相看着对方。我的嘴唇轻轻地贴到了她的嘴唇上。看着悦梅那看向我的目光，我不失时机地低语了一句：

“我爱你……”

渐渐变深的吻越过了时间的空白，将我们关系美好地填补了起来。

“我爱你……”

我主动地说了出来，说了好几次。我现在终于明白了，爱情就是由那句“我爱你”开始的。

“我爱你。”

就算成为了不用说出来也可以明白彼此心意的关系，我也会说出来的。我反而觉得应该大声地、更加频繁地说出来。世间没有哪种方式可以足够地表达爱意。每当我看到她的眼睛时都会说一遍。每天都要说爱你。

·后记·

悦梅

在洒满阳光的门廊桌上铺上了一张杏黄色的桌布。在摆满了可口佳肴的桌子旁围坐着硕贤和我，智希和泰宇，还有在景和正民。

智希在接受了公司上司泰宇的求婚后，在几个月前结了婚，接着就怀了孕。在经历了几次分手考验后一起去了巴黎的在景和正民在几天前一起回来了。在过去的一年里，我们做出了无数的选择，而那些选择也让我们相聚在了这里。独自被关在藩篱中哭泣的时光已经过去，在那变得宽阔而坚固的藩篱中，不知不觉间已经挤满了心爱的人们。当我们满载着爱恋与幸福，看着彼此的眼睛干杯时，“对了！我们结婚了”，在景一边抬起戴着戒指的手一边笑道。伟大的宣在景竟然会结婚！而且还是两次！面对着因为在景办了只有两个人的婚礼而感到难过的智希，在景的回答依旧很直爽：

“因为我们不想办得太热闹。毕竟重要的不是仪式，而是我们结婚的这一事实。”

对于因为心爱之人而产生的变化，我们心甘情愿地接受了。当我们此时此刻这段逐渐了解并学习真爱的时间过去之后，在将来的某一天，我们说不定又会被锁在一个空无一人的藩篱中独自忍受痛苦。

“大哥你们什么时候结婚啊？”

正民一边往盘子里盛着沙拉一边问硕贤。

“快了吧？”

硕贤和我同时回答道。接着我们深情地接了吻。剩下的四人仿佛无法直视我们一般，开玩笑般地斜睨着我们。硕贤和我看着对方笑了起来。

在恋爱过程中，伤害、被伤害、折磨、被折磨的时刻可能会再次来临。但是我现在明白了。只要我打开那藩篱的大门，我心爱的人们就会结束他们的徘徊，回到我的身边。最终我们会用爱来拥抱彼此。

那天下午，当朋友们都离开之后，硕贤和我一起整理起了餐桌。当拿着餐具走向屋内的他发出一声惨叫时，我回头望去，结果无力地将手里的餐具掉落到了地上。从硕贤的手中滑落的餐具，以及在家门口掉落了满地的碎片都不再值得一提。硕贤那正在空中自己乱晃着的手才是将那隐藏在我们之间的恐惧引爆的罪魁祸首。面对着第一次见到的恐怖景象，我们只能用无比凄惨的表情看向彼此。相同的想法在他和我的脑海中略过。

发病，那个病的征兆已经显现出来了。

我无法靠近他。他也无法靠近我。我们就那样呆立在原地看着对方。这是做梦，没错，这肯定是做梦。

我努力地压抑着心中的不安，跑到他面前抱住了他。“没关系，没关系。”但是他的痉挛却没有丝毫减轻。

从诊疗室里走出来的硕贤和我走向了医院的后院。沿着栽有高高榉树的小路，我们走到了庭院尽头的长椅旁，然后静静地坐了下来。从脸颊旁略过的清风让我感到了一阵陌生。我轻轻地按住了还在高低起伏着的胸口，而硕贤的脸上还留着那没有散去的恐惧，于是我们就那样一言不发地坐了很久。

医生得出的诊断是精神压力性痉挛。因为他连熬几个通宵改剧本而产生的精神压力才是这症状的罪魁祸首。医生说只要稍微静养一下就能好起来。一切都会好起来的。今天感受到的这种恐惧说不定在将来还要再次面对。但是那一事实却并没有让我感到害怕。我已经不需要知道更多了。

不管何时，我的现在就是尹硕贤。就算那个病在某一天袭来，我也将和他一起幸福地度过今天。我将彻底地感受着现在，每时每刻都跟他在相爱中度过。我静静地牵住了他的手。我很想给他一种前所未有的温热。为了我的爱，为了我的树。

我带着灿烂的笑容对硕贤说道：

“我将永远陪在你的身边。”

“我将永远陪在你的身边。”听到悦梅的这句话，我感到泪水立刻充满了眼眶。我抬头看向了天空。阳光比任何时候都更加耀眼，让我实在无法睁开眼睛。

说不定在活着的每一天，我们都要面对像今天一样突然出现的恐惧。即便如此，一切都还好。那些也都会过去，最终每时每刻都会没事。悦梅的心意惊人地将我的害怕与恐惧融化掉了。而那个即便是在面对着这一切时还能穿越恐惧而来到我身边的悦梅，让我充满感激和珍贵之情。

我偶尔会想起申智勋。他在我们为了寻找真爱而徘徊了很久时为我们建起了一座藩篱，他让悦梅和我明白了我们的爱情不存在终点，他教会了我们只有坦率才是治愈爱情的处方药。在过了很久之后我才明白，他对悦梅和我来说其实是一件珍贵的礼物。

我和与我坐在一起的悦梅相视一笑。我们缓缓地而又久久地带着笑容看着对方，彻底地感受这充满祥和气息的下午。

“距离交稿日期只剩一天，禁止入内！”

我听到了悦梅撕掉了推拉门上贴的纸，然后噔噔噔上楼来到工作室的声音。昨晚独自入睡的悦梅不可能会轻易地放过我。门被粗鲁地打开了。就算不回头看我也知道，现在的悦梅肯定在偷偷地笑着。因为那让人心痒到爆的火热瞬间即将来临！我没有搭理她，只管看着笔记本电脑的屏幕敲键盘。

"我很忙。别碰我。我真的很忙。悦梅啊，要是明天不把剧本交过去……"

悦梅抬起食指挠我痒痒。原本慢慢地沿着我的大臂往上爬的手指立刻加快了速度。她调整着强弱力度，时而用力、时而放松、时而停止、时而犹豫，然后又划过了我的肩膀和脖子。

我立刻屏住了呼吸，带着紧张的表情转过头看向了悦梅。悦梅仿佛兴奋得无法忍受一般，伴随着粗重的呼吸声，她轻轻地咬着我的耳垂低语道：

"要不要……跟我一起到床上玩一个小时啊？"

"我……快要交稿了……"

悦梅收回了手指，轻轻地低下身子，依次地吻起了我的脖子和喉结。那些被她的嘴唇触碰过的湿润润的地方，她又用手指轻轻地抚摸了一下。我的口中最终还是发出了小声的呻吟声。

"那么……就玩三十分钟吧？"

"五十九分钟。"

悦梅贴在我的身后，将手伸进了我的上衣里。接着悦梅用无比巧妙的手法在我的肌肤上游走了起来。

"四十分钟。"

"五十八分钟。"

悦梅轻轻将她的笑声洒在了我的耳畔。那种当我对她的全身上下进行爱抚时就会出现的笑声。原本将自己的身体交给悦梅玩弄的我突然转过身来，一把抱住了她的腰部，将她按在了我的大腿上。

"五十分钟，咱们就玩五十分钟。"

带着不肯让步的表情，悦梅将自己的身体贴在了我的身上并喘起了粗气。仿佛划桨一般柔软地摇动着自己的腰身，悦梅突然说出了最后的协商条件：

"五十七分钟。"

我无法再忍耐了！我笑着一把抱起了她的腰。悦梅那火热的气息一下子贴到了我的嘴上。从一张嘴传入另一张嘴中的气息变得更加火热，然后变成了从舌头到舌头，最终又滑到了嘴唇。当悦梅将腿环在我的耻骨处与我激烈地接吻时，我走到了卧室，最终将她放在了床上。

"我爱你。"

我抚摸了一会儿悦梅的头发，然后在悦梅的眼睛、鼻子以及脖颈的每一寸肌肤上印上了火热的亲吻。

"我爱你。"

我看着她的眼睛再一次低语道。

我爱你。

·余下的故事·

演员　李阵郁

虽然不记得是从什么时候开始的，但我经常会说“真正的浪漫属于男人”。说不定是因为在某个秋天听到了关于某个男人的故事吧。

一个第二天要将自己心爱的女人送进结婚礼堂的男人说了句“在我抽一根烟的时间里……你能陪在我身旁吗？”然后他抽了几口烟。残酷的是，烟叶很快就烧没了，而那个女人也和别的男人结婚了。这个无法忘记自己初恋的男人在日后生产了一种叫做万宝路（Marlboro）的过滤嘴香烟。

Man always remember love because of romance over.

男人只因逝去的浪漫而铭记爱情。

平时就喜欢“浪漫”一词的我，在回想跟郑铉静作家一起拍电视剧的时光时，光是几句台词就会让我的内心感到一阵发麻。

我曾经很爱你，悦梅。

在那一刻，我们一起明白了。

“爱”这个词的反义词，

既不是“恨”也不是“讨厌”。

“爱”这个词的准确反义词，

其实是“曾经爱过”这一过去式。

那让我们一起感到了心痛。

手里捧着这本小说《需要浪漫》的读者们，应该要么是渴望获得真正浪漫的人，要么是已经懂得了浪漫含义的人吧。回想起过去的爱情，我觉得需要为内心找回平静的时候不是开花之时，而是落花之时。

对于我们来说，不管是什么样的浪漫，总归是需要浪漫的。

最后将这份浪漫也献给大家。

“爱自己是终身浪漫的开始。”

——奥斯卡·王尔德